Ich schreib mich in dein Leben

Barbara Herrmann

Das Buch

Regina, eine junge, hübsche Frau aus reichem Hause, verfolgt nach dem Abitur energisch den Wunsch nach persönlicher und finanzieller Unabhängigkeit, ausgerechnet über die Abendschule und die harte Arbeit in einem Callcenter. Dabei stolpert sie immer wieder über die Hindernisse und Unebenheiten zwischen den Aufgaben einer reichen Fabrikantentochter und dem holprigen Alltag einer arbeitenden und lernenden jungen Frau, was auch ihre Beziehung zum Scheitern bringt.

Zwischen diesen beiden Welten lernt sie den Bestseller-Autor Viktor Tillmann kennen, einen Mann, der durch seine schwere Kindheit geprägt, nicht gerade eine glückliche Hand bei der Wahl seiner Partnerinnen hat.

Als das Durcheinander im Leben von Regina und Viktor Schicksal spielt und sich die beiden immer wiederbegegnen, löst das nicht nur Gefühle, sondern auch Intrigen und öffentliche Schlammschlachten aus.

Die Autorin

Barbara Herrmann wurde in Karlsruhe geboren und ist im Kraichtal aufgewachsen. Ihre Geschichten laden in ihre badische Heimat und ins von ihr geliebte Elsass ein. Andere entstehen während ihrer Reisen in schöne Urlaubsregionen. Gerne sucht sie für ihre Charaktere besondere Schauplätze, die entweder Zeitgeschichte oder eine interessante eigene Geschichte haben und eine Erzählung der Gegenwart bereichern. Nach ihrem Eintritt in den Ruhestand erschienen zahlreiche Bücher verschiedener Genres. Heute lebt die Mutter zweier Söhne mit ihrer Familie in Berlin.

Ich schreib mich in dein Leben

Ein Baden-Baden Roman

Barbara Herrmann

Bibliografische Information der Deutschen Nationalbibliothek: Die Deutsche Nationalbibliothek verzeichnet diese Publikation in der Deutschen Nationalbibliografie; detaillierte bibliografische Daten sind im Internet über dnb.d-nb.de abrufbar.

© 2024 Barbara Herrmann
Kontakt über: heidezimmermann.de
Redaktion: friedericke-Magazine und Blogs
Verlag: BoD • Books on Demand GmbH, In de Tarpen 42,
22848 Norderstedt
Druck: Libri Plureos GmbH, Friedensallee 273, 22763 Hamburg
Dritte überarbeitete Auflage: ISBN: 978-3-7583-4015-4

Coverfoto: 2184650289_shutterstock.com
2373540117_shutterstock.com

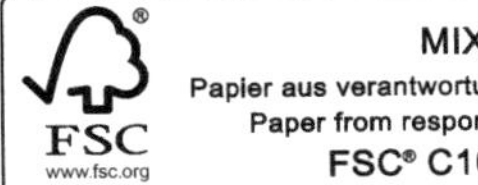

1

Es war ein traumhafter Frühlingsmorgen. Die Sonne strahlte vom Himmel, unzählige Vögel sangen fröhlich ihre Lieder, und in den liebevoll gepflegten Vorgärten blühten die Frühlingsblumen in all ihrer Pracht.

Regina war in Eile, sie achtete an diesem Tag nicht auf die Natur, die sich von ihrer schönsten Seite zeigte. Zielstrebig fuhr sie mit ihrem Auto auf einen freien Parkplatz, lief eiligen Schrittes in das Bürohaus in einem Gewerbegebiet am Stadtrand von Baden-Baden, warf nebenbei rasch einen Blick zur Uhr und stellte fest, dass sie nur noch wenige Minuten Zeit hatte. Eigentlich hasste sie es, so spät dran zu sein, und schon in aller Frühe in Stress zu verfallen, aber an diesem Morgen hatte sie schlicht und einfach die Zeit vertrödelt. Sie würde es gerade eben noch schaffen, pünktlich am Arbeitsplatz zu erscheinen.

„Guten Morgen, Regina!", rief ihr ihre Kollegin Elke freundlich entgegen, als sie kurz vor Arbeitsbeginn das Büro betrat.

„Hallo, Elke", antwortete Regina noch völlig außer Atem.

Sie hetzte zu ihrem Schreibtisch, startete den Computer und legte den Kopfhörer bereit. Dann lief sie zu ihrem Schrank, zog im Gehen ihre leichte Jacke aus, hängte sie auf den Bügel, stellte ihre Handtasche ins Fach und verschloss den Schrank sorgfältig. Schnell strich sie sich durchs Haar und setzte sich an ihren Schreibtisch.

„Na, wie ist das Befinden unseres Chefs am heutigen

Morgen?", fragte sie Elke noch ganz außer Atem.

„Oh je, vor wenigen Minuten lief er ohne Gruß an mir vorbei. Ich glaube, seine Stimmung ist schon schlecht, noch bevor die Arbeit beginnt. Wir werden wohl wieder einen schwierigen Tag haben", antwortete Elke und verdrehte die Augen.

„Der Mann ist einfach fürchterlich. Wie kann ein Mensch nur am frühen Morgen schon so schlecht gelaunt sein?"

Die beiden Frauen arbeiteten in einem Callcenter. Ihr Arbeitsplatz befand sich im fünften Stock in einem Großraumbüro, das mehr als vierzig Mitarbeiter beherbergte. Die Fenster waren groß, was den Raum sehr hell und freundlich erscheinen ließ, und zur Auflockerung hatte die Geschäftsleitung Grünpflanzen aufstellen lassen. Reginas und Elkes Schreibtische standen nebeneinander und waren nur durch eine kleine, dünne Wand getrennt, sodass sie sich ab und zu unterhalten konnten, wenn sie nicht gerade unter Beobachtung standen.

„Frau Rosenfeld, bitte zum Chef", tönte die Stimme der Chefsekretärin monoton aus der Sprechanlage.

„Was ist denn nun schon wieder? Das darf doch nicht wahr sein. Ich bin kaum fünf Minuten hier und muss schon antanzen."

Regina stöhnte, stand auf und machte sich mit einem unguten Gefühl auf den Weg, denn meistens bedeutete dies nichts Gutes. Sie klopfte an und trat in das Allerheiligste.

„Guten Morgen, Herr Bischoff", sagte sie wachsam und mit angespanntem Gesichtsausdruck.

Wie er da saß und hinter seinem Schreibtisch thronte, wirkte er wie eine Schlange im Terrarium. Er war ein überdurchschnittlich langer, magerer Mensch, dessen Knochenspitzen sich beinahe schon unter dem Hemd abzeichneten. Seine Haare trug er aalglatt gescheitelt und mit Pomade fixiert. Diese Frisur erinnerte stark an die Zwanzigerjahre, denen er abhandengekommen zu sein schien. Die Augen flackerten giftgrün und blickten eiskalt, seine Mimik war starr und zu keinerlei menschlicher Regung fähig. Er trug stets einen grauen Anzug und ein weißes Hemd, seine Krawatten hatte er wahrscheinlich schon von seinem Vater übernommen. Eigentlich sah er aus wie aus dem Wachsfigurenkabinett. Bei diesem Gedanken huschte Regina ein fast unmerkliches Lächeln über das Gesicht.

Er antworte erst gar nicht auf ihren Gruß, sondern legte sofort los: „Frau Rosenfeld, wir mussten gestern beim Mithören erneut feststellen, dass Ihr Umgang mit den Kunden nicht dem Niveau unseres Hauses entsprach, ja geradezu beleidigend wirkte. Auch haben Sie im Vergleich zu anderen Kolleginnen weit weniger Anrufe entgegengenommen. So kann das beim besten Willen nicht weitergehen mit Ihrer schlampigen Arbeitsweise."

Er betete die Worte herunter, ohne mit der Wimper zu zucken.

Regina ballte die Fäuste und überlegte blitzschnell, ob sie sich überhaupt dazu äußern sollte.

„Dieser Mann gestern, von dem Sie reden, hat mir obszöne Worte ins Ohr geflüstert. Das muss ich mir nicht gefallen lassen. Außerdem ist Ihre Kritik an meiner Arbeit nicht fair", entgegnete sie erbost.

„Ich kann nur einen Anrufer nach dem anderen ent-
gegennehmen. Schließlich haben Sie soeben verlangt,
dass wir freundlich sein müssen. Es geht nun einmal
nicht, aus Mangel an Zeit den Kunden das Wort abzu-
schneiden und einfach aufzulegen“, antwortete sie ohne
Pause, um ihm ja keine Gelegenheit zu geben, sie zu
unterbrechen.

Doch er ließ sich nicht beirren.

„Um eine Ausrede sind Sie wohl nie verlegen!“, schrie
er.

„Wie dem auch sei, ich fordere Sie auf, keine Kunden
mehr zu beschimpfen, egal was diese sagen. Haben wir
uns verstanden?“

Er starrte abwartend durch sie hindurch.

Sie versuchte aber weiterhin, sich zu wehren.

„Ich muss mir doch nicht alles gefallen lassen, was ein
Kunde zu mir sagt!“

„Ich erwarte eigentlich keine Proteste von Ihnen. Die
Kunden gehen vor, basta!“

„Das stimmt. Aber wenn sie sich danebenbenehmen,
dann muss ich ja wenigstens das Gespräch beenden
können.“

Jetzt kam sie sich doch hilflos vor, was sie sehr ärgerte.

„Nein, gerade das können Sie nicht. Wir müssen unseren Auftraggebern gute Verkaufserfolge melden, und
Erfolge erzielen Sie nicht, indem Sie Gespräche abbrechen.“

„Aber, ich…“

Er sprang auf.

„Ich werde darüber jetzt nicht mehr mit Ihnen diskutieren", unterbrach er sie mit einer kurzen Handbewegung.

„Bitte halten Sie sich an meine Anweisung."

Regina war gerade im Begriff, sich umzudrehen und den Raum zu verlassen, als noch einmal seine schneidende Stimme an ihr Ohr drang: „Ach, und noch etwas: Sie sollten in Zukunft dafür Sorge tragen, dass fünf Telefonate pro Stunde mehr auf Ihrem Zähler erscheinen. Wenn nicht, muss ich mir überlegen, ob Sie für unsere Firma noch tragbar sind. Sie erhalten eine schriftliche Abmahnung und können jetzt wieder an Ihre Arbeit gehen."

Ohne sie weiter zu beachten, griff er zum Telefon.

Konsterniert stand Regina auf dem Flur. Wie in aller Welt kam er denn dazu, sich so zu verhalten?

Währenddessen hatte Elke fast mechanisch die eingehenden Anrufe abgearbeitet, denn sie war in ihren Gedanken bei Regina. Nur zu gut kannte sie die Situation, mit einem flauen Gefühl im Magen vor diesem Mann zu stehen. Kritik trug er stets unbeherrscht vor, seine Stimme war sehr laut, geradezu cholerisch. Argumente oder gar Befindlichkeiten seiner Mitarbeiterinnen wischte er mit einer energischen Handbewegung vom Tisch.

„Meine Güte, das hat ja lange gedauert! Hat er dich wieder fertiggemacht?", fragte Elke sofort, als Regina eintrat.

„Ja, ausgerechnet bei diesem obszönen Anrufer gestern haben die mitgehört, und mein Arbeitstempo muss ich auch erhöhen. So langsam habe ich das alles satt!"

Während sie sprach, setzte sie sich wieder an ihren Schreibtisch, nahm den Kopfhörer in die Hand und grübelte vor sich hin. Jörg Bischoff würde sich nie ändern. Wie konnte ein Mann von fünfunddreißig Jahren, der ja schon einiges in seinem Berufsleben erreicht hatte, nur so verbittert sein? Unter dem Personal wurde gemunkelt, dass er noch zu Hause lebte, seine kranke Mutter versorgen musste und keine Freundin oder Frau hatte. Letzteres war durchaus glaubhaft, wenn man sein Äußeres betrachtete. In der Firma galt er als Streber, man sah ihn ständig auf dem Weg zur Geschäftsleitung. Mit seinen Aktionen konnte er immer Pluspunkte für sich selbst sammeln. Jeder wusste, dass er daran arbeitete, zum Direktor aufzusteigen, und dabei ging er rücksichtslos über alles und alle hinweg.

Schwierig wurde es für die Kolleginnen, die seiner Meinung nach nicht genug arbeiteten, denn dies war seinen ehrgeizigen Zielen überhaupt nicht förderlich. Hatte er erst einmal eine Mitarbeiterin im Visier, setzte er sie so stark unter Druck, dass sie von selbst kündigte. Entlassungen hingegen kamen für ihn generell nicht infrage, denn damit würde er womöglich Arbeitsgerichtsprozesse provozieren und beim Vorstand schlafende Hunde wecken.

Vielleicht waren seine Lebensumstände nicht gerade ideal, dachte Regina enttäuscht, aber das war noch lange kein Grund, alle Mitarbeiterinnen ständig fertigzumachen. Der Tag hatte wirklich äußerst schlecht begonnen.

„Ich weiß nicht, vielleicht kündige ich ja bald. Das ist

auf Dauer nichts für mich", murmelte sie resigniert vor sich hin.

„Gib doch nicht gleich auf, Regina. Wir haben doch schon einiges mit ihm erlebt. Das ignorieren wir einfach."

Andererseits, dachte Elke für sich, brauchte sich Regina das wirklich nicht anzutun, denn sie war eine wunderschöne Frau, groß und schlank, hatte schwarzes, langes Haar und hätte glatt als Mannequin durchgehen können. Vor ein paar Tagen war sie vierundzwanzig Jahre alt geworden. Blaue Augen und volle Lippen strahlten aus ihrem Gesicht, und ihre Kleidung war sehr geschmackvoll und von höchster Qualität. Mit Sicherheit trug sie keine Massenware, und man sah auf den ersten Blick, dass sie aus gutem Hause kam. Regina selbst redete nicht viel über sich und ihre Familie. Das war das Schöne an ihrem Arbeitsverhältnis. Sie erweckte zu keiner Zeit den Eindruck, etwas Besseres zu sein, und deshalb fühlte sich Elke trotz ihrer Einfachheit wohl in Reginas Gesellschaft.

„Ach was, Regina", sagte sie schließlich tröstend, „der hat uns doch schon so oft zusammengebrüllt. Das bringt uns nicht mehr aus der Ruhe."

„Aber irgendjemand müsste ihm einmal Einhalt gebieten."

„Das schaffen wir nicht. Eher verlieren wir unsere Arbeit", stellte Elke trocken fest.

„Genau damit arbeitet er, mit den Ängsten der Leute, das ist ja das Schlimme. Alles in mir sträubt sich dagegen, ich bin das nicht gewohnt. Weißt du, Elke, man darf sich nicht alles gefallen lassen."

„Da hast du nicht unrecht. Aber ich kann mir keine Machtkämpfe leisten. Wenn er mich rauswirft, liege ich meinen Eltern auf der Tasche.“

„Vielleicht auch nicht, wenn wir zum Vorstand gehen.“

„Ach, die sind doch auch nicht anders. Du kannst das ja machen, du bist nicht unbedingt darauf angewiesen.“

„So sehe ich das nicht. Meine Eltern würden sich die Hände reiben, wenn ich mit einem Misserfolg ankomme. Das werde ich nicht tun. Zu lange musste ich um meine berufliche Freiheit kämpfen.“

Regina erinnerte sich an die endlosen Diskussionen mit ihren Eltern. Ihr Vater Martin hatte tagelang auf sie eingeredet, als sie ihnen nach dem Abitur mitgeteilt hatte, wie sie sich ihr zukünftiges Leben vorstellte. Ihre Mutter Marga war noch schwieriger zu überzeugen gewesen. Regina verstand durchaus ihre Argumente: Die Familie Rosenfeld stand in der Öffentlichkeit, und eine Fabrikantentochter, die einen sogenannten „einfachen“ Beruf wählt, wurde eben nicht verstanden. Wenn man überhaupt arbeitete, dann eröffnete man eine Galerie oder Ähnliches, so zumindest war die übliche Vorstellung. Es war ihr klar, dass sie von den Honoratioren der Stadt belächelt werden würde. Wie befürchtet hatte es eine Weile gedauert, bis die Lästereien, die zwar hinter der Hand geflüstert wurden, jedoch immer bis zu ihr vordrangen, aufgehört hatten.

Regina hatte das nie begriffen und wollte es auch nicht begreifen. Sie konnte nichts anfangen mit dem Leben ihrer Freundinnen, deren Zeitvertreib darin bestand, nach Paris oder anderswohin zu fliegen, um die

Boutiquen zu plündern und dabei gesehen zu werden. Die jungen Männer, die ihr bis dahin den Hof gemacht hatten, fanden Regina irgendwann langweilig, lachten öffentlich über sie und ließen sie fallen.

Doch mittlerweile war Ruhe eingekehrt, und man schwieg geflissentlich, auch gegenüber ihren Eltern.

Elke überlegte und blickte Regina lächelnd an.

„Deine Sorgen möchte ich haben, Regina. Dein Vater hat doch notfalls Beziehungen und verschafft dir eine Arbeit. Aber du hast dir ausgerechnet diesen Job ausgesucht. Man weiß doch, was in der Branche los ist. Es gibt nur ganz wenige, von denen man hört, dass es dort menschlich zugeht. Lass dir von deinem Vater helfen.“

„Genau das will ich aber nicht. Komm wir legen los, sonst schmeißt er uns gleich raus“, forderte Regina Elke auf und zuckte die Schultern.

Der Tag verging dennoch schnell. Die beiden Frauen räumten pünktlich um fünf Uhr ihren Schreibtisch auf und verließen gemeinsam das Büro. Regina hatte es besonders eilig, sie musste zur Abendschule. Es war ihr wichtig, dort pünktlich zu erscheinen, ging es doch darum, bald ihre Prüfung zur Europasekretärin abzulegen.

Während sie ihr kleines Auto aus der Parklücke steuerte, huschten ihr die Ereignisse des Tages noch einmal durch den Kopf. Sie überlegte ernsthaft, ob sie nicht im Callcenter kündigen sollte. Diese Arbeitsplätze waren ein Phänomen der Zeit und nicht sonderlich erbauend. Viele

Firmen gaben die Arbeiten, die vorher durch eigene Mitarbeiter erledigt worden waren, an solche Unternehmen ab. Dadurch ersparten sie sich die Personalkosten und konnten Forderungen stellen. Für die Frauen und Männer, die dort arbeiteten, hatte das nicht unerhebliche Folgen. Sie wurden schlecht bezahlt und außerdem wurde der Druck aus den Forderungen der Auftraggeber nach unten weitergereicht.

Ein leichtes Stöhnen kam über Reginas Lippen. Es kam bei ihr alles zusammen. Sie war einfach im Augenblick mit sich und ihrem Leben nicht gerade zufrieden. Eine vernünftige Erklärung, warum das so war, hatte sie aber nicht. Alles störte sie.

An ihrer Seite war auch ihr Freund, Jochen Pfitzer. Er war achtundzwanzig Jahre alt, hatte rote Haare und grüne Augen, und sein Gesicht war von Sommersprossen übersät. Versicherungskaufmann hatte er gelernt und bemühte sich zielstrebig und ehrgeizig um beruflichen Erfolg. Prinzipiell führten sie eine gute Beziehung, aber sie war ohne Höhen und Tiefen, beinahe schon langweilig. Wie bei einem alten Ehepaar, dachte Regina. Der einzige Unterschied war, dass sie nicht in einer gemeinsamen Wohnung lebten. Regina fühlte sich in Jochens Wohnung überhaupt nicht wohl, es war ihr dort zu ungemütlich, die Räume strahlten keine Behaglichkeit und Wärme aus. Typisch Mann eben, stellte sie immer wieder fest.

Reginas Smartphone klingelte und riss sie abrupt aus ihren Gedanken. Sie fuhr den Wagen an den Straßenrand und stellte den Motor ab. Es dauerte einen Moment, bis sie das Gespräch annehmen konnte.

„Regina, hier ist Jochen." Er machte eine kleine Sprechpause.

„Liebling, ich wollte dir nur sagen, dass wir uns heute nicht sehen können. Ich muss noch ein paar Außentermine bei Kunden wahrnehmen. Es tut mir sehr leid. Aber das siehst du doch ein?"

Ein wenig verärgert dachte sie für einen kurzen Moment nach. Er fragte noch nicht einmal mit einer Höflichkeitsfloskel nach ihrem Befinden. Sollte sie das nun einsehen oder nicht? Eigentlich hätte sie nach diesem sehr unerfreulichen Tag eine breite Schulter gebraucht. Aber Jochen? Er würde sie ja doch nicht verstehen.

„Ja, ist gut. Ich bin ohnehin müde und freue mich auf einen ruhigen Abend. Viel Erfolg", antwortete sie knapp.

„Danke. Ich wusste, dass du Verständnis hast. Wir sehen uns dann morgen Abend."

„Ja. Bis morgen Abend."

Sie fuhr flott weiter.

Regina fühlte sich plötzlich erleichtert, obwohl sie eigentlich hätte enttäuscht sein müssen. Das war kein gutes Zeichen, jetzt schon zu wissen, dass der Mann, der einen eigentlich auffangen sollte, wenn es einem nicht gut ging, nicht der richtige Gesprächspartner war. Wer, wenn nicht er? Doch sie hatte keine Zeit mehr, ihre Gedanken weiterzuführen, sie war bereits an der Schule angekommen.

Die nächsten vierzehn Tage verliefen ohne besondere Vorkommnisse, wenn man einmal davon absah, dass Jörg Bischoff täglich seine Abteilung aufmischte, sich aber zur Abwechslung andere Kolleginnen vornahm.

Auch Elke war unter den Opfern, dabei eskalierte die Situation so stark, dass sie einen Weinkrampf bekam. Regina tröstete sie und half ihr über die schweren Klippen des Vormittags.

„Komm, Elke, hör auf zu weinen. Das ist doch die ganze Sache nicht wert. Der ist doch ein Spinner.“

Sie erhob sich und nahm die Freundin in den Arm.

„Ich habe doch nur meine Arbeit gemacht. Für den Auftrag, der storniert wurde, kann ich nichts. Der Bischoff muss so etwas akzeptieren. Der kann doch nicht mir die Schuld geben“, schniefte sie.

Die Tränen liefen unaufhörlich. Ihre Hände zitterten und ihre Augen waren gerötet.

„Aber du solltest doch inzwischen wissen, dass er immer solche Dinge für sich benutzt. Natürlich muss er die Stornierungen akzeptieren. Sie schmälern aber seinen Umsatz, und das will er eben nicht. Stornos muss er unbedingt vermeiden.“

„Oh, Herr, lass Abend werden. Der Morgen kommt von selbst“, sagte Elke immer noch weinend.

Regina lachte. „Na, siehst du, du kannst schon wieder Sprüche loslassen. Außerdem hast du vor ein paar Tagen zu mir gesagt, dass wir das wegstecken.“

„Das stimmt. Aber es ist leichter, jemand anderem diesen Rat zu geben, als ihn selbst zu beherzigen.“

„Trotzdem sollten wir es wegstecken. Wir dürfen uns nicht unterkriegen lassen, gerade nicht von ihm“, sagte Regina beschwörend und schüttelte Elke ganz leicht an der Schulter.

„Machen wir.“

Elke hatte sich wieder etwas beruhigt und straffte die Schultern, während sie den Kopfhörer aufsetzte und wieder zu arbeiten begann.

Trotz oder gerade wegen ihrer vielen Verpflichtungen zerrte Reginas Unzufriedenheit auch in der nächsten Zeit an ihren Nerven. Sie wollte sich aber dennoch mit einer Entscheidung über ihre Zukunft Zeit lassen, um nichts zu überstürzen, sie musste überlegt handeln. Heute war sie gegen Abend so schlecht gelaunt, dass sie den Feierabend herbeisehnte und einfach nur noch nach Hause wollte.

In der Altstadt von Baden-Baden, genauer gesagt in der Bäderstraße, besaß sie eine wunderschöne Wohnung mit Terrasse, die ihr die Eltern zu ihrem zwanzigsten Geburtstag geschenkt hatten. Im Laufe der Zeit hatte sie sich mit viel Freude und sicherem Geschmack ein gemütliches Zuhause geschaffen. Sie liebte Antiquitäten und moderne Designs im Kontrast, und so hatte es lange gedauert, bis alles nach ihren Vorstellungen eingerichtet war. Jeden Tag weidete sie sich an dem Anblick des hellen Wohnzimmers, das ihr ganzer Stolz war. Seit sie hier eingezogen war, hatte sie sich einen solchen Raum erträumt, sie hatte dafür gearbeitet, gekämpft und gespart, und sie hatte es aus eigener Kraft geschafft. Nun, vielleicht nicht ganz, die Eltern waren mit im Spiel gewesen, weil sie die Wohnung gekauft hatten, aber immerhin gehörte ihr dieses Traumzimmer, was sie mit großer Zufriedenheit registrierte. Es wirkte durch die Einrichtung noch geräumiger, als es in Wirklichkeit war, weil nur wenige, aber auserlesene Möbelstücke großzügig und

gefällig darin verteilt waren. Ein mit schwarzem Leder
überzogener Sessel und ein massiver Schreibtisch mit
einer Lampe und einem Telefon aus den Fünfzigerjahren
gleich unter den beiden Fenstern. Eine moderne Couch,
ein Rauchtisch, eine Musikanlage, niedrige Sessel und
eine Stehlampe in der Sitzecke. Ein breites Bücherregal
aus dem 19. Jahrhundert mit Büchern, deren Rücken auf
Farbwirkung hin angeordnet waren. An der einen Wand
eine altchinesische Vase mit roten Rosen auf einem Ho-
cker, an der anderen eine echte niederländische Barock-
truhe und darüber ein Barockspiegel. Die Wände waren
mit Seidentapete bespannt. Es war alles sehr harmonisch
und geschmackvoll zusammengestellt.

Selbstverständlich hatte sie auch hier ihre Prinzipien
und legte großen Wert darauf, das Geld für ihre Einrichtung überwiegend selbst verdient zu haben. Auf jedes
Stück, das neu dazukam, war sie mächtig stolz. Regina
bedauerte, dass Jochen sie nicht dabei unterstützte, nicht
mit ihr gemeinsam die schönen Dinge aussuchte.

Er sah oft noch nicht einmal, dass sie ein neues Mö-
belstück hatte. Einmal hatte sie sich eine kleine Kommode gekauft, die sie im Flur aufstellte. Als er kam,
konnte er deswegen nicht den üblichen Weg einschlagen,
sondern wäre beinahe an der Kommode hängengeblie-
ben. Er stockte, hielt kurz inne, und anstatt sich zu wun-
dern, dass da ein Hindernis stand, schüttelte er nur den
Kopf und ging in einem Bogen daran vorbei.

Sie hatte sich geärgert und war sehr enttäuscht, dass
er ihre Leidenschaft nicht teilte.

Er war viel zu praktisch veranlagt und äußerst spar-
sam, was häusliche Investitionen anging, was man an

seiner Wohnung besonders gut erkennen konnte. Er wohnte in einer einfachen Mietskaserne, zwei Zimmer, Küche und Bad. Sein Wohnzimmer war erschreckend, die Couch von den Eltern, alt und abgenutzt, der Tisch von der Oma und schon reichlich zerkratzt, ein billiges Selbstbauregal für die Bücher, und sein Schreibtisch stammte noch aus seinen Kindertagen. Die Tapeten waren wohl noch vom Vormieter, die Muster schon bestimmt zwanzig Jahre alt, und deshalb inzwischen unmodern und vergilbt. Der Boden war natürlich mit Linoleum ausgelegt und ausgetreten. Regina fröstelte bei dem Gedanken an Jochens Wohnung.

Sie stellte ihr Auto ins Parkhaus des Einkaufscenters, von dem sie eine Dauerparkkarte besaß. Als sie den Fahrstuhl betrat, entschloss sie sich, in der Lebensmittelabteilung auszusteigen und einzukaufen. Sie würde an diesem Abend ein schönes Essen für Jochen zubereiten. Vielleicht würde ihr das ja gegen ihre schlechte Laune helfen. Als sie in der dritten Etage ausstieg, umgaben sie sofort herrliche Düfte und viele bunte Auslagen, sodass sich ihre Stimmung schlagartig verbesserte. An der Fischtheke verlangte sie ein schönes Lachsfilet, wählte anschließend Gemüse für einen gemischten Salat und kaufte ein Baguettebrot. Fast fröhlich und heiter trat sie nach ihrem Einkauf den kurzen Weg nach Hause an und nahm an der Ecke noch einen Blumenstrauß mit, der sie draußen vor dem Blumengeschäft angelacht hatte.

Zu Hause angekommen öffnete sie fröhlich pfeifend die Terrassentür und ließ die herrliche Luft des warmen Frühsommerabends einströmen. Dann ging sie in die Küche, packte die Einkaufstasche aus, tupfte den Fisch ab, putzte das Gemüse und rührte die Salatsoße an. Den Tisch deckte sie mit größter Freude. Sie nahm ihr gutes Geschirr, das sie sich selbst vor einiger Zeit gekauft hatte, ein weißes, edles Porzellan. Farblich dazu abgestimmt legte sie Servietten auf und stellte zwei Kerzen in die Mitte des Tisches. Fehlten nur noch die Blumen, Gläser und ein paar dekorative Kleinteile. Nachdem alles fertig war, betrachtete sie den beinahe schon festlich gedeckten Tisch. Blumen und Kerzen harmonierten vorzüglich mit dem Geschirr. Dann machte sie sich noch etwas frisch und streifte sich einen exklusiven Hausanzug über. Schon klingelte es dreimal kurz an der Haustür.

„Hallo, mein Schatz, hier bin ich."

Etwas abgehetzt trat Jochen ein, nahm Regina zärtlich, aber kurz in die Arme und küsste sie mit einem flachen Schmatzer auf den Mund.

Regina ignorierte diese oberflächliche Begrüßung und unterdrückte die Enttäuschung, die langsam in ihr aufkeimte.

„Schön, dass du da bist. Wie war dein Tag heute?"

„Anstrengend!" Jochen verdrehte die Augen.

„Du kannst dir nicht vorstellen, was bei uns zurzeit los ist. Wir haben Arbeit bis zum Abwinken."

Er blieb im Flur stehen, die Aktentasche unter den Arm geklemmt und in der anderen Hand zwei Ordner, dick und prall gefüllt mit Unterlagen aus der Firma.

„Komm, entspann dich, ich habe lecker für uns gekocht."

Jochen betrat das Wohnzimmer. Beim Anblick des festlich gedeckten Tisches hielt er inne.

„Ach, du Schreck, habe ich einen besonderen Tag

vergessen?“, fragte er fast schuldbewusst, und eine leichte Röte überzog sein Gesicht.

„Keineswegs! Kann man denn nicht auch ohne besonderen Anlass einen netten Abend verbringen?“, entgegnete Regina leicht zickig, während sie in die Küche ging, um das Essen aufzutragen.

„Entschuldige, aber ich war darauf nicht vorbereitet. Ich habe mir eine Menge Unterlagen mitgebracht, die ich heute noch dringend durcharbeiten muss. Für ein gemütliches Dinner habe ich jetzt keine Zeit, deshalb wäre mir eine schnelle Pizza lieber gewesen.“

Er wollte sie tröstlich stimmen und schlug vor, später zum Ausklang des Abends noch ein Glas Wein zu trinken. Unbeeindruckt trat er an Reginas Schreibtisch und legte seine Unterlagen dort ab.

Regina stockte vor Wut der Atem, sie war außer sich und zog die Stirn kraus. Ihre Hände zitterten, ihre Augen füllten sich mit Tränen, die sie nur mit Mühe zurückhalten konnte.

„Jochen, pack deine Sachen und fahre in deine Wohnung zum Arbeiten! Du hast dich jetzt völlig danebenbenommen und ich will dich für den Rest des Abends hier nicht mehr sehen!“, forderte sie ihn auf und ihre Augen blitzten ihn wütend an.

Jochen stand immer noch am Schreibtisch und hielt inne. Er konnte nicht glauben, was er da gerade gehört hatte. So kannte er seine Regina gar nicht. Er hatte es doch nicht böse gemeint, schließlich musste er noch hart an seiner Karriere arbeiten, um ihr ein standesgemäßes Leben bieten zu können. So aufgebracht hatte er sie noch nie gesehen, was ihn gleichzeitig auch unsicher machte.

„Aber ich habe doch nichts Schlimmes getan, oder? Du bist doch nicht etwa böse, nur weil ich noch arbeiten muss? Das kann doch nicht dein Ernst sein, oder doch?", fragte er vorsichtig.

„Ich bin enttäuscht, maßlos enttäuscht. Kannst du dir das nicht vorstellen?"

Sie blickte ihn aufgeregt und böse an.

„Seit Wochen erstickst du in Arbeit. Wir sind noch so jung, und trotzdem geht jeder von uns jetzt schon seine eigenen Wege. Das ist doch absurd, findest du nicht?"

„Aber das müssen wir doch auch. Wir wollen doch etwas erreichen in unserem Leben. Das muss man eben Abstriche machen. Ich sehe keine Alternative", erklärte er und schüttelte dabei den Kopf.

„Aber doch nicht jeden Tag. Warum gehen wir nicht ein einziges Mal ins Theater, ins Kino oder sonst irgendwohin?"

„Meine Güte, das geht eben im Moment nicht. Ich muss auch am Wochenende dranbleiben, wenn ich die Karriereleiter erklimmen will."

Regina hatte sich noch nie so missverstanden gefühlt. „Interessiert es dich eigentlich gar nicht mehr, wie es mir geht? Du weißt gar nicht, was ich in letzter Zeit erlebt habe, was mir gerade Sorgen macht, weil du mit deinen Gedanken gar nicht mehr da bist. Unsere Beziehung ist schlimmer als bei einem alten Ehepaar, das sich nichts mehr zu sagen hat!"

Nun wurde Jochen ungehalten. Für ihn waren Reginas Vorwürfe nicht berechtigt, er fand vielmehr, dass sie sich absolut kindisch aufführte.

„Regina, hör doch mit dem Blödsinn auf! Du bist doch kein kleines Kind mehr, sei doch vernünftig. Was soll denn schon passiert sein? Wir haben doch alle mehr oder minder Schwierigkeiten im Beruf. Die können wir doch nur durch mehr Leistung meistern und nicht durch ständiges Jammern."

„Geh bitte", konnte sie nur noch flüstern und zeigte unmissverständlich mit dem ausgestreckten Arm zur Tür.

Er zuckte resigniert mit den Schultern, packte seine Tasche und fügte sich widerwillig der bizarren Situation.

Regina schloss die Tür hinter ihm und löschte die Kerzen auf dem Tisch, das schöne Essen beachtete sie nicht mehr. Sie ließ sich auf das Sofa fallen, wo sie in Tränen ausbrach.

Was an diesem Abend geschehen war, war die Krönung und der Beweis der schleichenden Zweifel, die sie seit einiger Zeit beschäftigten. So konnte es nicht weitergehen. Jochen war zwar ein zuverlässiger Freund und Liebhaber, aber sie hatte kein Herzklopfen mehr, wenn sie ihn sah. Er war anstrengend in seinem Bestreben, möglichst nah an die Gesellschaftsschicht ihrer Eltern heranzukommen. Und er sah nicht ein, dass er das nie würde erreichen können. Regina legte keinen Wert auf diesen Wettlauf, sie wünschte sich einen zärtlichen, romantischen Partner, der zwar wie sie selbst auch beharrlich an der beruflichen Zukunft arbeitete, aber nicht vom Ehrgeiz zerfressen wurde und dabei die Liebe völlig vergaß. Das war eindeutig zu viel für Regina: das Theater in der Firma, die schwere Ausbildung und nun auch noch der Streit mit Jochen.

„Ich muss mein Leben ändern, das steht jetzt fest", flüsterte sie unter Tränen. Aber was sollte sie zuerst tun? Sich von Jochen trennen? Den Job kündigen? Oder sollte sie sich von beidem auf einmal lösen?
Müde machte sie sich für die Nacht fertig, legte sich ins Bett und nahm sich fest vor, ihr Leben neu auszurichten. Mit dieser Entscheidung konnte sie einigermaßen beruhigt einschlafen.

In der nächsten Zeit geschah nicht viel Nennenswertes. Regina erledigte tagsüber ihre Arbeit im Callcenter, besuchte an-schließend ihre Schule und entspannte sich später am Abend bei ihrem Hobby: einen Roman zu schreiben.
Jochen hatte sich nicht mehr gemeldet. Die Entscheidung über ihr zukünftiges Leben hatte sie vertagt, denn sie war noch unsicher, was sie eigentlich wollte. Seit Jahren hatte sie sich an Jochen gewöhnt.

Sie konnte sich auf ihn verlassen, er war offen und ehrlich, aber ihre Beziehung plätscherte nur so dahin, es fehlte ihr die Sehnsucht, den anderen sehen zu wollen.

Jochen hatte ihr schon lange nicht mehr spontan gesagt, dass er sie liebte. Dennoch würde niemand verstehen, wenn sie die Beziehung, die nach außen hin gut und sicher schien, einfach aufgeben würde.

Eines Abends klingelte das Telefon, und zu ihrem Erstaunen war Jochen am Apparat. Mit gelöster und fröhlicher Stimme fragte er: „Regina, warum meldest du dich denn nicht? Bist du immer noch böse wegen dieser Lappalie?"

Regina schüttelte den Kopf. Jochen hatte wirklich nichts begriffen.

„Was erwartest du denn? Ich stelle mich in die Küche, bereite mit viel Liebe ein herrliches Essen zu, und du hast nichts im Sinn außer den Versicherungsakten, die du mitgebracht hast. Hast du denn überhaupt kein Feingefühl mehr?"

„Ich weiß, aber du musst verstehen, dass die Firma und die Karriere zunächst einmal vorgehen müssen."

Sie hatte aufgehört, zu zählen, wie oft er schon mit dieser Erklärung angekommen war.

„Für mich aber nicht! Ich habe Verständnis für die Arbeit, schließlich will ich es auch zu etwas bringen. Aber das Privatleben darf dabei doch nicht zu kurz kommen!", rief sie aufgebracht.

„Du hast gut reden. Wenn du nicht willst, musst du ja nicht. Aber ich? Wie soll ich neben dir bestehen? Außerdem könnten wir alles einfacher haben, deine Wohnung könntest du vermieten und bei mir einziehen. Wir hätten weniger Kosten und würden uns jeden Abend sehen können", stellte er sachlich und nüchtern fest.

Regina sah seine Wohnung vor sich, so unpersönlich in dem großen Mietshaus. Fast konnte sie die unterschiedlichen Gerüche, die aus den einzelnen Wohnungstüren krochen, schon aus der Ferne riechen. War ihre eigene Wohnung da nicht viel besser? Ein großzügiger, wunderbarer Altbau mit einer großen Terrasse inmitten der romantischen Altstadt von Baden-Baden. Sollte sie ihm anbieten, in ihrer Wohnung zusammenzuleben?

Vielleicht würde dann wirklich alles besser und leichter sein, doch dies würde auch nicht seine innere Einstellung ändern. Das würde ihn auch nicht aufmerksamer und zärtlicher werden lassen. Deshalb würde er auch nicht mehr Zeit mit ihr verbringen. Was hatte sie davon, wenn er den Abend an ihrem Schreibtisch verbrachte? Nein, dazu war sie noch nicht bereit.

„Nein, Jochen, ich bin mir nicht mehr sicher, ob wir zusammenpassen. Und solange das so ist, möchte ich nicht mit dir zusammenziehen. Ich möchte, dass jeder von uns seine Wohnung behält.“

„Was soll das heißen, ob wir zusammenpassen?“

„Das heißt, dass wir unsere Beziehung überdenken sollten, weil sie nicht mehr ist, wie sie sein sollte.“

„Jetzt geht das schon wieder los!“

„Nichts geht los“, antwortete sie resigniert.

„Was ist nur mit dir, Regina? Du solltest ein paar Tage Urlaub machen. Beruf und Schule scheinen dir den Blick für das Wesentliche zu verstellen.“

„Was soll das denn? Du nimmst mich einfach nicht ernst!“

„Nein, in dieser Angelegenheit nicht. Wir sind beide so eingespannt, dass du nicht deinen Stress auf unserer Beziehung auskippen solltest“, rief er.

„Ich kippe nichts auf einer Beziehung aus, die in Wirklichkeit keine mehr ist. Bei uns kann man doch nicht von Beziehung sprechen. Das ist… Ach, ich weiß nicht, was das ist. Das ist gar nichts mehr!"

„Warum kann man mit dir nicht mehr vernünftig reden, Regina?"

„Mit mir? Du verdrehst doch die Tatsachen!"

„Ich finde keine Worte mehr, ich kann nicht mehr argumentieren, weil du dich so kindisch benimmst", wandte Jochen ein.

„Lass uns aufhören mit der Diskussion", sagte Regina schließlich. „Wir reden aneinander vorbei. Ich bleibe bei meiner Meinung, wir sollten nachdenken und in Ruhe entscheiden, ob wir noch zusammenpassen. Das ist aus meiner Sicht das Vernünftigste."

„Nun, wenn du meinst. Lass uns das persönlich und nicht am Telefon besprechen."

Jochen war die Enttäuschung nun deutlich anzumerken.

„Gut, wie du willst. Am Samstag findet übrigens eine Gartenparty bei meinen Eltern statt. Hast du Lust, wenigstens da mit mir mitzukommen?"

Schnell ging Jochen seine Termine durch. Es erschien ihm sinnvoll, dafür Zeit zu opfern. Immerhin würde er vielleicht gute Kontakte knüpfen können, da sich dort meist viele Geschäftsleute trafen. Zwar hatte er sich bei anderen Anlässen dieser Art nicht sehr wohl gefühlt, dennoch würde er an solchen Begegnungen arbeiten müssen, wenn er eines Tages mithalten wollte.

„Gerne, ich hole dich so gegen acht ab. Ist es dir recht?"

Innerlich atmete Jochen bereits auf. Regina war doch eine vernünftige Person. Es würde alles wieder gut werden. Er musste ihr nur Zeit geben.

2

Regina war sich nun sicher, dass sie die notwendige Aussprache mit Jochen nicht unnötig lange aufschieben wollte. Sie hatte plötzlich begriffen, dass Jochen und sie kein ideales Paar mehr waren – nicht wegen des vorhandenen Standesunterschiedes, schließlich arbeitete sie ja selbst im Moment noch weit unter seinem Niveau. Nein, sie spürte einfach, dass es im Leben noch etwas anderes geben musste. Die große Liebe sollte sich in ihren Augen einfach anders anfühlen. Deshalb würde sie am Samstag einen endgültigen Schlussstrich ziehen.

Jetzt war sie erleichtert. Das war er nun, der erste kleine Schritt in ein anderes Leben. Nur vollziehen musste sie ihn noch. Es würde nicht einfach werden, weil sie sonst eigentlich eine treue Seele war und nicht so schnell die Flinte ins Korn warf. Nun hatte sie aber den Entschluss gefasst, und ab jetzt gab es für sie kein Zurück mehr.

Am Samstag hatte Regina viel zu tun. Zunächst nahm sie sich ihre Wohnung vor, es war doch einiges über die Woche liegen geblieben. Danach gönnte sie sich einen Besuch beim Friseur. Für den Abend bei ihren Eltern entschied sie sich für ein weißes Kleid mit einem einfachen, enganliegenden Schnitt, knöchellang und mit einem aufreizenden Schlitz, der bei jedem Schritt einen Blick auf ihre wohlgeformten Beine freigab. Der runde

Ausschnitt betonte ihren zarten Hals und das Dekolleté. Ihre Haare hatte die Friseurin hochgesteckt. Zum Schluss legte sie etwas Rouge auf und zog die Lippen mit einem dezenten Stift nach. Sie drehte sich mehrmals vor dem Spiegel und war mit ihrem Aussehen zufrieden. So konnte sie sich auf der Party ihrer Eltern sehen lassen.

Pünktlich zur verabredeten Zeit läutete Jochen. Es verschlug ihm die Sprache, als er Regina so sah, und er brauchte einen Moment, um sich zu fassen.

„Hallo Regina! Siehst du gut aus! So schön und verführerisch." Seine Lippen bebten leicht. Was war nur los mit ihm? Sie war ihm doch vertraut, schließlich hatte er sie schon oft in schicker Kleidung gesehen. Er hätte sich über sich selbst ärgern können. Warum musste es soweit kommen, dass sie an ihrer Beziehung zweifelte? Hatte er sich nicht genug um sie bemüht? Er liebte sie doch und wollte es unbedingt noch einmal versuchen. Aber konnte, musste er sich ändern? In seinen Augen war es an Regina, ihnen Zeit zu geben. Wenn seine Karriere erst einmal vorangeschritten war, würden sie immer noch ihr Leben anders gestalten können.

„Ich bin erstaunt, dass dir das auffällt", sagte sie süffisant.

„Du tust ja gerade so, als hätte ich nie dein Aussehen bewundert. Fängst du schon wieder an?"

„Nein, ich fange nicht mehr an."

„Komm, lass uns gehen, damit wir nicht zu spät kommen", drängte Jochen nach einem Blick zur Uhr.

„Deine Eltern erwarten uns."

Sanft, aber bestimmt schob er sie aus der Tür.

„Drängle doch nicht so. Wir sind doch noch zeitig dran.“

„Musst du nicht etwas früher da sein und deinen Eltern helfen, so wie immer?“

„Schon, aber es reicht trotzdem noch.“

Sie blickte ihn von der Seite an, während er das Auto startete. Er war wie immer, zeigte keinerlei Regung, obwohl sie eigentlich über ihre Beziehung reden wollten. Anscheinend hatte er das alles schon wieder verdrängt und zu den Akten gelegt. Sie hätten ja zu Hause noch Zeit gehabt, um das Gespräch zu führen. Das würde nun schwer werden, schließlich konnten sie das nicht auf einer Party inmitten der Gäste tun.

Martin Rosenfeld hatte von seinem Vater die Rosenfeld-Werke übernommen, die traditionsreiche Maschinenfabrik, die dank der Einführung moderner Produktionsmaßnahmen noch immer der größte Arbeitgeber in der Region war. Er war ein großer, stattlicher Mann und hatte im Laufe der Jahre etwas von seiner Schlankheit eingebüßt. Seine sportlichen Aktivitäten hatte er etwas zurückgenommen und musste daher den Ansatz eines Bauches in Kauf nehmen. Trotzdem war er beeindruckend in seiner Statur, sein Körper drückte unverminderte Stärke aus, sein Gang war aufrecht, und seine modische Brille und seine grau melierten Haare gaben ihm das gewisse Etwas.

Seine Frau Marga führte die Villa und sorgte dafür, dass die Rosenfelds ihren gesellschaftlichen Pflichten reibungslos nachkamen. Sie engagierte sich in verschiedenen sozialen Projekten und war weit über die Stadtgrenzen hinaus ein ausgesprochenes Vorbild für die Damen, zumindest für die mit Einfluss und Bekanntheit.

Im Gegensatz zu ihrem Mann achtete sie sehr auf ihre Figur und verbrachte jeden Morgen mindestens eineinhalb Stunden im Wellnessbereich der Villa Rosenfeld. Sie war mittelgroß und schlank und ihre Haut immer noch glatt und geschmeidig. Die blond gefärbten Haare umrahmten in zarten Locken ihr Gesicht. Ihre Kleidung war elegant und mit sicherem Geschmack ausgewählt.

Die Rosenfelds hatten Reginas berufliche Wünsche akzeptiert, wenn auch nur ungern. Unendlich viele Diskussionen gab es im Vorfeld. Doch Regina hatte ihren eigenen Kopf und gab nicht viel auf die Stimmen, die lächelnd auf das Fabrikantentöchterchen blickten, das es vorzog, eine einfache Arbeit anzunehmen, anstatt auf Partys zu glänzen und das Geld der Eltern auszugeben.

Eine Zeit lang war es Marga unangenehm gewesen, aber inzwischen hatte sie sich daran gewöhnt. Immerhin erwarb sich Regina auf der Abendschule ein Diplom, das sie später zur Assistentin im Management qualifizierte und es gab weitere Möglichkeiten, die Erfolgsleiter nach oben zu steigen.

Sorgen bereitete ihnen nur ihr Sohn Carsten. Der junge Mann konnte sich mit seinen achtzehn Jahren bisher weder für eine Ausbildung noch für ein Studium entscheiden und lebte einfach in den Tag hinein.

Schnelle Autos, Discos und andere Freizeitvergnügungen bestimmten seinen Alltag. Er war das krasse Gegenteil zu der ehrgeizigen Regina, denn seine Ambitionen waren gleich null. Stets fiel er unangenehm auf.

Es verging keine Woche, ohne dass er nicht betrunken oder mit wechselnden Mädchenbekanntschaften im Arm die Seiten der Boulevardpresse zierte.

Trotz allen Bittens und Bettelns, ein Studium aufzunehmen, nahm er keinen Vorschlag ernst, und den Eltern blieb nichts anderes übrig, als unglücklich zuzusehen. Sie hatten ihm genau wie Regina alle Freiheiten gegeben, alle Wünsche erfüllt, trotzdem endete jede Diskussion im Streit.

Im Moment kamen sie mit Worten einfach nicht an ihn heran und konnten nur hoffen, dass er nicht noch mehr abrutschte. Die Familie hatte ihren guten Ruf zu verlieren, und es war beileibe nicht von Vorteil, permanent in negative Schlagzeilen zu geraten.

Die Villa Rosenfeld befand sich auf einer Anhöhe und war umgeben von einem wunderschönen Park. Die Terrasse gab den Blick auf die gegenüberliegende Altstadt frei. Rund um die Stadt findet man zahlreiche Villenviertel in Höhenlage, die seit Jahrhunderten exklusives Wohnen ermöglichen.

Jochen und Regina fuhren vor die Villa und parkten das Auto am Straßenrand. Das Ehepaar Rosenfeld stand schon zur Begrüßung der Gäste bereit.

„Da seid ihr ja endlich!“, begrüßte sie Marga Rosenfeld und betrachtete ihre Tochter mit Stolz.

Sie war richtig zufrieden, als sie feststellte, wie hübsch Regina aussah. War ihre Tochter nicht eine gescheite, strahlende Persönlichkeit? Sie würde auch an diesem Abend wieder alle Blicke der anwesenden Junggesellen auf sich ziehen. Nichts wünschte sie sich mehr als einen

Ehemann aus gutem, reichem Hause für ihre Regina. Nur so wäre letztendlich gewährleistet, dass sie nicht wegen ihres Geldes und ihres privilegierten Standes geheiratet werden würde.

Um dieses Ziel zu erreichen, wäre ihr lieber gewesen, wenn sich Regina ihren gesellschaftlichen Aufgaben gewidmet hätte, anstatt sich fortzubilden. Im Moment kam sie mit dieser Meinung natürlich nicht durch, denn Regina hatte ihre Sturheit von ihrem Vater geerbt. So blieb Marga nichts anderes übrig, als abzuwarten und zu beobachten, ob sich nicht doch eine andere Entwicklung ergab.

Jochen hingegen nahm Marga nur beiläufig zur Kenntnis, er interessierte sie nicht sonderlich, war er doch ein junger Mann ohne Glanz. Er stammte aus einer kleinbürgerlichen Familie, sein Vater war Lehrer, und das reichte einfach nicht, um in eine Familie wie die Rosenfelds einzuheiraten. Auch wenn er beruflich noch etwas weiter nach oben kommen würde, den Ansprüchen eines Rosenfeld würde er niemals gerecht werden können. Eines Tages würde Regina einsehen, dass er nicht der Richtige war, dachte Marga und schickte ein Stoßgebet zum Himmel.

Jochen merkte sofort, dass Marga Rosenfeld an ihm vorbei geblickt hatte, und trat enttäuscht einen Schritt zur Seite. Es ärgerte ihn jetzt, dass er die Einladung angenommen hatte, dabei hätte er es besser wissen müssen, schließlich war er nicht das erste Mal dabei.

Aber so extrem wie an diesem Abend war es ihm noch nie aufgefallen. Er straffte seinen Körper. Voll innerem Trotz schwor er sich, Marga Rosenfeld eines

Tages ebenbürtig gegenüberzutreten.

Dann würde sie schon sehen, was sie davon hatte. Sie würde gut daran tun, ihn nicht zu unterschätzen.

In seiner Wut verlor er jeden Realitätssinn. Dennoch huschte ihm für einen Moment ein leichter Zweifel durch den Kopf: Konnte das überhaupt gut gehen, was er sich da gerade vorgenommen hatte, selbst wenn er Tag und Nacht arbeitete? Doch sofort schüttelte er diesen Gedanken wieder ab. Nein, wenn er sich Mühe gab, würde er auch das schaffen.

Reginas Vater Martin Rosenfeld war da ganz anders als seine Frau. Auch er war stolz auf seine Tochter: Sie hatte mit Auszeichnung ihr Abitur gemacht und sprach perfekt zwei Fremdsprachen.

Allerdings begriff auch er nicht ganz, warum sie für so wenig Geld in diesem Callcenter arbeitete. Gut, wenn sie unbedingt Sekretärin oder auch Assistentin der Geschäftsleitung werden wollte, hätte sie sich auf ihre Ausbildung konzentrieren können und nicht dazu noch berufstätig sein müssen. Aber wer weiß, was ihr so durch den Kopf geisterte, was ihre Zukunft betraf. Sie hielt da ziemlich hinterm Berg, oder wusste es gar selbst noch nicht. Er als Vater hätte es am liebsten gesehen, wenn sie studierte, um später in die Firma eintreten zu können.

Er verstand nicht, weshalb sie Assistentin sein wollte und nicht Chefin eines Großunternehmens. Schließlich konnte er sich auf seinen Sohn Carsten nicht verlassen, doch gerade darüber wollte er an diesem Abend nicht nachdenken. Das war ein Kapitel für sich.

Den jungen Jochen sah er nicht so streng wie seine

Frau. Er war ein ehrlicher Junge, arbeitete gut und fleißig und, was das Wichtigste war, Regina liebte ihn. Sollte Jochen ihr aber eines Tages wehtun, würde er ihn kennenlernen.

Dass er nicht aus reichem Hause war, sah Martin als nicht so problematisch. Er würde ihn nach der Hochzeit in die Firma aufnehmen und damit dem Gerede in der Öffentlichkeit ein Ende bereiten.

„Guten Abend, Papa", hörte er Regina freundlich sagen. „Wie geht es dir?"

„Guten Abend, Regina, Jochen! Ich freue mich, euch zu sehen. Mir geht es gut. Dir doch hoffentlich auch?", fragte er mit ein wenig Besorgnis in der Stimme und lächelte Regina bewundernd an.

„Ja, natürlich. Viel Arbeit, wie immer. Aber sonst ist alles im grünen Bereich", antwortete Regina und strahlte.

„Und wie geht es dir, Jochen? Was macht die Arbeit?"

„Danke der Nachfrage, gut, die Arbeit läuft bestens. Natürlich ist viel zu tun, und man muss dranbleiben, wenn man weiterkommen will, das lässt sich nicht vermeiden."

„Gut so, mein Junge, immer weiter und weiter."

Regina spürte, das hatte jetzt ihr gegolten. Man musste dranbleiben, wenn…

Ihr Vater unterbrach ihre Gedanken, noch ehe sie wütend werden konnte.

„Regina, kümmert ihr euch mit uns um die Gäste? Mama hat wieder die halbe Stadt eingeladen."

„Gerne, Papa, wir helfen euch bei der Begrüßung. Komm, Jochen."

Regina zog ihn mit sich in den Park.

Der weitläufige Park der Villa Rosenfeld war mit bequemen Tischgruppen bestückt, Lampions und Fackeln verstreuten ein warmes Licht. Seitlich der Tische war eine Bühne aufgebaut, dort spielte eine Band zum Tanz auf. Auf der großen Terrasse hatte der beste Catering-Service der Stadt Köstlichkeiten angerichtet, und das Personal sorgte dafür, dass Getränke gereicht wurden. Es den Gästen an nichts fehlte. Marga Rosenfeld war bekannt für ihre legendären Partys, auf denen sie stets Geld für ihre Wohltätigkeitsprojekte sammelte.

Sie schüttelten unzählige Hände, und da Regina die meisten Leute kannte, wechselte sie mit jedem und jeder ein paar nette Worte. Jochen stand ein wenig hilflos neben ihr, denn Marga hatte ihn durch ihre Ignoranz doch mehr verunsichert, als er sich eingestehen wollte.

Von seinem inneren Trotz war nicht mehr viel übrig geblieben, im Gegenteil, er merkte, dass er dieser geballten Prominenz nicht gewachsen war.

„Regina, ich fühle mich nicht wohl hier, die Gäste kenne ich fast alle nicht."

Er sah sich im Park um.

„Hier ist niemand, mit dem ich mich unterhalten kann. Ich kann doch nicht die ganze Zeit nur neben dir stehen wie eine Marionette. Das geht so nicht."

„Hab dich doch nicht so", antwortete sie spöttisch.

Das fehlte gerade noch. Die ganze Zeit kämpfte er, um sich in diese Kreise hochzuarbeiten, und jetzt hatte er schon bei einer einfachen Party seine Komplexe ausgegraben. Sie griff sanft nach seinem Arm.

„Komm, ich mache dich mit einigen bekannt. Allzu

lange bleiben wir nicht, ich möchte auch nicht so spät nach Hause kommen.“

Jochen verdrehte die Augen und fügte sich in das Unvermeidliche. Er hatte es wieder einmal versucht, in der Hoffnung, sich daran gewöhnen zu können.

Regina aber setzte ein gekonntes Lächeln auf und begrüßte mit ihm zusammen weitere Gäste. Alles, was in der Stadt und in der Umgebung Rang und Namen hatte, schlenderte durch den Park. Dann erblickte sie Direktor Friese von der größten Versicherung im Land.

„Guten Abend, Herr Direktor Friese. Ich freue mich sehr, dass Sie heute hier sind! Darf
 ich Ihnen meinen Freund Jochen Pfister vorstellen? Er arbeitet bei der ABR-Versicherung.“

„Guten Abend, Frau Rosenfeld. Ihr Anblick setzt mich in Verzücken“, begrüßte er Regina und küsste galant ihre Hand.

„Junger Mann, schön, Sie kennenzulernen“, fügte er mit einer leichten Verbeugung und einem kühlen Lächeln in Jochens Richtung hinzu.

Regina verwickelte Direktor Friese in ein längeres Gespräch und stellte ihm Jochen an die Seite, doch Direktor Friese machte keine Anstalten, auf Jochens Beruf und seinen Arbeitgeber einzugehen, obwohl die ABR eine renommierte Versicherung war.

Er ignorierte Jochen vielmehr genauso, wie Marga Rosenfeld dies zuvor auch getan hatte. Jochen war mächtig enttäuscht und ahnte nicht, was Regina, die entspannt und gelöst neben ihm stand, in diesem Moment durch den Kopf ging. Langsam ging ihr Jochen mit seiner Jammerei auf die Nerven. Nicht einmal Fachgespräche konnte er an diesem Abend führen. Mit einer Ausrede stahl sie sich aus der Unterhaltung und schlenderte alleine weiter in den mittlerweile dunkel gewordenen Park.

Es war eine schöne Sommernacht, der Vollmond leuchtete in seiner ganzen Kraft und zeigte Regina den Weg durch die Büsche und Sträucher. Sie genoss diesen Augenblick der Stille und der Ruhe, nachdem sie unendlich viele Gäste begrüßt und ununterbrochen geredet und gelächelt hatte. Es war schön, endlich dem Stimmengewirr entronnen zu sein. Als sie daran dachte, wie sie Jochen zur Strafe bei dem verschrobenen Direktor Friese abgestellt hatte, huschte ihr ein Lächeln über das Gesicht. Gleich nach einer kurzen Verschnaufpause würde sie Jochen erlösen, das war sie ihm schuldig.

Sie war am Ende des Parks angelangt bei ihrer Lieblingsbank, die zwischen Büschen und Sträuchern versteckt von der Villa nicht einzusehen war. Schon als Kind war sie gerne hierhergekommen, meistens hatte sie ihre Puppen mitgenommen und sich ungestört ihrem Spiel widmen können. Was für eine herrliche Zeit war das gewesen, so unbeschwert und frei, ohne Sorgen um Beziehungen, um Arbeit und Beruf! Als sie näherkam, musste sie enttäuscht feststellen, dass ihre Bank schon besetzt war, was sie überhaupt nicht erwartet hatte. Ein Mann saß da, der so tief in Gedanken versunken sein musste, dass er sie nicht bemerkte. Regina überlegte, ob sie still und heimlich umkehren sollte. Doch auf einmal blickte er auf und sah sie an. Seine Augen bohrten sich in ihre, hielten ihren Blick viel zu lange fest.

Er erhob sich.

„Guten Abend, schöne Frau. Habe ich Ihnen Ihren Platz weggenommen?", fragte er und machte eine Handbewegung zur Bank, die vom Licht des Mondes sanft angestrahlt wurde.

„Nein, bitte bleiben Sie sitzen. Ich wollte nur einen Moment Ruhe suchen", versicherte sie mit ihrem schönen Lächeln.

„Na, dann haben wir ja das gleiche Bedürfnis. Setzen Sie sich doch zu mir. Es ist genug Platz, um gemeinsam zu schweigen", stellte er fest und deutete mit einer einladenden Geste auf die Bank.

Wie ferngesteuert setzte sich Regina. Wer war das? Diesen Mann hatte sie noch nie gesehen. Sie beobachtete ihn aus den Augenwinkeln und ihr Herz klopfte stürmisch. Und was für ein Mann! Er war groß, schlank, hatte haselnussbraune Haare, sein dunkler Anzug war maßgeschneidert, das Tuch von hoher Qualität, stellte Regina in Windeseile mit Kennerblick fest. Wenn er sie ansah, glaubte sie, in den Tiefen seiner dunklen Augen zu versinken. Und erst seine Stimme, diese dunkle, wunderbare Stimme! Am liebsten hätte sie ihn angesprochen, aber sie traute sich nicht, diese Ruhe zu stören. Zu ihrer Enttäuschung erhob er sich relativ schnell und verbeugte sich knapp.

„Es war nett, Sie kennengelernt zu haben. Ich wünsche Ihnen noch einen schönen Abend", sagte er mit einem freundlichen Lächeln und verschwand rasch in der Dunkelheit.

„Das wünsche ich Ihnen auch", stammelte Regina leise hinterher.

Gleichzeitig ärgerte sie sich. Warum hatte sie ihn nicht in ein Gespräch verwickelt? Wie konnte sie den Mann einfach gehen lassen? War sie noch zu retten? Da saß ein Mann neben ihr, der sie über alle Maßen beeindruckte, und was tat sie? Schmachtete ihn an wie eine Pennälerin und schwieg. Ihr war wohl wirklich nicht mehr zu helfen!

Sie erhob sich, schlenderte zurück zur Gesellschaft und mischte sich wieder unter die Gäste. Zielstrebig durchschritt sie den ganzen Park, die Terrasse und alle Räume der Villa, die den Gästen zugänglich waren, in der Hoffnung, ihm noch einmal zu begegnen. Doch er war wie vom Erdboden verschluckt.

Ihre Mutter kam ihr entgegen. „Regina, ist alles in Ordnung?"

„Ja, Mama, alles bestens. Sag einmal, ich habe im Park einen Mann getroffen, groß, schlank, er hat braune Haare und trägt einen dunklen Anzug. Den habe ich noch nie auf einem Fest gesehen. Hast du eine Ahnung, wer das ist?"

„Leider nein, mein Kind. Diese Beschreibung passt ja auch auf die halbe Gesellschaft!", lächelte Marga.

„Hast ja Recht. Hätte mich nur interessiert."

Sie hätte sich selbst ohrfeigen können. Wie peinlich war sie nur, extrem peinlich!

„Wieso interessiert dich denn dieser Mann?"

„Nur so. Er hat mich neugierig gemacht, denn er war so weit in den Park hinein bis zu meiner Bank gelaufen. Das tut normalerweise niemand, der zum Feiern hierherkommt.“

„Nun, er scheint dich ja mächtig beeindruckt zu haben“, bemerkte Marga mit einem verschmitzten Blick.

„Nein“, Regina errötete, „so war das auch wieder nicht.“

Marga schmunzelte. Sie kannte ihre Tochter. Anscheinend war doch noch nicht alles verloren und Regina war noch anfällig für schöne Männer. Das gab ihr wieder Hoffnung.

Lächelnd blickte Regina Marga an und erkannte, wie es hinter deren Stirn arbeitete. Sie wusste, dass ihre Mutter gerne die Kupplerin spielte. Daher würde sie dem Ganzen jetzt Einhalt gebieten müssen.

„Ich bin müde, Mama. Deshalb werde ich jetzt Jochen suchen, um nach Hause zu fahren. Du hast doch nichts dagegen, wenn wir uns jetzt schon verabschieden?“

„Nein, woher denn, das geht schon in Ordnung. Hier läuft jetzt alles rund. Es ist immer nur die Begrüßung, die ich nicht alleine übernehmen kann. Später, wenn alle versorgt sind, brauchen die Gäste nur noch Getränke, Essen und andere Gäste zum Plaudern.“

Regina musste lachen über die trockene Feststellung ihrer Mutter, aber sie konnte sie verstehen, sie unterlag Zwängen, die ihr nicht immer gefielen. Unter den Gästen waren Leute, die sie am liebsten vergessen hätte, was natürlich aufgrund ihres Standes und ihres Einflusses nicht möglich war.

Regina fand Jochen gelangweilt und alleine an einem der Tische sitzen.

„Jochen, komm wir fahren nach Hause!“, rief sie ihm

schon von weitem zu, nicht ohne dabei weiter nach dem Mann aus dem Park Ausschau zu halten.

„Das ist ja nett, dass du dich auch einmal wieder blicken lässt! Wie kannst du mich einfach mit diesem merkwürdigen Direktor Friese stehen lassen? Der ist ja unmöglich!"

Sie war nun doch ein wenig verwundert über Jochens aggressive Reaktion.

„Ich dachte, die gleiche Arbeit verbindet euch."

„Wie kommst du denn darauf? Ich habe es satt, wie ein Hanswurst der Reichen behandelt zu werden", schnaubte er.

„Ihr behandelt die Leute derart von oben herab, dass ihr es gar nicht mehr merkt. Das ist mehr als widerlich!"

Regina erschrak über Jochens Worte und war für einen Moment sprachlos.

„Das musst du nicht!"

Sie stockte kurz und fuhr dann fort: „Ich habe es nur gut gemeint und denke jetzt, dass es keinen Zweck mehr hat."

„Was hat keinen Zweck mehr?"

„Na, mit uns hat es keinen Zweck mehr!", rief sie wütend.

„Ich habe ja gar nicht dich gemeint, sondern das Verhalten der Leute, auch das deiner Mutter."

Es klang wie eine Rechtfertigung.

„Du hast gesagt, Ihr behandelt die Leute…, also war ich ja auch damit gemeint. Es ist schon sehr traurig, dass du diese Meinung von mir hast, von mir, die in einem Callcenter arbeitet. Ich verstehe dich einfach nicht."

„Entschuldige, aber das hat mich einfach alles aufgeregt", sagte er kleinlaut, nachdem er seinen Fehler bemerkt hatte.

„Nein, Jochen! Du steckst voller Widersprüche. Meinen Eltern willst du das Wasser reichen, was bei allem Respekt nicht funktionieren kann. Und ein bescheidenes, normales Leben willst du mit mir auch nicht führen, wie ich aus unseren Diskussionen herausgehört habe.

Ich finde, ab hier sollten sich unsere Wege trennen."

„Wieso reden wir neuerdings immer aneinander vorbei, Regina? Kannst du mir das erklären?"

„Ich habe dir ja schon ein paarmal gesagt, dass unsere Beziehung nicht mehr stimmt, aber du hast das immer ignoriert und nicht ernst genommen."

Regina blickte ihn traurig und mit einem Kopfschütteln an.

„Eigentlich wollte ich in Ruhe mit dir reden, aber das ersparen wir uns jetzt. Du kannst alleine nach Hause fahren, ich nehme mir ein Taxi. Ich wünsche dir alles Gute für deine Zukunft", sagte sie, drehte sich um und lief mit zitternden Knien ins Haus.

Jochen erblasste. Erst jetzt wurde ihm bewusst, wozu er sich gerade hatte hinreißen lassen und zu welcher Konsequenz das geführt hatte. Es war ihm auch gleich klar, dass es im Moment sinnlos war, noch einmal das Gespräch mit Regina zu suchen. Schweren Schrittes ging er zu seinem Wagen und fuhr zutiefst enttäuscht und sehr traurig nach Hause.

Regina stand wie erstarrt in der Halle. Wie hatte das nur derart eskalieren können, wo doch der Abend so friedlich begonnen hatte? Sie konnte Jochens Vorwürfe nicht im Entferntesten verstehen. Gut, sie hatte ihn mit Direktor Friese alleine gelassen, aber bestimmt nicht, weil sie ihn nicht schätzte oder seine Herkunft nicht akzeptierte. Er musste sich wohl sehr vernachlässigt gefühlt haben, und nun plagte sie das schlechte Gewissen.

So hätte sie sich nicht verhalten dürfen. Es war nicht gerecht von ihr, so hart zu reagieren. Anständiger wäre es gewesen, ihm die Trennung ruhig und sachlich zu erklären. Immerhin waren sie einige Jahre ein Paar gewesen. Doch Jochen war schon weggefahren, sie konnte sich nicht mehr bei ihm entschuldigen.

Die Abendschule forderte Regina in der nächsten Zeit sehr, denn es standen noch viele Klausuren an. Danach ging es direkt in die Vorbereitungen auf die Prüfung. Sie arbeitete wie besessen, halbe Nächte verbrachte sie nach der Schule an ihrem Schreibtisch. Auf keinen Fall wollte sie riskieren, die Schule ohne Abschluss verlassen zu müssen, schließlich hatte sie drei lange Jahre in diese Ausbildung investiert.
Sie hatte sich vorgenommen, sich nach der Prüfung umgehend einen anderen Arbeitsplatz zu suchen, und die verlockende Aussicht, das Callcenter verlassen zu können, spornte ihren Eifer noch mehr an. Sie neigte mittlerweile fast schon dazu, zu übertreiben.

Jochen hingegen hatte sie völlig verdrängt. Sie vermisste ihn überhaupt nicht und hatte auch nichts mehr von ihm gehört. Nur dieser Mann aus dem Park ging ihr trotz der vielen Arbeit nicht aus dem Kopf.

Immer wieder sah sie ihn vor sich auf der Bank sitzen. Wie konnte es sein, ständig an einen Mann denken zu müssen, den man gar nicht kannte, von dem man nicht einmal wusste, wer er war? Vehement versuchte sie immer wieder, diese Gedanken auszuschalten, um sich auf ihre Arbeit konzentrieren zu können, die so enorm wichtig für ihre zukünftige Lebensplanung war und all ihre Aufmerksamkeit forderte.

3

Eines Abends zu später Stunde rief Reginas Bruder Carsten bei ihr an. Er war völlig aufgelöst, und seine Stimme überschlug sich beinahe.

„Regina, ich brauche deine Hilfe! Kann ich vorbeikommen?"

„Um Gottes Willen, Carsten, was ist denn los?"

Regina merkte sofort, dass dies keine Angelegenheit war, die am Telefon erledigt werden konnte. Ihr Bruder brauchte sie, deshalb verzichtete sie auf weitere Fragen. „Komm vorbei, Carsten. Selbstverständlich bin ich für dich da."

Es dauerte nicht lange, bis er vor ihrer Tür stand. Regina war bestürzt, als sie ihn sah, ließ es sich aber nicht anmerken. Verstört und zitternd, völlig durchnässt und mit struppigen Haaren stand er wie ein Häufchen Elend vor ihr. Seine Augen blickten voller Angst, die Tränen rannen über sein erhitztes Gesicht.

„Carsten, wie siehst du denn aus?", rief sie.

„Komm herein."

Sie zog ihn am Arm durch die Tür und half ihm, das nasse Jackett auszuziehen, dann schob sie ihn ins Wohnzimmer.

„Danke, Schwester, dass du Zeit für mich hast. Ich habe großen Mist gebaut und weiß nicht mehr weiter."

Sie hob die Arme und unterbrach ihn. „Bevor du weiterredest, lasse ich dir erst einmal ein Bad ein. Außerdem müssen deine Klamotten gewaschen und getrocknet werden.“

Rasch lief sie ins Schlafzimmer und suchte Wäsche zusammen. „Hier ist noch ein Bademantel von Jochen. In der Zwischenzeit koche dir eine heiße Schokolade, danach reden wir. Es gibt für alles eine Lösung“, sagte sie, als sie zurückkam und wieder vor ihm stand.

Dann zog sie ihn mit sich ins Bad und ließ ihm heißes Wasser einlaufen. Nachdem sie ihn versorgt wusste, ging sie zurück ins Wohnzimmer. Sie war nun auch erschrocken und musste sich kurz setzen, um sich zu sammeln.

Eigentlich war Carsten ein attraktiver junger Mann, er war wie sie groß gewachsen, schlank und im Gegensatz zu ihren langen, glatten Haaren hatte er eine schwarze Löwenmähne mit wild umherspringenden Locken. Seine Augen waren genauso blau wie ihre, die Zähne blendend weiß, seine Nase war markant und der Mund schmal. Aber an diesem Abend war davon nicht sehr viel übriggeblieben. Carsten war nur noch ein Schatten seiner selbst, seine sonst übliche Bräune war einer fahlen Blässe gewichen. Die Augen blickten stumpf und leer, und sein Atem roch nach abgestandenem Alkohol.

Carsten lag in der Wanne und war dankbar für Reginas Fürsorge. Sogleich fühlte er sich etwas besser, geradezu geborgen. Er wusste, dass er sich auf seine Schwester verlassen konnte. Sie würde alles tun, um ihm zu helfen, und dieses Wissen beruhigte ihn schon sehr.

Während Regina Carstens Wäsche bearbeitete, wuchs ihre Sorge um ihn. Was immer auch geschehen sein mochte, es war keine Kleinigkeit. Sie wusste, dass Carsten schon seit Jahren das Leben nicht sehr ernst nahm, worüber es immer wieder Diskussionen gab.

Das Verhältnis zwischen Carsten und seinen Eltern war deshalb sehr angespannt. Er fühlte sich von ihnen nicht verstanden, gab ihnen sogar die Schuld, dass er so unzufrieden war, und warf ihnen vor, dass sie sich all die Jahre nicht richtig um ihn gekümmert hätten.

Für ihn waren die vielen Verpflichtungen der Eltern das Problem und so behauptete er, dass sie nur ein öffentliches Leben ohne innere Werte und unter dem Druck des Geldes führten. Aus diesen Gründen hasste er Geld aus vollem Herzen.

Anstatt zu studieren, um Geld zu verdienen, versuchte er, das Geld seiner Eltern mit vollen Händen auszugeben. Ja, er wollte es geradezu vernichten.

Regina erwartete Carsten schon im Wohnzimmer. Als er zurückkam, kuschelte er sich in die weiche Decke, die Regina ihm bereitgelegt hatte. Während er seine Schokolade in kleinen Schlückchen trank, saßen sie einander schweigend gegenüber. Regina merkte, wie schwer es ihm fiel, das Gespräch zu beginnen. Aufmunternd und fragend zugleich blickte sie ihn an.

„Kannst du mich nun bitte aufklären, Carsten?"

Zunächst stockend, mit nach unten gebeugtem Kopf und in sich verschlungenen, zitternden Händen begann er zu erzählen.

„Ich war heute mit meinen Freunden wie jeden

Abend in der Disco. Du kennst das ja", erklärte er leise.

Regina nickte kaum merklich.

„Wie üblich haben wir reichlich getrunken. Normalerweise bin ich vernünftig und fahre mit einem Taxi oder einer Bekannten, die keinen Alkohol trinkt, nach Hause. Heute war das zum ersten Mal anders, und das wurde leider zu meinem Verhängnis", stöhnte er und schüttelte den Kopf.

Mühsam berichtete er weiter, dass sein Freund Rüdiger unbedingt noch eine andere Disco hatte aufsuchen wollen, die vierzig Kilometer entfernt war.

Rüdiger war ein schwieriger, aggressiver junger Mann ohne Ausbildung und ohne Perspektive, sein Elternhaus war zerrüttet, er hatte kein Geld, hängte sich an Carsten und nutzte ihn aus, indem er sich ständig das Eintrittsgeld und Getränke bezahlen ließ.

Carsten selbst wollte an diesem Abend in keine andere Disco mehr, er hatte keine Lust, so weit zu fahren, schon gar nicht, nachdem er selbst auch Alkohol getrunken hatte.

Rüdiger schrie ihn an, bezeichnete ihn als Mamakind ohne eigenen Willen, als reichen Schnösel, der nicht mutig war, und so weiter.

Carsten konnte keinen klaren Gedanken mehr fassen und gab Rüdigers Drängen schließlich nach. Aus Wut über seinen Freund setzte sein Verstand aus, er erkannte nicht mehr, dass er eigentlich fahruntüchtig war.

Auf der Rückfahrt von der Disco übersah er auf der Landstraße einen Radfahrer und fuhr ihn um. Stundenlang war er bei der Polizei, der Unfall wurde aufgenommen, eine Blutuntersuchung angewiesen und schließlich Anzeige gegen Carsten wegen Körperverletzung im Straßenverkehr erstattet.

Regina erschrak. So schlimm hatte sie es sich nicht vorgestellt. Carsten tat ihr richtig leid.

„Ich habe so etwas noch nie erlebt, Regina, glaube mir. Da knallte es fürchterlich, und der Körper des Mannes flog auf die Motorhaube. Ich war entsetzt und schockiert. Diese Bilder! Oh, diese Bilder, ein Albtraum!“, stöhnte er.

„Das kann ich verstehen. Sobald ein Mensch zu Schaden kommt, ist das nicht einfach zu verarbeiten.“

Carsten blickte gehetzt.

„Das ist milde ausgedrückt. Der Vorfall wird mich mein ganzes Leben lang verfolgen.“

„Weißt du, wie es dem Radfahrer geht?“

„Er wurde ins Krankenhaus gebracht“, schluchzte Carsten. Tränen liefen ihm über das Gesicht.

„Wo waren die anderen, die mit dir mitgefahren sind?“

„Die sind abgehauen. Regina, ich habe Angst. Ich wollte keinen Menschen verletzen. Was soll ich jetzt nur tun? Was werden unsere Eltern sagen?“

Er schlug die Hände vors Gesicht, weinte bitterlich und konnte sich nicht mehr beruhigen.

„Du bleibst heute Nacht erst einmal hier. Morgen gehen wir zusammen zur Polizei und ins Krankenhaus. Danach begleite ich dich zu den Eltern, die reißen dir den Kopf schon nicht ab.“

Sie wusste zwar noch nicht, wie schlimm die Konsequenzen für Carsten sein würden, aber sie musste ihn erst einmal beruhigen.

„Danke für deine Hilfe. Und danke, dass du mich nicht verurteilst."

Er schlang die Arme um sie und hielt sich an ihr fest.

„Du bist doch mein Bruder, du wirst sehen, wir kriegen das hin. Aber du musst mir versprechen, dass wir uns danach über deine Zukunft unterhalten, denn es ist an der Zeit, da einiges zu ändern. Ich habe dir das Gästezimmer hergerichtet. Gute Nacht, Carsten, und mache dir nicht zu viele Sorgen. Wenn du mich brauchst, dann melde dich."

Am nächsten Morgen stand Regina früh auf, huschte leise ins Bad und stellte sich unter die Dusche. Nachdem sie sich abgetrocknet und eingecremt hatte, zog sie gleich ihren blauen Hosenanzug aus Leinen an, der, wie sie fand, sie besonders gut kleidete und sie seriös aussehen ließ. Dann rief sie in der Firma an und bat die Sekretärin um einen Tag Urlaub. Um einer Ablehnung aus dem Wege zu gehen, legte sie sofort auf. Danach meldete sie sich bei der Schule, um für den Abend abzusagen, und zuletzt telefonierte sie mit dem Vater einer Schulfreundin. Dieser war Rechtsanwalt und erklärte sich im Verlaufe des Gespräches bereit, Carsten zu vertreten. Sie fand es richtiger, nicht einen befreundeten Anwalt der Familie zu beauftragen, um möglichst überflüssigem Klatsch aus dem Weg zu gehen. Sichtlich zufrieden saß sie danach in der Küche und trank gemütlich eine Tasse Kaffee.

Carsten kam noch müde aus dem Gästezimmer und gesellte sich zu ihr. Er sah schlecht aus, blass um die Nase, und seine Augen waren vom Weinen verschwollen und gerötet.

„Hast du einigermaßen geschlafen?“

„Ja, es ging. Was tun wir jetzt?“, wollte er zaghaft wissen.

Regina stand auf. Ohne zunächst zu antworten, ging sie in die Küche, nahm ein Töpfchen aus dem Schrank und stellte es auf dem Herd. Dann holte sie die Milchtüte aus dem Kühlschrank und goss einen großen Schluck in den Topf. Schnell nahm sie eine Tasse, schüttete Schokoladenpulver hinein und goss die Milch darüber, die inzwischen heiß geworden war. Zusammen mit ein paar Keksen brachte sie Carsten die kleine Stärkung, die er dankend annahm. Mit zitternden Fingern rührte er um.

„Wir gehen zu einem Anwalt“, sagte Regina schließlich. „Er wird uns beraten und uns sagen, wie es weitergeht. Auf ihn können wir uns garantiert verlassen.“

Kurze Zeit später verließen Regina und Carsten gemeinsam das Haus. Die Kanzlei konnten sie in wenigen Minuten zu Fuß erreichen. Sie befand sich gleich in der Nähe des Rathauses.

Der Anwalt war sehr freundlich und erweckte mit seiner ruhigen Art das Vertrauen der beiden. Er erklärte, dass er sich erst die Akten besorgen müsse, Carsten aber wohl auf jeden Fall mit einem Gerichtsverfahren zu rechnen habe.

Außerdem würde er sowohl den materiellen Schaden

begleichen als auch mit Schmerzensgeldforderungen rechnen müssen. Da er bisher im Straßenverkehr noch nicht aufgefallen sei, könne sich das auf das Urteil positiv auswirken, ausschlaggebend sei jedoch die Schwere der Verletzungen des Radfahrers.

Nach einem Telefonat mit der Polizeidienststelle erfuhr der Anwalt, in welcher Klinik der Radfahrer aufgenommen wurde. Er riet Carsten, ihm einen Besuch abzustatten, weil es einen guten Eindruck mache, wenn er sich entschuldige. Er solle ihm, falls nötig, Hilfe anbieten, denn damit könne er mit Sicherheit dem Gericht seinem guten Willen zeigen.

Mit dem Gefühl der Erleichterung und der Erkenntnis, in guten Händen zu sein, verließen Regina und Carsten die Kanzlei und machten sich auf den Weg zur Klinik in Rastatt. Zunächst sprachen sie nichts, jeder beschäftigte sich für sich mit den Ausführungen des Anwaltes und den möglichen Konsequenzen. Es war schließlich Carsten, der die Stille durchbrach.

„Ich habe Angst, dass die Verletzungen des Radfahrers groß sind", dachte er laut und ängstlich nach.

Regina erschrak. Carsten hatte das ausgesprochen, was auch ihr gerade durch den Kopf gegangen war.

Unweigerlich hatte sie sich den Bildern der Fantasie hingegeben. Natürlich waren dies ausgerechnet die vermeintlich Schlimmsten. Aber sicher sein konnte man sich nie.

Sie versuchte, ihren Bruder zu trösten. „Jetzt warten wir erst einmal ab. Wir werden es gleich sehen. Ich hoffe, dass er uns empfangen kann und mit uns reden wird."

Inzwischen waren sie an der Klinik angekommen, stellten das Auto auf dem Parkplatz ab, erkundigten sich beim Pförtner nach der Zimmernummer und kauften in der Halle noch einen Blumenstrauß.

Der Besuch bei dem verletzten Radfahrer verlief erfreulicher als erwartet. Der Mann war fünfundvierzig Jahre alt und zum Zeitpunkt des Unfalls auf dem Nachhauseweg von der Arbeit gewesen. Er begrüßte Regina und Carsten sehr freundlich und beruhigte die beiden, die sich Sorgen um seine Verletzungen machten. Mit ein paar Prellungen und einem Armbruch sei er nicht lebensgefährlich verletzt, meinte er. Außerdem habe er selbst ja auch eine Schuld, seine Beleuchtung am Fahrrad sei defekt gewesen. Selbstverständlich nahm er Carstens Entschuldigung an.

Regina gab ihm ihre Visitenkarte und sicherte ihm Hilfe zu.

„Es ist sehr nett von Ihnen, dass Sie einen Teil der Schuld übernehmen wollen", sagte sie, „aber das müssen Sie nicht. Auch wenn Ihr Licht nicht funktionierte, wäre Ihnen wahrscheinlich nichts passiert, wenn Carsten nicht ausgerechnet dort betrunken gefahren wäre."

„Meine Schwester hat recht", bekräftigte Carsten. „Ich möchte mich in aller Form bei Ihnen entschuldigen und bin sehr glücklich, dass Ihnen nicht mehr passiert ist. Trotzdem haben Sie jetzt Schmerzen und müssen hier liegen, und das nur wegen mir und meiner Dummheit!"

„Ach, die Schmerzen sind auszuhalten", sagte der

Mann und winkte mit dem gesunden Arm ab.

„Schlimmer wird mein Chef reagieren, mit dem ist nicht gut Kirschen essen. Hoffentlich entlässt er mich nicht, weil ich ja jetzt länger ausfallen werde. Wissen Sie, ich habe eine Familie zu ernähren."

„Da machen Sie sich mal keine Sorgen. Wir reden darüber, wenn Sie wieder gesund sind. Meinem Vater gehören die Rosenfeld-Werke, und ich verspreche Ihnen einen guten Arbeitsplatz. Sie sind doch Maschinenschlosser, wie Sie vorhin erzählt haben?", fragte Carsten.

„Ja, das stimmt." Der Mann strahlte vor Erleichterung.

„Dürfen wir uns verabschieden? Sie müssen sich noch schonen, und wie gesagt mein Bruder meldet sich bei Ihnen."

„Vielen herzlichen Dank für Ihren Besuch. Danke."

Voller Zuversicht, beinahe schon beschwingt und heiter verließen Regina und Carsten das Krankenhaus.

„Bin ich froh, dass es dem Mann einigermaßen gut geht", stellte Carsten mit großer Erleichterung fest.

„Du hast Glück im Unglück gehabt", antwortete Regina.

„Ich bin so dankbar, dass du mir hilfst. Das vergesse ich nie. Niemals in meinem Leben."

Zärtlich strich Regina ihrem Bruder übers Haar. „Nichts zu danken, kleiner Bruder. Denke an dein Versprechen."

„Ja, das tue ich, du kannst dich auf mich verlassen."

„Jetzt gehen wir noch zu den Eltern. Und lass mich mit den beiden reden, du hältst dich zurück. Vor allem wird kein Streit provoziert. Einverstanden und Ehrenwort?"

„Ja, einverstanden, großes Indianerehrenwort. Ich mache auf jeden Fall, was du sagst", sagte er und schlug sich zur Bekräftigung auf die Brust.

Marga und Martin Rosenfeld trauten ihren Augen nicht, als ihre Kinder gemeinsam eintraten. So hatten sie das schon lange nicht mehr gesehen. Die beiden mochten sich zwar, aber Carsten hatte sich längst aus der Familie zurückgezogen. Es war daher ein ungewohntes Bild, sie einträchtig nebeneinander zu sehen.

Martin ahnte, dass dies nicht eine neu erwachte Familienidylle war. Es musste schon einen besonderen Grund haben, dass die beiden hier gemeinsam erschienen. Hatte Regina nicht gesagt, dass sie in nächster Zeit wegen ihrer Prüfungen keine Zeit haben würde und dass sie erst nach dem Abschluss wieder kommen könnte?

„Es erstaunt mich, dass ihr heute Nachmittag nach Hause kommt. Habt ihr Sehnsucht nach euren Eltern, oder gibt es dafür einen wichtigen Grund?", wollte er mit deutlich skeptischem Ton von seinen Kindern wissen.

Regina wappnete sich innerlich auf die Auseinandersetzung, die jetzt mit Sicherheit folgen würde und die sie versuchen musste, flach zu halten.

„Du hast schon Recht, Papa. Es gibt einen sehr wichtigen Grund. Wir müssen mit euch reden. Können wir bitte ein ruhiges und sachliches Gespräch führen?", fragte ihn Regina ganz vorsichtig und sah ihn bittend an.

„Oh, das klingt gar nicht gut", stellte Martin kopfschüttelnd fest. Zu seiner Frau gewandt fügte er hinzu: „Lass uns einen Kaffee bringen, Marga, und uns das anhören, was da kommen mag."

Marga nickte und rief nach der Haushälterin.

Regina erzählte den Eltern die Vorkommnisse der letzten Nacht. Sie begann damit, zu schildern, in welch hilflosem Zustand ihr Bruder bei ihr aufgetaucht war und endete schließlich damit, was sie und Carsten am Vormittag erledigt hatten. Sie war bemüht, ruhig und sachlich zu sprechen.

Den Eltern war die Bestürzung und Erschütterung anzusehen. Martin Rosenfeld fuhr sich sprachlos durch das Haar, Marga konnte die Tränen nicht zurückhalten, so aufgewühlt war sie.

„Ich bitte euch, Carsten jetzt nicht zu verurteilen, er hat sich schon selbst die heftigsten Vorwürfe gemacht. Durch den Anwalt, den Vater meiner Schulfreundin, haben wir zunächst keine große Tratscherei, und die Verletzungen des Mannes sind Gott sei Dank nicht allzu schwer, was ja das Wichtigste ist.

Den materiellen Schaden können wir leicht ersetzen, das dürfte uns wohl keine großen Probleme bereiten.

Carsten hat dem Mann einen Arbeitsplatz bei uns versprochen, weil er seine Familie ernähren muss und einen Chef hat, der ihm wegen der Verletzung Schwierigkeiten machen könnte. Bleibt noch die Verhandlung. Um eine Strafe wird er nicht herumkommen, aber auch das ist zu schaffen", beendete Regina ihren Bericht leise.

Carsten schwieg, wie seine Schwester es ihm geraten hatte. Aber er schämte sich. Immer stärker wurde sein Wunsch, sein Leben zu verändern. Zweifel krochen in ihm hoch. Hatte er nicht doch falsch gedacht und falsch gehandelt? Eigentlich war er doch all die Jahre privilegiert gewesen, hätte ohne Sorgen lernen, studieren oder arbeiten können. Wie hatte er nur den Eltern die Schuld geben können, eine Firma und Geld zu besitzen? Hatten nicht auch seine Vorfahren, auch sein Vater hart dafür gearbeitet? Er trug große Verantwortung für die vielen Mitarbeiter und ihre Familien. Wie hatte er das nur verdrängen können? Schamesröte stieg in ihm hoch, er blickte zu Boden. Am liebsten hätte er sich in einem Loch verkrochen.

Martin war es schließlich, der als erster das Wort ergriff.

„Ja, ich bin im Moment etwas sprachlos und sehr enttäuscht."

Er erhob sich, wanderte ruhelos im Zimmer auf und ab und schüttelte permanent den Kopf.

„Es liegt wohl nahe, dass wir als Eltern versagt haben."

Er blickte zu Carsten und fuhr nach kurzem Zögern fort: „Aber du bist unser Sohn. Wir stehen zu dir."

Marga nickte, stand auf, nahm Carsten in die Arme und sagte: „Du kannst dich auf uns verlassen. Wir sind immer für dich da. Wir werden das gemeinsam regeln und in Ordnung bringen."

„Aber das kann ich so nicht annehmen", antwortete Carsten.

Alle erschraken und blickten ihn verwundert an.

„Schaut doch nicht so. Ihr habt mich missverstanden. Ich wollte sagen, dass ich nicht einverstanden bin, dass ihr euch die Schuld gebt an meinem Verhalten. Soweit kommt es noch.“

Er ging ein Schritt auf die Eltern zu.

„Vater, Mutter, ich bitte euch um Verzeihung, ihr habt keinen Fehler gemacht. Ich, ich alleine bin schuld an meinem schlechten Lebenswandel, und dass jetzt der Mann verletzt wurde, ist die Folge davon. Ich entschuldige mich in aller Form bei euch, danke euch für eure Unterstützung, die ich gerne annehme, und gelobe Besserung.“

Regina atmete auf und war froh, dass das Gespräch nicht gleich zu Beginn eskaliert war und ihr Vater nicht einen seiner Wutausbrüche bekommen hatte. Sie rechnete es ihm hoch an, dass er so einfühlsam auf Carsten einging und ihn nicht verurteilte. Immerhin hätte das gut möglich sein können. Schon lange hatte er ihm Disziplinlosigkeit vorgeworfen und oft mahnend die Hand gehoben, aber heute erstaunlicherweise nicht.

Schließlich erhob sie sich, umarmte die Eltern und ihren Bruder.

„Ich muss jetzt gehen, denn ich habe harte Wochen vor mir. Ach, noch etwas: Carsten hat mir versprochen, sein Leben anders zu gestalten. Es wäre schön, Vater, wenn du ihm beratend zur Seite stehen könntest.“

Sie drehte sich um und umfasste Carstens Schultern. „Mein Rat, Carsten, wäre folgender: Die Rosenfeld-

Werke sollten möglichst weiter im Familienbesitz bleiben. Und da wäre ein Studium in Betriebswirtschaftsleh-
re nicht schlecht, oder?"

Sie zwinkerte ihm lächelnd zu.

Carsten strahlte seine Schwester an, umarmte sie und
brachte sie zu ihrem Auto, nicht ohne sich noch einmal
überschwänglich zu bedanken.

Dann zogen sich Martin und Carsten in die Bibliothek zurück. Es war für beide ein wichtiger Moment, sie
spürten, dass sie wieder miteinander reden konnten. Und
so entschieden sie noch am selben Tag, dass Carsten
studieren würde. In den Semesterferien sollte er als Prak-
tikant die Rosenfeld-Werke kennenlernen, um sie bald
führen zu können.

Glücklich, die Familie wieder zusammengeführt zu haben, machte sich Regina am nächsten Morgen auf den
Weg ins Callcenter. Beim Betreten des Büros war ihr
etwas mulmig zumute, dachte sie doch daran, dass sie am
Tag zuvor einfach den Hörer aufgelegt hatte. In der Sorge um ihren Bruder hatte sie sich keine Gedanken um ihr
Tun gemacht. Aber jetzt? Was würde wohl kommen?

„Hallo, Elke, wie geht es dir?", fragte sie gespielt heiter und blickte sie aufmerksam an in der Hoffnung, in
ihrem Gesicht lesen zu können.

„Gut. Wo warst du denn gestern?", antwortet Elke
zurückhaltend und mit einem ernsten und fragenden
Blick.

„Frag lieber nicht. Mein Bruder hatte Probleme, er
brauchte dringend meine Hilfe, aber jetzt ist wieder alles
in Ordnung."

Elke blickte unvermindert ernst. Sie zog die Augenbrauen hoch und sagte leise: „Ich glaube nicht, dass alles in Ordnung ist. Hier war der Teufel los. Du weißt doch, dass jeder Urlaubstag mindestens drei Tage vorher angemeldet werden muss. Du kannst doch nicht einfach wegbleiben, wie du willst.“

„Ja, das weiß ich, aber bei einem Notfall muss auch einmal eine Ausnahme möglich sein. Das kommt ja nicht jeden Tag vor.“

„Ausnahmen gibt es hier nicht. Mache dich darauf gefasst.“

Regina blickte erschrocken.

„Weißt du mehr, als du mir gerade erzählt hast?“

„Nein, du kannst dir doch denken, dass die mit einer kleinen Maus wie mir nicht reden.“

Regina war enttäuscht.

„Oh je, das kann ja heiter werden.“

„Davon kannst du ausgehen. Hättest du nicht eine andere Lösung finden können?“

Elke schüttete den Kopf.

„Das war doch von vornherein klar und absehbar.“

„Nein, es gab keine andere Lösung. Ich möchte jetzt nicht in die Einzelheiten gehen, dazu fehlt uns die Zeit. Aber dennoch, so etwas gibt es eigentlich nirgendwo. Was machen wohl die Frauen, die kleine Kinder haben, die ja mal krank werden können? Das kann man doch nicht drei Tage vorher wissen.“

„Ich habe keine Ahnung. Die müssen wohl immer eine Nachbarin oder eine Oma parat haben, die auf die Kinder aufpassen kann.“

„Wieder so ein Punkt, um hier einmal alles aufzumischen, Elke. Wir sollten uns bald wehren.“

„Das bringt doch nichts“, meinte Elke und zuckte die Schultern.

Die beiden Frauen senkten den Kopf und arbeiteten mit gewohnter Ernsthaftigkeit nacheinander ihre Anrufe ab. Regina fühlte, dass der Tag nicht gut war, und versuchte, sich mit innerer Stärke auf das vorzubereiten, was noch kommen könnte.

Und es kam, es kam knüppeldick.

Um die Mittagszeit wurde sie zu Jörg Bischoff gerufen. Steif stand sie an seinem Schreibtisch und ballte die Fäuste hinter dem Rücken.

„Was war das gestern?“, blaffte Herr Bischoff los. „Sie haben sich einfach über unsere Arbeitsbedingungen, die vertraglich festgelegt sind, hinweggesetzt, und das kann nicht ohne Konsequenzen bleiben.“

„Ich habe um einen Urlaubstag gebeten und zwar gleich morgens. Das ist doch in jeder Firma möglich.“

Es interessierte Jörg Bischoff nicht, was sie sagte, er ging auch mit keiner Silbe darauf ein.

„Nachdem Sie wegen Fehlverhaltens unseren Kunden gegenüber schon eine Abmahnung erhalten haben, überreiche ich Ihnen hiermit die fristlose Kündigung!“, sagte er ihr eiskalt ins Gesicht und ohne mit der Wimper zu zucken.

Regina war wie zur Salzsäule erstarrt, sie holte tief Luft und hatte für einen Moment alle Hände voll zu tun, um nicht in Tränen auszubrechen.

„Das kann doch nicht Ihr Ernst sein! Es muss doch bei einer familiären Ausnahmesituation möglich sein, kurzfristig einen Tag Urlaub zu bekommen. Ich habe doch nicht unentschuldigt gefehlt!", schleuderte sie ihm entrüstet entgegen.

Sie hatte schon damit gerechnet, dass ihr Chef ärgerlich sein würde. Aber eine Kündigung? Die war jenseits ihrer Vorstellungskraft und empörte sie ungemein.

„Gerade Sie reden hier von familiärer Notwendigkeit!", entgegnete er.

„Da kann ich ja nur lachen. Jeder hier weiß, dass Sie notfalls Dienstboten beauftragen könnten. Als verwöhnte Frau aus gutem Hause haben Sie solche Ausreden nicht nötig. Gehen Sie zurück in Ihre Scheinwelt. Ihren Arbeitsplatz bekommt eine Frau, die nötiger Geld braucht als Sie und damit ihre Aufgaben in unserem Hause mit dem nötigen Ernst erfüllen wird."

Jörg Bischoff hatte sich richtig in Rage geredet. Die Frau war ihm schon lange ein Dorn im Auge gewesen. Er hasste es, wenn reiche Püppchen versuchten, auf Arbeit zu machen, und er, der so hart arbeitete, immer wieder feststellen musste, dass er trotzdem kaum von der Stelle kam.

Es hatte lange gedauert, bis er Regina an dieser Stelle hatte. Sie war hartnäckig gewesen, hatte mehr gearbeitet und sich mehr gefallen lassen, als er es gedacht hatte. Aber er war sich sicher gewesen, dass der Tag kommen würde, und er genoss ihn nun mit großer innerer Freude und Genugtuung. Er deutete zur Tür.

„Verschwinden Sie und gehen Sie mir aus den Augen!"

Reginas Gesicht lief vor Wut rot an. Jahrelang hatte sie Tag für Tag ihre Arbeit erledigt, ohne sich zu beklagen. Zu keiner Zeit hatte sie in der Firma die verwöhnte Tochter aus reichem Hause herausgekehrt. Außer ihrer Wohnung hatte sie alles selbst erarbeitet, nie irgendwo etwas mit dem Geld ihrer Eltern bezahlt. Was bildete sich dieser Mann ein? Gut, dann würde sie ihm zeigen, wozu eine Frau aus der Scheinwelt fähig war. Sie ging auf ihn zu und lächelte ihn kalt und mit stechendem Blick an.

„Beeindruckend, sehr beeindruckend, was Sie mir da gerade erzählt haben!", stellte sie mit scharfer Stimme fest.

„Das haben Sie sich fein ausgedacht."

„Verlassen Sie…"

Doch Regina unterbrach ihn mit einer energischen Handbewegung und trat noch näher an ihn heran. Jetzt konnte sie ihm direkt in die Augen sehen. Sie war ihm so nahe, dass sie seinen Atem spüren konnte, und zum ersten Mal überhaupt konnte sie bei diesem sonst so starken Mann eine völlige Verunsicherung wahrnehmen.

„Was sind Sie doch für ein armer, kleiner, nichtssagender Wurm! Sie messen sich ständig mit Frauen, von denen Sie wissen, dass sie sich nicht trauen, Ihnen die Wahrheit zu sagen. Sie versuchen, Ihre Stärke bei Menschen auszuspielen, die es sich finanziell nicht leisten können, ihren Arbeitsplatz zu verlieren.

Warum nehmen Sie es nicht mit gleichstarken Partnern auf? Warum versuchen Sie nicht, bei der Geschäftsführung den großen Mann zu spielen?

Ich kann es Ihnen sagen! Sie sind ein Mann ohne Rückgrat, ein Mann ohne Selbstbewusstsein. Sie trampeln auf den Schwächsten herum und befriedigen sich auch noch daran! Jetzt ist aber Schluss damit!", schrie sie ihn an.

„Sie haben mich beleidigt, und ich sage Ihnen hiermit, dass Sie Ihren dämlichen Job behalten können. Ich verzichte freiwillig. Aber ich werde dafür sorgen, dass die Frauen, die hier für wenig Geld für ihren Lebensunterhalt schuften müssen, von Ihnen zukünftig nicht mehr gemobbt werden. Haben Sie mich verstanden?"

„Was können Sie schon tun?", warf er mit rotem Kopf ein.

„Sie sind ein kleines Licht hier."

„Eine Frau aus der reichen Scheinwelt, wie Sie sagen, hat Beziehungen und Kontakte, die nützlich sind. Ich bin überzeugt, dass mein Vater mit einem Ihrer Vorstände bekannt oder befreundet ist.

Sicher wissen die Herren nicht, was Sie alles tun, um auf der Karriereleiter nach oben zu klettern. Ich werde dafür sorgen, dass jetzt Sie Probleme in Ihrem Job bekommen. Und unterschätzen Sie mich dabei bitte nicht!", rief sie und klopfte sich dabei mehrmals auf die Brust, um ihren Worten noch mehr Ausdruck zu verleihen.

„Das werden Sie nicht tun!", schrie Jörg Bischoff.

In seinem Gesicht stand der Schweiß, mit zitternden Fingern versuchte er, seine Krawatte zu lockern, den obersten Knopf seines Hemdes zu öffnen, was ihm aber in der Aufregung nicht gelang.

Als Regina sah, wie er sich vergeblich abmühte, lachte sie befreit und laut auf. Sie wusste, dass sie ihn damit schwer getroffen hatte, die Schmach seiner Kündigung hatte sie nun wettgemacht.

„Guten Tag, Herr Bischoff. Meine Papiere können Sie mir zuschicken.“

Sie drehte sich um, verließ erleichtert und hocherhobenen Hauptes sein Büro und schlenderte zufrieden zurück zu ihrem Arbeitsplatz.

Nach ein paar Schritten blieb sie aber für einen Moment auf dem Flur stehen, um ihre innere Aufregung auf ein normales Maß herunterzufahren. Zum ersten Mal hatte sie ihren Namen benutzt, um einen Vorteil zu erhalten und eine Situation für sich auszunutzen. Es war ungewohnt, aber in diesem Fall mehr als nur dienlich. Sie brauchte sich dafür nicht zu schämen.

Elke erwartete sie schon ungeduldig. Sie hatte schon das Schlimmste befürchtet, aber Regina kam mit einem Lächeln im Gesicht zurück, ging sofort zu ihrem Schreibtisch und räumte ihre persönlichen Sachen zusammen.

„Elke, er hat mich entlassen, und deshalb gehe ich jetzt“, sagte sie der Kollegin, während sie kurz innehielt.

„Habe ich es mir doch gedacht“, sagte Elke enttäuscht.

„Aber warum lächelst du? Das verstehe ich nicht.“

„Du wunderst dich, dass ich nicht weine? Ich bin nicht traurig, ich bin erleichtert. In vier Wochen habe ich meine Prüfung und danach suche ich mir etwas Neues. Das ist schon gut so, wie es gekommen ist, glaube mir.“

Elke nahm sie in die Arme. Sie war traurig, dass sie eine liebe Freundin verlieren würde, und konnte deshalb ihre Tränen nicht zurückhalten. Regina tröstete sie, strich ihr über die Wangen und versprach ihr, ab und zu anzurufen.

„Gräm dich nicht, Elke, ich hatte befürchtet, dass bald etwas passiert. Und nun kam es eben etwas schneller als gedacht.“

„Du hast es gut. Ich muss den Menschen weiterhin aushalten und habe dich nicht mehr, um mich auszuweinen.“

„Ach, du bist doch eine starke Persönlichkeit. Du hast das immer besser gekonnt als ich.“

Nachdem sie alles zusammengepackt hatte, verließ sie mit schnellen Schritten das unpersönliche Bürohaus, ohne sich noch einmal umzudrehen. Erleichterung machte sich in ihr breit.

Zu Hause angekommen verstand sie erst richtig, was an diesem Tag passiert war. Nun sah alles gar nicht mehr so rosig aus. Sicher, sie konnte ein paar Monate ohne Not von ihrem Sparbuch leben. Gut war auch, dass sie jetzt den ganzen Tag Zeit hatte, um sich auf ihre Prüfung vorzubereiten. Aber wie schnell würde sie danach eine Arbeit finden? Sie war nach der Prüfung eine Europasekretärin ohne berufliche Erfahrung. Von ihren Mitschülerinnen hatte sie gehört, dass die Unternehmen nur sehr ungern jemanden ohne Berufserfahrung einstellten. Wenn gar nichts ginge, würde ihr Vater in seinem Sinne helfen wollen. Doch das sah sie im Moment noch nicht einmal als Notlösung.
Ihre Mutter würde wieder mit dem Ehemann, ihr Vater mit der Firma argumentieren. Nein, alle Vorsätze und die

Arbeit der letzten Jahre hätten dann ihre Gültigkeit verloren. Sie hatte sich vorgenommen, einen Beruf zu erlernen und ihr Geld selbst zu verdienen. Unabhängigkeit von den Eltern, eine ohne ihre Hilfe erarbeitete Karriere, das war es, was sie wollte. Darum würde sie jetzt kämpfen müssen. Sie konnte und musste es schaffen.

Erst jetzt merkte sie, dass es schon dunkel geworden war. Rasch ging sie in die Küche, nahm eine fertige Soße aus dem Gefrierschrank und schob sie in die Mikrowelle. In der Zwischenzeit kochte sie Nudeln und goss sich ein Glas Rotwein ein.

Später am Abend stellte sie sich einen Plan für den nächsten Tag auf. Dann arbeitete sie noch eine Weile an ihrem Roman weiter, was sie für kurze Zeit ihre Sorgen und die Realität vergessen ließ und in eine andere Welt, in ihre Traumwelt entführte. Von diesem Projekt wusste aber niemand etwas.

4

Der Tag der Prüfung war gekommen und Regina stand aufgeregt und mit klopfendem Herzen im Klassenzimmer. Die vergangene Nacht war fürchterlich gewesen. Sie hatte kein Auge zugetan, die Prüfungsangst hatte sie nicht losgelassen, obwohl sie beruhigend auf sich selbst eingeredet hatte. Sie hatte doch fleißig gelernt und gelernt, und nichts ausgelassen. Warum in aller Welt war sie nur so aufgeregt?

„Wie soll ich das nur überstehen?", fragte sie die anderen jungen Frauen, die sich neben ihr niedergelassen hatten und über Mode plauderten.

„Das machen wir doch mit links", sagte die eine.

„Rege dich nicht auf, du bist doch gut", meinte die andere.

„Ich habe auch Angst!", hörte sie von weiter hinten.

Von allen Seiten drangen solche oder ähnliche Sprüche an ihr Ohr. Ein richtiger Trost war das allerdings nicht, jede hatte mit sich selbst zu kämpfen.

Pünktlich um acht Uhr kamen drei Prüfer in den Raum, setzten sich vorne auf ihre Plätze und sprachen den Prüflingen Mut zu. Sie erklärten die Modalitäten, welche Fächer, wann dran waren, wann die Pausen. Natürlich kam auch die Warnung, nicht abzuschreiben, da sonst die Prüfung als nicht bestanden gewertet würde.

Die Ansprache der Herren machte den jungen Frauen die Ernsthaftigkeit des Tages und dessen Bedeutung für ihr ganzes weiteres Leben endgültig klar.

Die Stunden vergingen und Regina wurde immer ruhiger. Sie hatte sich alles viel schwerer vorgestellt und war zuversichtlich, die Aufgaben lösen zu können. Gegen vier Uhr war sie fertig, gab die letzten Bögen ab und verließ erleichtert und optimistisch das Klassenzimmer. Sie trat in den Innenhof der Schule und atmete zunächst die frische und warme Luft ein, die ihr entgegen schwappte.

Draußen standen schon einige Frauen, die sich rege über die Aufgaben unterhielten und deren Stimmen wirr durcheinander gingen. Jede, die ein anderes Ergebnis gefunden hatte, verunsicherte die anderen.

Doch Regina wollte sich ihre Zuversicht dadurch nicht verderben lassen. In zwei Wochen würden sich ohnehin alle wiedersehen und die Ergebnisse erfahren.

Sie fühlte sich plötzlich leer und müde und spürte, wie die ganze Anspannung von ihr abfiel. So verabschiedete sie sich von ihren Mitschülerinnen und fuhr gleich nach Hause.

Kaum in ihrer Wohnung angekommen läutete das Telefon. Carsten war der aufmerksame Anrufer, nachdem sie ein paar Wochen nichts von ihm gehört hatte.

„Hallo, Regina, wie war die Prüfung?", fragte er aufgeregt.

„Ich glaube, ganz ordentlich. Auf jeden Fall habe ich ein gutes Gefühl", erzählte sie ihm ruhig.

„Das ist schön. War es sehr schwer?"

„Was heißt schwer? Schwer ist es immer nur dann, wenn man keine Antwort weiß, und ich hatte gut gelernt, also fand ich es nicht besonders schwer."

„Das klingt logisch. Und ich freue mich für dich. Stell

dir vor, ich kann im Herbst mein Studium aufnehmen, und bis dahin arbeite ich in der Firma. Ich verstehe mich mit Papa erstaunlicherweise richtig gut.“

„Prima, Carsten. Ich bin mächtig stolz auf dich.“

„Ich auf mich selbst auch, das kannst du mir glauben. Musst du denn morgen schon wieder arbeiten?“

Regina überlegte, ob sie Carsten von ihrer Kündigung erzählen sollte. Sie wollte eigentlich vermeiden, dass ihre Mutter jetzt schon davon erfuhr, aber anlügen wollte sie ihn auch nicht.

„Nein, ich muss nicht arbeiten. Nachdem ich damals nach deinem Unfall telefonisch um einen Urlaubstag gebeten hatte, wurde ich entlassen. Ich hätte drei Tage vorher Urlaub beantragen müssen, warf mir der Chef vor. Nun, und das war’s dann.“

„Dann hast du also meinetwegen deine Arbeit verloren?“

„Mache dir keine Sorgen, ich hätte so oder so gekündigt. Aber bitte erzähle Mama und Papa nichts davon, sie sollen sich nicht aufregen und mich nicht bedauern. Ich finde bestimmt bald etwas Neues“, bat sie ihn und lachte mutig ins Telefon in der Hoffnung, dass er wirklich schweigen würde.

„Einverstanden, ich wünsche dir viel Glück.“

Am nächsten Morgen strahlte die Sonne, ein wunderschöner Sommertag kündigte sich an. Regina war bester Laune und wollte den Tag gebührend beginnen. Sie deckte sich den Frühstückstisch auf der Terrasse, kochte Kaffee und steckte zwei Brötchen in den Backofen. In der Zwischenzeit stellte sie Butter und Marmelade und ein Glas Orangensaft auf das Tablett und nahm alles mit auf die Terrasse. Die Sonnenstrahlen wärmten ihre Haut, die Balkonpflanzen blühten in üppiger Pracht, und die Rosen an ihrem Klettergerüst verbreiteten einen herrlichen Duft. Stolz sah sie sich um in ihrem kleinen Reich, sie konnte sich glücklich schätzen.

Nach dem Frühstück nahm sie sich die Portale mit den Stellenangeboten vor. Akribisch arbeitete sie sie durch, aber die meisten waren nichts für ihre Qualifikation. Die wenigen, die übrig blieben, speicherte sie und druckte sie auch aus.

Genau vier Firmen, die eine Sekretärin suchten, blieben übrig, eigentlich nur drei, denn in der vierten Anzeige wurde eine Privatsekretärin gesucht. Regina war nicht ganz überzeugt, ob das schon das Richtige für sie war, da sie doch erst etwas Berufserfahrung sammeln musste. In einer Firma mit mehreren Leuten konnte sie sich der Hilfe der Kolleginnen sicher sein. Als Privatsekretärin würde sie völlig auf sich allein gestellt sein.

Rasch setzte sie sich an ihren Computer und erstellte sorgfältig ihren Lebenslauf. Die Anschreiben zu den Bewerbungen machten ihr die größte Mühe, sie waren das Wichtigste aller Unterlagen. Sie fertigte mehrere Entwürfe an, und nach einigem Hin und Her wählte sie schließlich den jeweils besten aus.

Gegen Mittag waren die Bewerbungsmappen fertig, und konnten verschickt werde.

Regina zog sich ein hübsches, weißes Sommerkleid an, bürstete ihr Haar und machte sich auf den Weg.

Zufrieden schlenderte sie durch die Gassen der Altstadt, setzte sich auf die gut besuchte Terrasse des Eiscafé Capri, bestellte sich einen Kaffee und beobachtete die Menschen, die an ihr vorbei strömten: Touristen einzeln oder in Gruppen, mit Karten und Stadtführern in der Hand, Frauen und Männer mit Einkaufstaschen. Es ist einer der Hotspots in Baden-Baden, direkt an der Fieserbrücke die hinüber zum Kurhaus führt, das im Hintergrund weiß leuchtete. Die aufgestellten Blumenkübel verbreiten zusätzlich südländisches Flair.

An den Nebentischen schwirrten die Stimmen kunterbunt durcheinander, und die Menschen genossen fröhlich ihre Getränke.

Plötzlich fiel ihr der Mann von der Parkbank im Garten ihrer Eltern wieder ein. Sie sah ihn vor sich, und in Gedanken tastete sie sein Gesicht ab. Sehnsucht stieg in ihr auf, ihr Herz klopfte erregt. Sie hatte Schmetterlinge im Bauch, träumte von einem Mann, den sie wohl niemals wiedersehen würde. Er war bestimmt nicht aus der Gegend, sonst wäre er ihr sicher schon einmal bei einem gesellschaftlichen Ereignis aufgefallen. Bestimmt war er nur Gast von Freunden, die ihn mitgebracht hatten. Wie konnte sie sich in einen Fremden, den sie nicht kannte, verlieben? Sie musste verrückt sein. Ganz von ihren Gedanken eingefangen hörte sie eine Stimme, die ihren Namen sprach.

„Regina?“

„Oh, du bist es, Jochen.“

Ausgerechnet Jochen stand da, im selben Moment, in dem sie an einen anderen Mann gedacht hatte.

Ein Grinsen zog sich über sein Gesicht.

„Du warst ja völlig weg. Dreimal habe ich dich angesprochen. Wie geht es dir? Darf ich mich setzen? Ich hätte etwas Zeit für einen Kaffee."

„Ja, bitte."

Sie zeigte auf einen freien Stuhl.

„Mir geht es gut, ich habe meine Prüfung hinter mir, jetzt bin ich ernsthaft und mit Elan auf der Suche nach einer interessanten Arbeit."

„Hast du im Callcenter schon aufgehört?"

„Ja", antwortete sie. Die näheren Umstände wollte sie aber Jochen nicht erzählen, das ging ihn nichts mehr an.

„Hättest du damit nicht warten sollen, bis du eine neue Arbeit hast?", fragte er mit einem interessierten und aufmerksamen Blick. Seine Frage störte sie, weil sie schulmeisterlich klang.

„Nein, das geht schon. Ich werde schon etwas finden, schließlich habe ich ein gutes Abitur, eine gute Ausbildung und spreche zwei Sprachen, daher dürfte es nicht allzu schwer sein", erklärte sie ihm. In ihrer Stimme klang Stolz mit.

„Ja, du hast recht. Wenn du aber nichts findest, rufe mich an. Bei uns in der Versicherung findet sich bestimmt ein Plätzchen. Vielleicht nicht gerade in einem Sekretariat, aber wir haben auch ein Callcenter, und da kennst du dich ja aus."

Jochen beobachtete Regina. Schön sah sie aus, es war eigentlich schade, dass sie nicht mehr zusammen waren. Er erinnerte sich an die gemeinsame Zeit. Es war eine sehr schöne, überwiegend harmonische Beziehung gewesen, und er hätte sich gefreut, wenn sie in seiner Nähe arbeitete. Vielleicht wäre ja doch ein neuer Anfang möglich? Bis jetzt hatte er sich so in seine Arbeit vergraben, dass er noch keine Gelegenheit hatte, eine andere Frau kennenzulernen, abgesehen von seiner Kollegin Sybille.

Sie war eine zarte, zurückhaltende Persönlichkeit, die versuchte, ihm in ihrer Zusammenarbeit jeden Wunsch von den Augen abzulesen. Unlängst hatte er sie aus Dankbarkeit für ihre Überstunden zu einem Abendessen eingeladen. Sie war sehr schüchtern, wie er feststellte, bei jedem privaten Wort zog eine leichte Röte über ihr Gesicht. Dennoch glaubte er, eine Verliebtheit bei ihr ausgemacht zu haben. Rational gesehen wäre sie eine ideale Partnerin, sie würde sich mit Sicherheit seinen Wünschen entsprechend verhalten, sich sogar unterordnen, und wegen seiner vielen Arbeit würde sie nicht unzufrieden sein, wie Regina es gewesen war.

Von ihr würde er gewiss Verständnis erwarten können. Aber im Moment konnte er sich eine feste Beziehung noch nicht vorstellen, bei ihm rührten sich noch keine ernsten Gefühle für Sybille. Es blieb abzuwarten, wie sich die ganze Sache entwickelte.

„Soll ich gleich fragen, ob ein Arbeitsplatz frei ist? Das wäre doch der schnellste Weg."

Regina war enttäuscht. Was bildete Jochen sich eigentlich ein? Wollte er sie als kleine Telefonistin in seiner Nähe haben?

„Ich habe mich entschieden, nicht mehr in einem Callcenter zu arbeiten, dafür habe ich nicht so viel gelernt.

Außerdem möchte ich ohne Empfehlungen meinen Weg gehen. Überlege einmal, Jochen! Wenn ich dies wollte, könnte mir mein Vater auch ein Pöstchen besorgen. Meinst du nicht?", warf sie jetzt etwas böse und zynisch ein.

Dieser Hinweis auf die Macht der Reichen kam wie aus der Pistole geschossen. Jochen musste sich stark zurücknehmen, um nicht zu zeigen, nicht auszusprechen, was er dachte.

Es hatte wohl keinen Sinn, immer würde der Schatten ihrer reichen Familie über ihm stehen. Er sah auf die Uhr, erhob sich und gab ihr die Hand.

„Ich muss jetzt leider gehen. Alles Gute und viel Glück für deine berufliche Zukunft."

„Danke, das wünsche ich dir auch", rief sie ihm nach.

Regina wusste gleich, dass Jochen nun wieder seine Komplexe pflegen würde. Aber hatte sie nicht recht gehabt, abzulehnen und auf ihren Vater zu verweisen?

Wie konnte er nur so herablassend sein, ihr einen Job im Callcenter anzubieten? War das nicht ein Zeichen, dass auch er der Meinung war, sie könnte als Sekretärin ohne Berufserfahrung nichts anderes finden? Oder maß er dem Beruf der Europasekretärin so wenig Bedeutung zu?

Er, der er schon Abteilungsleiter war, könnte wohl durchaus solche Gedanken haben. Auf jeden Fall fand sie es unhöflich, beinahe unverschämt, ihr einen solchen Vorschlag zu unterbreiten, und dazu noch war Jochen eifersüchtig auf ihre Herkunft.

Regina schüttelte ihre bedrückenden Gedanken ab. Den schönen Tag konnte ihr auch Jochen nicht verderben. Sollte er doch denken, was er wollte. Sie würde ihren Weg weitergehen.

Langsam hellte sich ihr Gesicht wieder auf. Sie schaute dem bunten Treiben noch ein wenig zu, dann machte sie sich auf den Weg nach Hause, denn sie wollte unbedingt noch ein weiteres Kapitel ihres Romans schreiben. Sie hatte schon wieder viele, viele Notizen gesammelt.

5

Viktor Tillmann saß an seinem Schreibtisch und sein Blick schweifte in den Garten. Die alten Bäume und die gepflegten Wege, die von Blumenrabatten in allen Farben umsäumt waren, entzückten ihn in diesem Moment nicht.

Er stützte den Kopf in die Hände und schloss die Augen. Ihm wollte an diesem Tag absolut nichts einfallen, sein Verleger machte ihm Druck, die Zeit lief davon, er kam einfach nicht weiter. Dieses hilflose Gefühl und das ewige Sitzen vor einem leeren, weißen Blatt hatte er schon längst vergessen geglaubt.

Viktor war ein großer, stattlicher Mann, zweiunddreißig Jahre alt, die haselnussbraunen Haare waren mit einem korrekten Schnitt in Form gebracht. Seine dunklen Augen funkelten wie zwei Sterne, die zusammen mit dem wohlgeformten Mund und der geraden Nase seinem Gesicht eine männliche Schönheit verliehen.

Er hatte einen durchtrainierten Körper, seine Kleidung war geschmackvoll und edel. Ob sportlich, elegant oder festlich, immer machte er eine gute Figur. Er war ein sehr attraktiver Mann, und die Damen fühlten sich wohl in der Gesellschaft des bekannten Schriftstellers, waren stolz, neben ihm gesehen zu werden.

Alle umschwärmten den begehrten Junggesellen, der aber gerade darauf keinen Wert legte. Es widerstrebte ihm, ständig auf Partys, Gesellschaften oder irgendeiner Gala seine Zeit vergeuden zu müssen. Vielmehr liebte er sein Leben außerhalb der Öffentlichkeit, fernab von

Kameras und Reportern.

Seine bisherigen Erfahrungen hatten ihn gelehrt, diesen Dingen soweit wie möglich aus dem Weg zu gehen. Er zog seine Stirn kraus, sein Blick wurde finster, er dachte an die gelogenen und falschen Berichte, die immer mal wieder über ihn zu lesen waren.

Hinzu kamen einige Frauen, die er anfangs richtig nett gefunden hatte, bei denen er aber nach kurzer Zeit feststellen musste, dass sie ihn nur als Mittel zum Zweck benutzten. Ohne eigene Leistung wollten sie durch ihn im öffentlichen Leben und möglichst oft im Fernsehen präsent sein. Für andere Frauen wiederum zählten nur sein Geld und das angenehme Leben an seiner Seite. Beides war ihm zuwider, beides wollte er nicht und hatte ihn stets veranlasst, die Beziehung schnell wieder zu beenden.

Es klopfte, und seine Haushälterin betrat sein Büro, ein Tablett in den Händen.

„Darf ich Ihnen einen Kaffee bringen, Viktor?"

„Ja, Lisa, gerne, das weißt du doch", sagte er leise.

Lisa sah, dass Viktor sehr bedrückt war. Zusammen mit ihrem Mann war sie schon seit Jahren in Viktor Tillmanns Diensten, und sie kannte jede seiner Regungen.

Sie kümmerten sich um sein Anwesen, ihr Mann war Gärtner, Hausmeister und Fahrer zugleich. Lisa sorgte sich um das Haus und um Viktors leibliches Wohl. In ihrer Treue waren sie auch kürzlich mit Viktor nach Baden-Baden gezogen, als dieser sich entschlossen hatte, die Großstadt zu verlassen. Er wollte in einem landschaftlich schönen Umfeld in völliger Zurückgezogenheit leben und schreiben. Lisa konnte verstehen, dass er den Trubel der Großstadt und die hektische Unruhe satt gehabt hatte.

„Sie grübeln heute wieder zu viel, Viktor. Das ist nicht gut für Ihre Arbeit", stellte sie mit einem Augenzwinkern fest.

Viktor lächelte sie an. Nur Lisa durfte so ehrlich mit ihm sprechen.

„Lisa, Lisa, du siehst heute wieder alles. Vor dir kann ich gar nichts verbergen", stellte er zufrieden fest.

„Nein, dafür kennen wir uns schon zu lange. Gehen Sie in die Stadt, machen Sie einen Spaziergang durch den Park und beobachten Sie die Menschen. Das macht den Kopf frei und bringt Sie auf neue Gedanken", riet sie ihm spontan.

„Ich werde es mir überlegen. Danke für den Kaffee."

Eigentlich hatte Lisa recht. Er sah den schönen Park mit seinen herrlichen Büschen, Bäumen und unzähligen Blumen vor sich, doch er musste mit seiner Arbeit vorankommen, dies war viel zu wichtig. Er durfte nicht nachlassen, hatte er doch viele Jahre gebraucht, um zu erreichen, was er sich erträumt hatte.

Wieder verlor er sich in Gedanken, die zurück in seine Kindheit gingen. Er erinnerte sich an das Dorf, in dem er die ersten Jahre seines Lebens verbracht hatte. Er sah das kleine Fachwerkhaus, das schon weit mehr als hundert Jahre alt war und in dem er ohne jeglichen Komfort mit seinen Eltern gelebt hatte.

Es stand etwas abseits auf einem großen Anwesen, war aus Lehm und Holz gebaut, die Wände waren mit Kalk getüncht und uneben bis krumm. Es gab keine

Wasserleitung, die Eltern pumpten das Wasser aus dem Brunnen im Hof, das Abwasser wurde in Eimern gesammelt und hinausgetragen. Gegenüber im Schuppen befand sich ein Plumpsklo, der große Herd in der Küche musste täglich befeuert werden, im Sommer und im Winter.

Seine Mutter lief oft stundenlang durch den Wald, um kleine Holzstücke zu sammeln, denn Geld für Brennmaterial war nicht da. Das kleine Häuschen gehörte dem Bauern, für den sein Vater als Knecht arbeitete. Seine Mutter musste frühmorgens im Stall mithelfen, mittags bewirtschaftete sie ein winziges Stückchen geborgtes Land, um wenigstens ein bisschen Gemüse zu haben.

Die Eltern grämten sich, ihrem Sohn nicht ausreichend Essen und Bildung geben zu können, was er erst relativ spät in seiner ganzen Tragweite verstanden hatte.

Heute war ihm klar, was seine Eltern geleistet hatten.

Suppe war die tägliche Mahlzeit, Brühe mit wechselnden Gemüseeinlagen und einer Scheibe selbst gebackenem Brot. Wurst und Käse gab es ganz selten, nur dann, wenn einer der Nachbarn dem Vater aus Mitleid etwas schenkte.

Er sah sie vor sich, den Vater mit eingefallenen Wangenknochen, tief liegenden Augen und spitzer Nase. Sein Haar war schon früh ergraut und sein Gang gebeugt.

Die Mutter war blass und schmal, ihre Augen blickten leer und ihre Haare hatte sie zu einem Zopf geflochten.

Ihr Schritt hatte alle Kraft verloren, sie schlürfte nur so dahin. Die beiden liebsten Menschen mussten für ihn gehungert haben, und die schwere Arbeit machte sie mürbe und krank. Doch geliebt haben sich die beiden sehr und ihn hüllten sie in ihre Liebe mit ein, das spürte er damals.

Er hatte sich vorgenommen, später einmal hart und viel zu arbeiten, damit er die Eltern unterstützen und von der schweren Arbeit erlösen konnte.

Das hatte er sich schon als Kind geschworen, obwohl er die Umstände noch nicht in ihrer ganzen Tragweite erfassen konnte. Es war sein Innerstes, sein Gefühl.

Heute wunderte er sich, wie er als Kind einen solchen Entschluss fassen konnte, den er damals eigentlich noch nicht einordnen konnte.

Doch das Schicksal wollte es anders. Sein Vater wurde beim Viehtrieb von einer Herde überrannt, er stürzte und starb an seinen schweren Verletzungen.

Die Mutter konnte den Schicksalsschlag nicht ertragen, zumal der Bauer von ihr forderte, die Arbeit des Vaters zu übernehmen. Ein Jahr später starb auch sie von einem Tag auf den anderen, aus Kummer um den schweren Verlust ihres Mannes.

So kam der kleine Viktor mit zehn Jahren in ein Waisenhaus, wo sich eine Nonne liebevoll um ihn kümmerte. Er war ein trauriges und verschlossenes Kind, seine Eltern und ihre Liebe vermisste er sehr.

Er trauerte unendlich, fühlte sich einsam und verlassen und haderte mit Gott und der Welt. Therapeuten gab es damals noch nicht, aber die Nonne war ein Glück für ihn, sie konnte ihn trösten, ihm den Glauben nahebringen und ihm auf diese Weise helfen, den Verlust der Eltern zu verarbeiten.

Sie brachte ihm bei, wie man sich den Kummer von der Seele schreiben und das Leben wieder lebenswert finden konnte.

Nach der Schule machte er eine Ausbildung als Buchhalter und fand danach auch gleich eine Anstellung.

Schon mit achtzehn Jahren hatte er eine kleine Zweizimmerwohnung in einem Hinterhof in der Stadt, rückblickend eine fürchterliche Wohnung, im dritten Hinterhof ganz oben unter dem Dach.

Kein Sonnenstrahl drang durch die Fenster, er brauchte ständig künstliches Licht, die Toilette war eine halbe Treppe tiefer, und zum Duschen ging er einmal die Woche ins Hallenbad. Das ganze Haus roch nach Kohl, nach verschwitzter Wäsche und Seifenlauge.

Kindergeschrei und der Streit von Erwachsenen waren die dominierenden Geräusche im Haus. Es waren ausschließlich arme Leute, die dort wohnten, die ums Überleben kämpften und nicht wussten, was der nächste Tag bringen würde.

Ungeachtet dessen arbeitete Viktor wie ein Besessener und kämpfte sich hoch, bis er Chef einer großen Buchhaltung war. Den Verlockungen der Großstadt trotzte er, sein Geld sparte er eisern. Jeden Tag nach Feierabend schrieb er bis in die Nacht an seiner Geschichte, an der Geschichte, die sein Leben und das seiner Eltern war.

Er hatte sich vorgenommen, sie so gut zu schreiben, dass er sie verkaufen konnte. Er schrieb zu Ehren seiner Eltern, wollte heraus aus dem bürgerlichen Leben, wollte es schaffen. Nie sollte ein Chef Herr über ihn und sein Schicksal sein, so wie es der Bauer für seine Eltern gewesen war.

Er brauchte Jahre, unendlich viele Jahre und wusste nicht mehr, wie viele Absagen er bekommen hatte.

Er konnte nicht mehr sagen, wie oft sein Manuskript zurückgeschickt worden war, bis eines Tages ein Verlag anrief. Dann ging alles blitzschnell, er wurde eingeladen und bekam einen Vertrag. Das Buch wurde ein Bestseller.

In der Zwischenzeit war die Geschichte seines Lebens sogar verfilmt worden, und es folgten noch weitere erfolgreiche Romane.

Das Einzige, was ihm dabei nicht gefiel, war der Umstand, dass er sich zeigen musste auf Lesungen, im Fernsehen und bei Journalisten, die über ihn berichten wollten. Doch ihm war auch bewusst, dass dies der Preis des Erfolges war. Er konnte und durfte sich dem nicht entziehen.

Heute war er ein freier, unabhängiger und reicher Mann, er konnte über sich selbst bestimmen, und sein Erfolg musste weitergehen. Daher waren leere Blätter absolut tabu und unter gar keinen Umständen erlaubt.

Das Geräusch der Tür, die hinter ihm aufgerissen wurde, riss ihn aus seinen Tagträumen. Eine Wolke Parfum drängte sich in seine Nase. Er brauchte sich nicht umzudrehen, um zu wissen, wer sein Arbeitszimmer betreten hatte.

Schon wurde er ungestüm umarmt.

„Viktor, ich freue mich so, dich zu sehen!"

„Guten Tag, Ruth. Schön, dass du wieder da bist. Wie war deine Reise? Wann bist du zurückgekommen?“

Langsam drehte er sich um und blickte sie fragend an. „Du siehst gut aus mit deiner zarten, braunen Haut“, fügte er noch hinzu.

„Es war wunderschön in Cannes, strahlendes Wetter, viele interessante Leute, und das Filmfestival war natürlich grandios. Ich habe viele Kontakte geknüpft und hoffe nun auf gute Rollenangebote“, berichtete sie aufgeregt und voller Begeisterung.

„Na, das bleibt abzuwarten“, meinte Viktor skeptisch.

„Wieso bist du wieder so pessimistisch?“

Ruth von Anseln war nun fast ein wenig beleidigt, etwas mehr Freude und Bewunderung hätte sie sich schon von Viktor gewünscht.

Sie war eine schöne, elegante Frau, sechsundzwanzig Jahre alt, von zierlicher Statur. Ihr kastanien-rotes Haar war modisch kurz geschnitten und brachte so ihr ebenmäßiges Gesicht voll zur Geltung. Sie hatte tiefschwarze Augen mit unendlich lang erscheinenden Wimpern, legte großen Wert auf einen perfekten Körper und hatte deshalb schon einige Besuche beim Schönheitschirurgen hinter sich.

Geld spielte bei ihr keine Rolle, sie war einige wenige Jahre mit dem dreißig Jahre älteren Friedbert von Anseln verheiratet gewesen.

Nach seinem Tod im letzten Jahr hatte er ihr eine Menge Geld und zwei Häuser hinterlassen. Ruth reiste gerne um die Welt und besuchte die mondänen Orte der Schönen und Reichen. Ihren Wunsch, als Schauspielerin zu arbeiten, verfolgte sie seit ihrer Jugend mit allen erdenklichen Mitteln.

Aber trotz ihres wohlklingenden Namens gelang ihr dies nicht besonders gut. Dennoch gab sie nicht auf.

Viktor hatte sie bei einer Gala in Berlin kennengelernt. An Liebe auf den ersten Blick glaubte sie nicht.

Schon immer hatte sie vorher gründlich überlegt, ob ihr eine Beziehung die gewünschten Vorteile bringen würde oder nicht.

Bei Viktor war das auch so, er sah gut aus, war ein leidenschaftlicher Liebhaber, brauchte aber ihr Geld nicht, im Gegenteil, er konnte ihr einiges bieten.

Und was besonders ausschlaggebend war: Mit ihm kam sie in die Kreise, die wichtig für sie waren, mit ihm konnte sie sich in den Kameras sonnen.

Es störte Viktor auch nicht, wenn sie alleine auf Reisen ging, denn für ihn zählte nur seine Schreiberei.

Am Anfang war sie fast beleidigt über sein Desinteresse und seine fehlende Eifersucht gewesen.

Mittlerweile hatte sie diesen Umstand aber schätzen gelernt, sie brauchte die Abwechslung, Champagner, Kaviar, ab und zu einen Mann für eine Nacht.

Im Moment überlegte Ruth ernsthaft, ob sie nicht Viktor heiraten sollte. Schließlich tat er ihr gut, und die Gefahr, dass eine andere Frau sich in sein Leben drängte, war nicht zu unterschätzen. Sie würde beruhigter auf Reisen gehen können, wenn sie wüsste, dass er an sie gebunden war. Warum sollte sie den Fisch nicht an der

Angel halten, wenn er schon angebissen hatte? Ja, es wäre wohl besser, wenn sie vollendete Fakten schuf.

„Ich bin nicht skeptisch, ich sehe nur, dass du seit einem Jahr keine Angebote bekommst“, meinte Viktor gelassen und blickte sie sichtbar belustigt an.

„Ja, und?“, schnaubte sie. „Ich schaffe das schon. Ich habe noch immer alles bekommen, was ich wollte!“, rief sie ihm kraftvoll entgegen.

Ihre Augen verdunkelten sich und die Zornesader an ihrer Schläfe schwoll an. Ruth war es nicht gewohnt, kritisiert zu werden, ihr Schauspielwunsch war ihr heilig.

„Es ist schon schwieriger, eine erfolgreiche Schauspielerin zu werden als die Ehefrau eines reichen, alten Mannes“, sprach Viktor seine Gedanken laut aus, wiegte dabei den Kopf hin und her und blickte ausgesprochen ernst drein.

Im ersten Moment war Ruth nahe daran, loszubrüllen. Doch dann entschied sie sich rasch, anstatt eines Wutanfalles die Tränen zu benutzen, die nun wie auf Kommando über ihre Wangen liefen.

„Wie kannst du nur so gemein sein? Noch keine Stunde bin ich hier, und anstatt dich zu freuen, mich in die Arme zu schließen, beleidigst du mich. Willst du mir etwa mein Selbstvertrauen nehmen?“, heuchelte sie.

Viktor erschrak über sich selbst. Er erkannte selbst, dass er sich daneben benommen hatte, und reichte Ruth ein Taschentuch.

„Entschuldige bitte, Ruth, ich habe das nicht so gemeint.“

Er stand auf und nahm sie in die Arme, um sie zu trösten.

„Vergiss, was ich gesagt habe, ich entschuldige mich hiermit. Erhole dich erst einmal von der Fahrt. Heute habe ich noch ein großes Arbeitspensum vor mir, aber wir sehen uns am Abend zum Dinner, so gegen sieben Uhr. Einverstanden?“

„Entschuldigung angenommen, du gemeiner Schuft!“

Ruth zog sich zurück und Viktor widmete sich wieder seiner Arbeit, die ihm an diesem Tag überhaupt nicht von der Hand ging.

Wie versprochen war Viktor pünktlich zur Stelle. Lisa hatte schon den Tisch im Esszimmer gedeckt, und beide warteten nun auf Ruth, die sich wie üblich verspätete.

Lisa musste sich beherrschen, keine Bemerkung über diese Ungezogenheit zu machen, immerhin hatte sie sich sehr viel Mühe gegeben, und nun wurde das Essen kalt.

Viktor störte das weniger, er saß in seinem Lieblingssessel und wartete geduldig. So hatte er noch etwas Zeit, nachzudenken. Er wäre dankbar gewesen, wenn ihm noch ein paar gute Gedanken eingefallen wären.

„Du bist ja schon da. Entschuldige bitte meine Verspätung.“

„Das kenne ich doch schon, dass du es nie schaffst, pünktlich zum Essen zu erscheinen.“

Ruth lachte.

„Eine Frau ist eben etwas länger mit sich beschäftigt. Da habt ihr Männer es leichter."

„Es gibt auch Frauen, die sich an die Zeiten halten. Das ist unhöflich gegenüber Lisa, die sich so viel Mühe mit dem Essen gemacht hat."

„Ach, Viktor, eine gute Haushälterin weiß schon, wie sie das Essen warmhalten muss, das kannst du mir glauben."

„Woher willst du denn das wissen? Du kannst doch gar nicht kochen, oder habe ich da etwas verpasst?"

„Entschuldige, ich muss nicht kochen können, dafür habe auch ich Personal, und die hatten noch nie Probleme mit dem Essen."

Viktor ärgerte sich über diese Diskussion, es gefiel ihm nicht, wie abfällig sich Ruth über Lisa äußerte. Das war nicht in Ordnung. Lisa war eine Perle und wie eine Mutter für ihn.

„Komm zu Tisch, lassen wir dieses unerquickliche Gespräch", sagte er, ging voraus ins Esszimmer und rückte Ruth den Stuhl zurecht. Lisa hatte alles wunderbar vorbereitet. Die Mahlzeit verlief zunächst schweigsam und harmonisch.

Doch dann rief Ruth plötzlich: „Igitt, ist das Fleisch fett, das kann ich nicht essen! Davor ekle ich mich, und abgesehen davon muss ich auf meine Figur achten!"

Angewidert stocherte sie auf ihrem Teller herum und schob das Fleisch hin und her.

Viktor blickte sie verwundert an. Er verstand ihre Worte nicht, denn hatte eine erstklassige Scheibe Rinderfilet auf seinem Teller liegen. „Wie kannst du so etwas sagen? Das ist feinstes Filet, da kann gar kein Fett sein“, erwiderte er verwundert.

Sie hielt ihm mit der Gabel ein Stückchen Fleisch entgegen.

„Schau doch, ist das etwa kein Fett?“

„Lass das sein, Ruth. Wenn es dir nicht schmeckt, dann musst du im Hotel essen“, antwortete er gereizt, denn er konnte beim besten Willen kein auch noch so kleines Stückchen Fett erkennen.

Er hatte einen anstrengenden Tag mit vielen Problemen hinter sich und wollte sich nicht mit solchen Kleinigkeiten beschäftigen. Er fand solche Diskussionen widerlich. Gerade heute hatte er sich mit seiner Kindheit beschäftigt und an die ganze Not und das Elend gedacht, das ihm und seinen Eltern widerfahren war.

Und nun saß hier vor ihm eine Frau, die im Geld schwamm, sich alles kaufen konnte und rund um die Uhr bedient wurde. Und was tat sie? Statt dankbar zu sein, für dieses luxuriöse Leben, mäkelte sie nur herum.

Das fand er nicht gerecht, zumindest nicht denjenigen gegenüber, die hungern mussten, und das waren nicht gerade wenige auf dieser Welt.

„Wieso verstehst du mich nicht, Viktor?“

Er blickte sie lange an und wusste nicht, warum er sie nun am liebsten gebeten hätte, zu gehen.

Er fand sie oberflächlich, leichtfertig und komischerweise viel zu stark geschminkt.

„Entschuldige, Ruth, aber heute ist nicht der Tag, um mich mit solchen Kleinigkeiten auseinanderzusetzen.“

Er erhob sich. „Ich muss noch arbeiten, denn ich habe noch nicht alles erledigt, was getan werden muss. Und ich denke, du kannst dich alleine beschäftigen.“

Damit war für ihn das Gespräch beendet und er verließ das Zimmer.

Ruth blieb konsterniert am Tisch zurück. Was sollte das denn? Das konnte er doch nicht machen! Sie hatte an diesem Abend die Gunst der Stunde nutzen und mit ihm über ihre Hochzeit sprechen wollen. Und nun hatte er sie einfach sitzen gelassen!

Lisa, die nun begann, den Tisch abzuräumen, musste sich sehr anstrengen, ein Lächeln zu verkneifen.

Ganz gegen ihre Art empfand sie etwas wie Schadenfreude. Endlich hatte Viktor diesem Frauenzimmer einmal gezeigt, dass sie sich danebenbenahm.

Doch leider würde das der guten Ruth nicht bewusst werden.

Lisa sollte mit ihrer Einschätzung recht behalten. Ruth erhob sich so schnell, dass fast der Stuhl umgekippt wäre, raste aus dem Raum, die Treppe hoch in ihr Zimmer und tauschte in Windeseile ihr Kostüm gegen ein sehr gewagtes Cocktailkleid in Giftgrün und mit einem zarten Spitzenbesatz.

Nachdem sie ihr ohnehin schon dick aufgetragenes Make-Up aufgefrischt hatte, verließ sie ungestüm das Haus und fuhr in die Spielbank.

Die ganze Nacht verbrachte sie unter ihresgleichen und setzte mutig ihr Geld am Spieltisch. Gegen Morgen wurde sie müde und stellte fest, dass sie wohl eine Unmenge an Geld verloren hatte.

Sie fuhr zurück in die Villa zu Viktor, der noch fest schlief und sie nicht bemerkte, als sie das Haus betrat.

Doch Lisa wurde wach und sah auf die Uhr. Es war schon nach vier Uhr. Wo kam Ruth denn nun her? Das machte doch keine anständige Frau. Hoffentlich würde Viktor noch rechtzeitig merken, dass sie nicht die Richtige für ihn war!

Ruth schlief bis Mittag und erhob sich mit einem schweren Kopf. Es war wohl doch ein wenig zu viel Champagner gewesen, dachte sie, während sie sich im Spiegel betrachtete und sich alle erdenkliche Mühe gab, die Spuren der Nacht zu beseitigen.

6

Seit Tagen wartete Regina ungeduldig auf eine Antwort der Firmen, denen sie ihre Bewerbungsmappe geschickt hatte. Aber nichts geschah, und langsam wurde sie nervös. Konnten die nicht antworten? Wenigstens absagen hätten sie können.

Am Tag zuvor hatte sie ihr Diplom in der Schule bekommen. Der Rektor war voll des Lobes für sie, denn sie hatte mit der Bestnote abgeschlossen. Er wünschte allen viel Glück bei der Suche nach einer Arbeitsstelle und gab dann noch ein paar Tipps für die Jobsuche.

Ein kleines Buffet und ein Glas Sekt rundeten die Abschlussfeier ab. Von ihren Mitschülerinnen hörte sie, dass die meisten schon einige Absagen bekommen hatten. Lediglich eine konnte im nächsten Monat in einem Büro anfangen. Das war nicht gerade ermutigend.

Und so saß Regina an ihrem Schreibtisch, um die neuesten Anzeigen des Portals zu sichten. Die Anzahl der neuen Stellen war diesmal klein, doch sie fand zwei Anzeigen, die ihren Vorstellungen entsprachen. Während sie die Bewerbungen schrieb, fiel ihr die Anzeige wieder ein, auf die sie sich damals nicht beworben hatte, die Sache mit der Privatsekretärin. Wo hatte sie die nur hingelegt? Nach längerem Suchen fand sie die ausgedruckte Anzeige. Sie las noch einmal gewissenhaft den Text:

„Privatsekretärin gesucht. Sie sollte schnell und gewissenhaft lange Texte schreiben können. Perfekte Beherrschung der deutschen Sprache sowie Englischkenntnisse erforderlich. Arbeitszeit nach Vereinbarung. Um schriftliche Bewerbung wird gebeten."

Sie las die Anzeige nochmals und nochmals. Eigentlich hörte sich das doch gar nicht so schlecht an. Sie wurde langsam ärgerlich. Wieso hatte sie sich dort eigentlich nicht beworben? Jetzt nach drei Wochen war die Stelle sicher schon besetzt. Doch sie wollte nichts unversucht lassen.

Das Telefon unterbrach sie bei ihrer Arbeit, sie nahm den Hörer ab, und ihre Mutter meldete sich.

„Hallo, Regina. Bist du gesund und munter?"

„Aber ja, Mama. Warum fragst du?"

„Du hast dich seit drei Wochen nicht mehr gemeldet. Hast du deine Prüfungsergebnisse schon erhalten?", fragte Marga Rosenfeld, und ihre Stimme klang ein wenig beleidigt.

„Ja, gestern. Ich habe mit sehr gut abgeschlossen."

„Fein, dann kannst du ja jetzt diese komische Arbeit aufgeben und etwas Sinnvolleres machen."

Regina verdrehte die Augen und hätte am liebsten das Gespräch beendet. Sie ahnte, welche Diskussion nun wieder beginnen würde. Innerlich musste Regina aber lachen. Ihre Mutter ließ wirklich keine Gelegenheit aus.

„Das habe ich schon getan, Mama. Ich bin gerade dabei, mich zu bewerben."

„Endlich! Wenn du aber kein gutes Angebot erhältst, kommst du zu Papa und lässt dir helfen, verstanden?"

„Mama, du kannst es einfach nicht lassen."

„Ich habe ja gar nichts Schlimmes gesagt."

„Nein. Aber begreifst du nicht, dass ich das auf keinen Fall tun werde? Wie oft wollen wir noch darüber reden?“

„Was ist schlimm daran? Du kannst ja arbeiten gehen. Aber ist es nicht besser, einen guten Job zu haben?“

„Das ist dann nicht nur ein guter, sondern ein zugeschobener Job. Man nimmt mich da nicht, weil ich gut bin, sondern weil ich Rosenfeld heiße und mein Vater darum gebeten hat.“

„Du bist einfach nur stur. Dort musst du dich trotzdem beweisen. Oder glaubst du, die würden dich behalten, wenn du nicht gut bist?“

Regina wollte auf dieses Thema nicht mehr eingehen. Deshalb versuchte sie, ihre Mutter abzulenken.

„Was macht denn Carsten? Läuft alles nach Wunsch?“

„Oh ja, ihm geht es sehr gut. Er arbeitet fleißig in der Firma, und seine Zulassung fürs Studium hat er auch erhalten. Er ist nicht wiederzuerkennen und hat sich inzwischen auch mit zwei Auszubildenden angefreundet, nette Jungs ohne Disco und Alkohol. Wir sind wirklich sehr zufrieden mit ihm.“

„Das freut mich sehr. Siehst du, Mama, es hat sich alles zum Guten gewendet. Manchmal braucht es eben nur etwas Zeit, bis der richtige Weg gefunden ist.“

„In vier Wochen ist noch der Prozess. Das ist noch eine schwere Hürde für ihn. Ich hoffe, es wird alles gut.“

„Ganz bestimmt, Mama. Grüße Papa und Carsten von mir.“

„Warte, fast hätte ich es vergessen. Am Sonntag gibt der Markgraf von Baden im Schlosshof seiner Sommerresidenz auf dem Florentinerberg das jährliche Fest, und wir haben eine Einladung", berichtete Marga aufgeregt und stolz zugleich.

Es wurde allgemein als große Auszeichnung gewertet, eine Einladung zu erhalten.

„Papa hat mich schon angerufen. Ich komme natürlich mit und bin pünktlich bei euch, damit wir zusammen ins Schloss fahren können."

Zum ersten Mal seit langer Zeit freute sich Regina, an einem großen Empfang teilzunehmen. Bisher hatte sie versucht, sich möglichst fernzuhalten, es sei denn, die familiäre Verpflichtung hatte es nicht zugelassen.

Nun aber war das anders. Sie dachte an den Mann auf der Parkbank, den sie nicht vergessen konnte.

Das Sommerfest beim Markgrafen war eine weitere Chance, ihn vielleicht wiederzusehen.

Sie glaubte zwar nicht, dass er hier in der Stadt wohnte, aber die Hoffnung wollte sie noch nicht aufgeben.

Also freute sie sich auf den Sonntag, machte sich beschwingt an die Arbeit und schrieb konzentriert und voller Hoffnung an ihren Bewerbungen weiter.

Am nächsten Morgen lag einige Post in Reginas Briefkasten. Gespannt setzte sie sich mit einer Tasse Kaffee auf die Terrasse. Zwei große Briefumschläge beinhalteten Absagen aus postalischen Bewerbungen und ihre zurückgeschickten Unterlagen.
Die Briefe selbst waren als Serienbriefe gefertigt, eine wahre Enttäuschung, wie unfreundlich und unpersönlich das wirkte. Aber ein kleiner Umschlag enthielt eine Einladung zu einem Vorstellungstermin am nächsten Tag,

was Regina freudig erregte.

Sie machte sich jetzt schon Gedanken über die Firma und über den Verlauf des Gespräches.

Dazu durchforstete sie akribisch deren Website und war aber am Ende etwas zwiegespalten.

Das war nicht so ganz das, was sie auf Anhieb begeisterte. Aber sie wollte offen und ohne Vorurteile die Sache angehen.

Für ihren ersten Vorstellungstermin wählte Regina ein zartblaues Kostüm und eine helle Bluse. Luftige, weiße Sommerschuhe mit kleinem Absatz und eine passende Tasche rundeten das Bild ab. Ihre Haare hatte sie mit einem schlichten Band im Nacken zusammengehalten. Auf Schminke verzichtete sie weitgehend, lediglich etwas Wimperntusche und ein heller Lippenstift unterstrichen ihre Schönheit auf dezente Art.

So betrat sie pünktlich um zehn Uhr das Bürohaus. Eine freundliche Sekretärin, extrem jung und sehr stark geschminkt, saß am Empfang. Sie hatte ihre Haare mit dicken rosa Strähnen gefärbt, ihre Kleidung war sehr auffällig, geradezu gewagt.

Ihr enger Rock reichte nur knapp über den Hintern und war von einem so kräftigen Lila, dass es einem die Augen blendete. In ihrem knallroten, engen und tief ausgeschnittenen Shirt zeichnete sich ihre Brust nicht nur ab, sondern quoll ungestüm über den tiefgezogenen Rand.

In einem kurzen, freundlichen Ton bat sie Regina, Platz zu nehmen. Es würde nicht mehr lange dauern. Ihr Anblick verunsicherte Regina zusehends. Wo war sie hier nur hineingeraten? Die ganze Firma machte einen recht unseriösen Eindruck.

Und zu diesen Mitarbeiterinnen passte sie ja überhaupt nicht! Hier war sie viel zu dezent angezogen. Doch sie durfte nicht vorschnell von der Kleidung auf die Leute schließen.

Relativ schnell wurde sie in ihren skeptischen Gedanken unterbrochen.

„Frau Rosenfeld, Herr Schäfer hat jetzt Zeit für Sie. Gehen Sie bitte hier entlang, Zimmer zwanzig", zeigte das Püppchen den langen, unpersönlichen Flur entlang, der Regina nun dunkel und beängstigend vorkam.

„Ja, vielen Dank."

An der Tür von Zimmer zwanzig klopfte sie laut und kräftig an.

„Herein!", antwortete eine knorrige Stimme etwas ungehalten.

Regina betrat mit festem Schritt das Büro. Am Schreibtisch erblickte sie einen kleinen, untersetzten Mann mit einer Glatze und einem auffällig dicken Bauch.

Wie er da mit seinem kugelrunden Glatzkopf hinter dem Schreibtisch hockte, wirkte Herr Schäfer auf den ersten Blick wie ein dickköpfiges Baby.

Wenn er wie eben jetzt lächelte, konnte sein Gesicht geradezu lieb aussehen. Aber sein Aussehen täuschte, seine runden Backen, sein kindlicher Mund, seine kugelige Nase, sein liebes Lächeln, alles täuschte.

Seine kleinen, grünen Augen waren Regina sofort unsympathisch, und sie wusste auf Anhieb, dass sie ihn nicht leiden konnte.

„Guten Tag, Herr Schäfer. Mein Name ist Regina Rosenfeld. Sie haben mich zu einem Vorstellungsgespräch eingeladen", sagte sie mit fester Stimme.

Er blickte hoch und betrachte sie auffällig. Sein Blick fixierte sie von oben bis unten und wieder zurück. Sie wusste nicht, warum, aber ein Hauch von Beklemmung stieg in ihr auf.

Herr Schäfer stand auf und reichte ihr seine fleischige Hand.

„Setzen Sie sich."

Er kramte auf seinem Schreibtisch.

Nachdem er ihre Bewerbungsmappe gefunden hatte, ließ er sich wieder in seinen Sessel plumpsen und blätterte die Unterlagen noch einmal durch.

„Wir sind eine Firma für Finanzdienstleistungen", begann er schließlich.

„Unsere Mitarbeiterinnen haben die Aufgabe, zunächst hier im Büro telefonisch Termine zu vereinbaren.

Danach sind die Kunden aufzusuchen und möglichst schnell Verträge abzuschließen, die dann wiederum hier im Büro zu bearbeiten sind."

Er fixierte Regina mit seinen Augen und achtete genauestens auf ihr Mienenspiel. Er war ein Taktiker und beherrschte sein Feld bis ins kleinste Detail.

„Für jeden Vertrag erhalten Sie eine entsprechende Provision. Wir erwarten nach der Schulung mindestens drei Verträge am Tag. Wenn Sie weniger bringen, zahlen Sie selbst die anfallende Schulungsgebühr. Haben Sie noch Fragen?"

Dann stand er auf, ging um den Schreibtisch herum,

blieb vor Regina stehen und zeigte auf ihren Körper.

„Da Sie die Kunden oft abends besuchen müssen, empfehle ich Ihnen, Ihre etwas biedere Kleidung gegen etwas Flotteres auszutauschen. Männliche Kunden sehen gerne schöne Frauen und schließen dann schneller ab."

Beim Sprechen sammelte sich in seinen Mundwinkeln etwas Speichel an und blieb dort stehen.

Regina ekelte sich und war empört. Was war das denn? Sie erhob sich und wollte umgehend den Raum verlassen. Ihr wurde übel, sie überlegte nur noch, ob sie grußlos gehen oder noch etwas zu diesem Angebot sagen sollte.

„Rosenfeld?", fragte er, als er sah, dass sie aufbrechen wollte.

Natürlich hatte er, der gewiefte Taktiker, sofort gewusst, dass es „die Rosenfeldtochter" war, die da vor ihm stand, und dass mit ihr wohl nichts anzufangen sein würde.

Also konnte er ihr noch einen kleinen Schlag versetzen. „Sie sind nicht zufällig verwandt mit der Familie der Maschinenfabrik Rosenfeld hier in der Stadt?" Seine grünen Augen blitzten sie an.

„Doch, das bin ich. Warum fragen sie mich das?"

„Na, bestens! Leute aus Ihren Kreisen verstehen es ja, zu schmeicheln, die Gunst der Stunde zu nutzen. Bei Ihnen werden ja öfters auf Partys Verträge abgeschlossen. Das ist doch etwas für Sie oder etwa nicht?", fragte er zynisch.

Regina beugte sich blitzschnell über den Schreibtisch, ergriff ihre Unterlagen, rannte regelrecht aus dem Zimmer und verließ das Gebäude.

Der Tag war gelaufen, sie verstand die Welt nicht mehr. Mit so etwas hatte sie nun wirklich nicht gerechnet. Sie konnte beim besten Willen nicht gleich nach Hause gehen, die Tränen strömten ihr über die Wangen und ihr Herz klopfte vor Scham und Ekel. Deshalb beschloss sie, sich erst einmal mit einem Frust-Einkauf zu beruhigen.

Während sie ihr Auto in die Stadt steuerte, verdrückte sie die letzten Tränen und zwang sich, das ganze Erlebnis zu verdrängen. In der Stadtmitte angekommen, parkte sie ihren Wagen, beseitigte die Spuren ihrer Tränen und zog sich die Lippen nach. Dann betrat sie die Boutique, in der sie Stammkundin war und die mit Sicherheit etwas Neues und Ausgefallenes zu bieten hatte. So war es zumindest immer, wenn sie dorthin kam.

„Hallo, Frau Rosenfeld. Was kann ich für Sie tun?“
„Ich brauche ein ganz besonderes Cocktailkleid für das Sommerfest beim Markgrafen. Aber wirklich etwas ganz Besonderes“, rief sie mit erhobenem Zeigefinger, „das Schönste und Beste, das Sie finden können! Ich möchte besonders gut aussehen an diesem Tag.“
„Ja, gerne.“
Die Verkäuferin brachte ihr einige neue Stücke und Regina sichtete sie ausgiebig. Aber die Modelle konnten sie nicht so richtig überzeugen. Das war nicht das, was sie begeisterte, obwohl sie keinerlei Vorstellung hatte, was sie überhaupt wollte.
Sie beschloss, noch einen Versuch zu wagen. „Eigent-

lich gefallen die mir alle nicht so gut. Haben Sie noch etwas am Lager oder kommt in den nächsten Tagen noch etwas? Da ist nichts dabei, was mich wirklich begeistert."

„Ich sehe noch einmal nach. Wir haben eine Lieferung da, die ich noch nicht ausgepackt habe. Einen Moment bitte."

Nach kurzer Zeit kam die Verkäuferin zurück und hatte einen Traum aus Gold über dem Arm, der Regina sofort verzückte und restlos begeisterte.

„Das ist es! Das ist mein Kleid!", rief sie, und ihre Augen strahlten vor Bewunderung.

„Hoffentlich passt es mir auch."

Regina streifte das Kleid über, trat vor den Spiegel und drehte sich im Kreis. Sie war sprachlos, das Kleid war in der Tat wie für sie geschneidert. Welch ein fantastisches Stück!

„Das ist ja wie für Sie gemacht!", rief die Verkäuferin in heller Begeisterung und schlug die Hände zusammen. „Sie werden die schönste Frau des Abends sein."

Wie eine zweite Haut schmiegte sich der kostbare Stoff um Reginas Körper.

Zugegeben, es waren nur kleine, schmale Träger, die den Stoff über den Schultern hielten, der Ausschnitt war gewagt, zeigte nicht nur die Ansätze ihrer Brust, sondern gestattete dem Betrachter auch reichlich Fantasie.

Der Rücken war sehr tief ausgeschnitten und ließ dem Blick fast bis zur Hüfte freien Lauf. Bei jeder Bewegung veränderten sich die Farbreflexe des Stoffes, der wie tausend Sterne funkelte.

Das Kleid war verdammt hoch geschlitzt und gab bei

jedem Schritt ihre wohlgeformten Beine frei. Es war umwerfend schön, aber auch sehr auffällig. Regina wurde unsicher.

Konnte sie so auf dem Fest erscheinen? Trotz stieg in ihr hoch. Warum nicht? Gerade jetzt erst recht! Sie warf energisch den Kopf nach hinten und machte sich selbst Mut.

„Ich nehme es", entschied sie schließlich und nickte der Verkäuferin zu.

Nachdem das gute Stück verpackt war, bezahlte sie und trat auf die Straße. Jetzt noch zum Abschluss eine schöne Schokolade, entschied sie, schlenderte die Straße entlang und betrat das Café.

Weiter hinten etwas abseits fand sie einen freien Tisch und setzte sich. Sie wollte nicht darüber nachdenken, was sie vorhin in dieser Firma erlebt hatte, es sprengte alle ihre Vorstellungskraft, und sie würde es nie vergessen. Oder doch? Zeit heilt alle Wunden.

Und die Zukunft? Es wurde immer schwieriger, nicht ein Hauch von einer Aussicht auf einen Arbeitsplatz hatte sich ergeben.

Was konnte sie noch tun? Was hatte sie noch nicht probiert? Nein, heute wollte sie nicht mehr grübeln! Sie hob den Blick und beobachtete die Menschen um sie herum, die sich dem Genuss von Torten, Kuchen und Kaffee hingaben.

Auf einmal stutzte sie. Dort an dem Tisch weiter vorne, das war doch Elke?

Sie rief ihren Namen und winkte sie an ihren Tisch. „Hallo, Elke. Ich freue mich so, dich zu treffen. Nimm

Platz. Wie geht es dir?", sprach sie die Freundin lachend an.

„Danke, sehr gut", antwortete Elke strahlend.

„Ich freue mich auch, dich endlich wiederzusehen. Leider haben wir uns aus den Augen verloren, seit du gegangen bist", sagte sie etwas vorwurfsvoll.

Regina hatte ihr damals, als sie das Callcenter nach ihrer Entlassung Hals über Kopf verlassen hatte, versprochen, sich ab und zu bei ihr zu melden.

„Entschuldige, du hast ja recht. Ich hatte dir versprochen, anzurufen, aber ich hatte so viel zu tun. Ich musste lernen und lernen, weißt du, die Prüfung."

„Natürlich verstehe ich das. Das passiert wohl den meisten, wenn die Wege sich trennen.

Ach, weißt du was, das Wichtigste ist doch, dass wir uns endlich wiedersehen, Regina."

„Ich bin überrascht, so fröhlich kenne ich dich ja gar nicht."

Regina freute sich, die Freundin so unbeschwert und heiter zu sehen.

„Was macht die Firma – und Herr Bischoff?"

Elkes Augen blitzten schalkhaft, die Schadenfreude, die sie empfand, war nicht zu übersehen.

„Stell dir vor, den Irren gibt es nicht mehr bei uns. Wir haben einen neuen Chef, und der ist richtig nett, ganz anders als der Bischoff."

„Erzähl, was ist geschehen?"

„Einige Zeit, nachdem du weg warst, mussten wir alle zu einer Betriebsversammlung, und das war etwas völlig Neues, das hatte es noch nie gegeben, wie du ja weißt."

„Ja, ich weiß."

Regina musste schmunzeln. Elke benahm sich wie ein kleines Kind, sie rutschte unruhig auf ihrem Stuhl hin und her und konnte sich kaum noch beherrschen.

„Dort konnten wir berichten, wie es uns mit dem Bischoff ergangen ist. Nur wenige Tage später kam der Neue."

„Na, siehst du. Endlich ist was passiert", sagte Regina.

„Regina, wenn ich heute darüber nachdenke, hattest du recht mit deinen Einwänden und dem Vorschlag, zur Geschäftsleitung zu gehen. Wir hätten alle mutiger sein und auf dich hören müssen."

„Im Nachhinein ist es immer leichter, zu beurteilen, was gut oder schlecht war, Elke. Das ist immer so."

„Ja, auch ich hatte Angst, meinen Job zu verlieren, und habe gekuscht. Nur du wärst mutig gewesen, wenn ich dich unterstützt hätte", sagte Elke ernst und nachdenklich.

„Ist doch jetzt egal, das ist ja vorbei für euch. Und wenn ich dich richtig verstanden habe, ist ja nun alles besser."

„Wir haben jetzt ein sehr gutes Betriebsklima, und das Beste ist, dass wir alle eine spürbare Gehaltserhöhung bekommen haben. Ich kann mir bald eine kleine Wohnung suchen und spare jetzt nur noch für die Einrichtung."

„Und was ist aus dem Bischoff geworden?", fragte Regina neugierig und griff zu ihrer Kaffeetasse.

„Wo der abgeblieben ist, wissen wir nicht, und es interessiert uns auch nicht. Hauptsache, er ist weg. Es macht jetzt richtig Spaß, zur Arbeit zu gehen", berichtete

Elke ganz aufgeregt und ihre Augen strahlten.

„Das freut mich sehr für euch“, antwortete Regina mit einem Lächeln.

„Siehst du, hättest du versucht, den Bischoff zur Rücknahme der Kündigung zu bewegen, wären wir heute noch zusammen“, stellte Elke fest.

„Das glaube ich nicht. Er hätte erstens die Kündigung nicht zurückgenommen, und ich hätte zweitens nichts für euch tun können“, sagte Regina und schüttelte den Kopf.

„Wieso tun können?“, fragte Elke überrascht.

„Ich habe mich nach der Kündigung erkundigt, wer da im Vorstand sitzt.

Dabei stellte sich heraus, dass ich einen der Herren kenne, denn er ist öfters einmal Gast bei meinen Eltern.

Ich habe ihn angerufen und erzählt, was der liebe Herr Bischoff alles anrichtet. Der hat nicht schlecht gestaunt“, klärte sie Elke auf und lachte.

„Er hatte mir versprochen, sich umgehend der Sache anzunehmen und eine Lösung zu finden. Und anscheinend hat er sein Wort gehalten.“

„Mensch, Regina, dann haben wir ja alles dir zu verdanken! Warum hast du dich denn nie gemeldet?“

„Ihr müsst mir nicht danken. Wenn ich ehrlich bin, dann war es meine Rache an dem Bischoff. Ich freue mich jedenfalls, dass es euch geholfen hat“, stellte sie mit Befriedigung fest und nickte Elke beruhigend zu.

„Was machst du denn jetzt eigentlich so beruflich?“
Regina zögerte etwas. Schnell kamen ihr die Erlebnis-

se von vorhin in den Sinn. Doch sie setzte ein Lächeln auf, denn ihr Stolz ließ es nicht zu, Elke zu zeigen, wie es in ihr aussah.

„Ach, bei mir geht alles nach Wunsch. Ich habe einen tollen Abschluss und suche gerade gemütlich und ohne Eile eine neue Arbeitsstelle", gab sie nicht gerade überzeugend zum Besten.

Doch Elke bemerkte Reginas traurige Stimmung nicht.

„Das ist schön für dich. Jetzt muss ich aber gehen, meine Eltern erwarten mich", stellte sie mit einem Blick zur Uhr fest.

„Tschüss, Regina. Ich wünsche dir viel Erfolg."

„Tschüss, Elke."

Regina war den Tränen nahe. Es war wohl heute doch alles ein bisschen viel. Einerseits hatte es ihr gutgetan, mit der alten Freundin zu plaudern, andererseits tat es ihr weh, so ausgegrenzt zu sein.

Elke hatte es gut, sie hatte ihre Kolleginnen und damit einige Freundinnen, ihre Arbeit, ihr Geld und jetzt noch einen schönen Arbeitsplatz.

Und sie selbst? Sie hatte nichts mehr außer ihrer vorzüglichen Ausbildung, keine Freunde, keine Arbeit und nicht mehr viel Geld.

Sie stöhnte auf und sah sich um. Nein, sie hatte sich versprochen, an diesem Tag nicht mehr darüber nachzudenken. Morgen früh würde die Welt schon wieder anders aussehen. Es würde bald wieder aufwärts gehen, sie musste nur Mut haben.

Sie erschrak, sie hatte so ernsthaft mit sich selbst geredet, dass sie schon befürchtete, laut gesprochen zu haben. Sie blickte sich um, doch alle Gäste waren mit sich selbst beschäftigt. Dann zahlte sie und verließ das Café.

Als Regina vor ihrer Haustür stand und gerade den Schlüssel ins Schloss stecken wollte, wurde sie plötzlich von hinten hart angefasst und herumgerissen. Vor Schreck fiel ihr der Schlüssel aus der Hand. Der Mann, der sie umklammerte, war Jörg Bischoff, den sie beinahe nicht wiedererkannt hätte.

„Lassen Sie mich los, Sie tun mir weh!", rief sie und versuchte, unter seiner Schulter durchzurutschen.

Doch er krallte sich an ihr fest.

„Das könnte Ihnen so passen!", schrie er und verzog sein Gesicht zu einem hässlichen Grinsen.

Regina zitterte vor Angst, und die Panik stand ihr ins Gesicht geschrieben. Er stand vor ihr, seine ehemals glattgebügelten Haare waren verfilzt, sein Atem stank nach abgestandenem Bier und seine Klamotten rochen nach Schweiß, dass einem beinahe die Luft wegblieb.

„Was wollen Sie von mir? Lassen Sie mich gefälligst los", sagte sie etwas leiser und mit einem bittenden Unterton.

„Ha, ha, immer noch der Befehlston! Ihr Reichen lernt das nie, euch unterzuordnen. Aber mit mir nicht. Sie haben mein Leben zerstört, und ich werde jetzt Ihres zerstören", lallte er und begann zu wanken.

„Ich habe Ihr Leben nicht zerstört, das haben Sie schon selbst getan. Sie hätten mit den Frauen nicht so umspringen dürfen und trotzdem Karriere machen können.“

„Was wissen Sie denn schon von der Härte des Lebens? Sagen Sie es mir. Sie wissen doch gar nicht, was das ist!“

„Lassen Sie mich bitte los, Sie tun mir weh. Machen Sie sich nicht noch unglücklicher, als Sie es schon sind. Sie sollten von vorne beginnen, anstatt zu trinken.“

„Sparen Sie sich Ihre guten Ratschläge. Ich habe es versucht, ich finde keine Arbeit und Sie sind schuld daran.“

„Haben Sie nicht Verantwortung für Ihre kranke Mutter? Ich habe es zumindest einmal gehört.“

„Nein, sie ist tot“, rief er, „und ich habe niemanden mehr!“

„Das tut mir leid für Sie.“

„Tut Ihnen leid, tut Ihnen leid, ha, ha, tut Ihnen leid.“

Er schrie immer lauter und packte immer stärker zu.

Aus den Augenwinkeln erblickte Regina ein paar Passanten ein Stück entfernt. Sie wusste keinen anderen Weg, als nach Hilfe zu rufen.

„Hilfe, Hilfe, bitte helfen Sie mir!“

Zwei junge Männer kamen angerannt, rissen Jörg Bischoff weg und hielten ihn fest. Einer davon rief die Polizei um Hilfe, und die Beamten ließen sich kurze Zeit später von Regina die Vorkommnisse erzählen. Gleichzeitig nahmen sie ihre Anzeige auf und führten Jörg Bischoff ab.

Regina war fix und fertig, als sie ihre Wohnung betrat. Immer noch saß ihr der Schreck in den Gliedern, sodass sie sich erst einmal setzen musste.

Später ließ sie sich ein Bad ein, um ihre verspannte Muskulatur zu lockern, was ihr aber nur unzureichend gelang. Was für ein grässlicher Tag!

Es fiel ihr schwer, die Ereignisse zu verarbeiten, und schließlich fiel sie in einen unruhigen Schlaf.

7

Viktor Tillmann saß in seinem Pavillon im Garten. Ein Vorbesitzer des Anwesens hatte das weiße, mit kunstvoll geschnitzten Holzverkleidungen gebaute Kleinod errichten lassen.

Es war achteckig, nur wenige Quadratmeter groß, mit einem winzigen Türmchen. Im Inneren befanden sich an der einen Wand eine gemütliche Liege und auf der anderen Seite eine Bank, ein Tisch und zwei Stühle.

Lisa hatte mit Decken und Kissen dem Raum Gemütlichkeit eingehaucht. Die Glasscheiben und die Tür, die den Pavillon umschlossen, schützten vor Wind und Regen.

An jedem Holzpfosten zwischen den einzelnen Fensterscheiben kletterte ein Rosenstrauch hoch. Der Duft war verführerisch, und von hier hatte er einen freien Blick auf die Berge und die dunklen Tannenwälder, die er über alles liebte.

Viktor war begeistert von diesem Ort. Hier saß er oft, arbeitete in dieser Stille wie besessen, füllte seine Seiten mit Worten, Gedanken und Szenen, seine Fantasie konnte sich hier entfalten wie sonst nirgendwo. Hierher zog er sich zurück, wenn er nicht gestört werden wollte.

Seit einigen Wochen schon kämpfte er mit Fristen und Terminen, auch heute hatte er drei Stunden verloren durch Terminplanungen, Reisebuchungen und mehr. Zwei Projekte musste er bald abliefern, und beide waren noch nicht in den Computer eingetippt, wie es sein Verlag wünschte. Er schrieb alles mit der Hand, so wie er es gelernt hatte, und hatte einsehen müssen, dass er sich nicht mehr mit der ganzen Routinearbeit belasten konnte.

Über eine Anzeige hatte er schon vor Wochen vergeblich eine Sekretärin gesucht. Aber die Bewerberinnen, die sich gemeldet hatten, hatten ihm überhaupt nicht gefallen. Einigen hatte er die Unterlagen sofort wieder zurückgegeben, mit anderen hatte er persönliche Gespräche geführt, und es war enttäuschend, was er gehört hatte.

Trotzdem konnte er diesen Zustand so nicht belassen, sondern musste bald jemanden finden. Entschlossen erhob er sich, ging zurück in sein Büro, stöberte die entsprechenden Portale durch und aktivierte noch einmal seine Suche. Er schlug mit der Faust auf den Tisch und seufzte aus Verzweiflung, weil ihm das alles viel zu lange dauerte. Was konnte er jetzt nur auf die Schnelle noch tun, um jemanden zu finden?

„Na, na, wieso denn so wütend?", wollte Lisa wissen, die gerade das Zimmer betrat.

„Ach, Lisa!" Er blickte sie mit seinen großen Augen an.

„Ich benötige schnellstens eine Sekretärin. Du hast doch gesehen, wer sich hier vorgestellt hat. Jetzt ist auch noch der Anzeigenschluss bei der Zeitung vorbei, und ich brauche dringend eine Lösung. Ich kann einfach nicht mehr länger warten."

Lisa stützte resolut die Arme in die Hüften. Sie stand hochaufgerichtet vor ihm in ihrem schwarzen Kleid mit der weißen Spitzenschürze, die sich über ihrem großen Busen spannte. Ihre Haare waren streng nach hinten frisiert und zu einem Knoten geschlungen. Sie schüttelte den Kopf.

„Kein Grund, den Schreibtisch zu schlagen. Hier ist Ihre Post", sagte sie und legte die Umschläge, die sie die ganze Zeit in der Hand gehalten hatte, auf den Schreibtisch.

Unbeirrt sprach sie weiter.

„Und dann gibt es ja auch noch das Arbeitsamt oder andere Vermittler. Man kann sich heutzutage auch Arbeitskräfte ausleihen, das habe ich jedenfalls gehört", ermutigte sie ihn mit fester Stimme und umfasste dabei mit einer Hand ihr Ohr.

„Lisa, du bist unbezahlbar."

Viktor strahlte sie an.

„Ich werde Sie daran erinnern, das verspreche ich Ihnen", antwortete sie trocken.

Viktor lehnte sich gelassen zurück, genoss seinen Kaffee und sah die Post durch.

Nach all den Rechnungen und Einladungen fiel ihm ein großer Umschlag in die Hände.

Er öffnete ihn und fand zu seiner Überraschung Bewerbungsunterlagen vor. Eigentlich war er verwundert, dass so spät noch jemand auf seine Anzeige antwortete.

Er las das Anschreiben und war richtig angetan von der Bewerberin. Das hörte sich ja gut an. Immerhin brachte sie alle Voraussetzungen einer gelernten Sekretärin mit. Sie hatte ein sehr gutes Diplom, Abitur und beherrschte Fremdsprachen. Was wollte er mehr? Er öffnete die Mappe, betrachtete das Foto der jungen Frau und stutzte.

Das war doch die Frau, die er auf der Party im Garten gesehen hatte! Er wusste den Namen der Gastgeber nicht mehr, sein Verleger hatte ihn dorthin geschleppt, und er war relativ früh wieder gegangen, weil er wie immer keine Lust hatte auf diese nichtssagenden Vorzeigepartys.

Aber diese Frau war ihm seitdem nicht mehr aus dem Kopf gegangen. Sie war schön und zurückhaltend, hatte nicht auf ihn eingeredet, wie es andere Frauen üblicherweise taten.

Anscheinend kannte sie ihn gar nicht, was ihn sehr verwundert hatte, und er hatte diesen Umstand an dem Abend sehr genossen. Ein paar Mal hatte er sich gewünscht, mehr über sie zu erfahren, dieses Ansinnen aber immer schnell wieder verworfen. Vielleicht war sie auch so ein Girl, das sich auf Partys vergnügte? Er schüttelte den Kopf. Immer dieses krankhafte Misstrauen!

Er schob die Gedanken beiseite, nahm den Telefonhörer und wählte sorgfältig die auf dem Brief angegebene Nummer.

„Rosenfeld", meldete sich eine angenehme, helle Stimme.

Das war sie, die Stimme. Er erinnerte sich sofort wieder und sah die junge Frau vor sich auf der Bank im Park sitzen. Sie hatte wunderschön ausgesehen.

„Viktor Tillmann hier. Sie haben mir Ihre Bewerbungsunterlagen zugeschickt. Nun möchte ich Sie gerne bitten, am kommenden Montag um vierzehn Uhr bei mir vorzusprechen."

„Das freut mich, Herr Tillmann. Ich werde pünktlich

da sein und bedanke mich herzlich", antwortete sie.

„Aber sollten Sie nur vormittags oder zeitlich eingeschränkt arbeiten können, dann hat das keinen Zweck. Ich benötige Sie den ganzen Tag. Bei mir sind übrigens auch einmal Überstunden notwendig, was ich Ihnen schon im Vorfeld sagen möchte", erklärte er ihr.

Seine Erfahrung hatte ihm gelehrt, dass er sich damit eventuell unnötige Gespräche ersparen konnte.

„Das ist nicht mein Problem. Ich kann über meine Zeit frei verfügen und mich ganz nach Ihren Wünschen richten."

„Das ist gut! Ich erwarte Sie pünktlich. Bis Montag." Viktor legte auf, er war überzeugt, dass er nun nicht weitersuchen musste.

Kurze Zeit später hörte er Ruth laut mit Lisa schimpfen, den Inhalt der Auseinandersetzung konnte er aber nicht verstehen. Zuerst wollte er die beiden Frauen ihr Problem alleine lösen lassen, doch nach einiger Zeit merkte er, dass der Streit immer schlimmer wurde. Er musste eingreifen, denn arbeiten konnte er bei diesem Krach auch nicht.

„Was ist denn hier los? Da kann ja kein Mensch mehr arbeiten!", rief er, als er die Tür seines Büros aufgerissen hatte.

„Du solltest deiner Haushaltshilfe mal beibringen, dass sie zu tun hat, was ich ihr sage!", keifte Ruth schrill.

Sie stand da, breitbeinig, aufgebracht und nicht gerade damenhaft. Ihre Augen funkelten wütend und sprühten vor Zorn.

„Wieso, was sollte sie denn deiner Meinung nach

tun?“

„Ich habe ihr heute Morgen den Auftrag gegeben, meine Kleidung von der Reise in Ordnung zu bringen.

Heute Mittag wollte ich einen Rohkostsalat auf mein Zimmer haben, und jetzt sollte sie mir ein Bad einlassen.

Was glaubst du, was sie gemacht hat? Nein, das weißt du nicht, dich kümmert es ja wenig, ob deine Angestellten ihrer Arbeit nachkommen.“

„Nichts davon, denke ich, hat sie getan“, stellte er kurz und trocken fest und musste lachen.

„Richtig! Aber fürs Nichtstun bezahlst du sie doch nicht. Und ich weiß gar nicht, was es da zu lachen gibt!“

„Nein, dafür bezahle ich sie nicht. Aber Lisa tut mehr als genug für ihr Geld. Sie hat recht mit ihrer Ansicht, dass sie sich nicht auch noch mit deinen Kindereien beschäftigen muss.

Du bist erwachsen genug, um dich um deine Wünsche selbst zu kümmern. Wenn du das nicht willst, kannst du gerne in ein Hotel gehen.

Besser noch, du fährst nach Hause und gehst mit deinen Hausangestellten derart um. Lisa aber lässt du in Ruhe. Ich will nicht, dass du dich so gehen lässt.“

Jetzt war sein Lachen verschwunden. Er war nicht mit Hausangestellten aufgewachsen, er war ein armer Junge gewesen. Und Lisa war so etwas wie eine Ersatzmutter, die ihn hegte und pflegte.

Nie hatte er sie als seine Angestellte betrachtet. Sein Haus war penibel gepflegt und in Ordnung. Lisa und ihr Ehemann arbeiteten, wenn es sein musste, Tag und bei

Nacht für ihn.

Niemand durfte sie anschreien und herumscheuchen. Das gab es bei ihm nicht und würde es auch nie geben! Und überhaupt, was war das für eine Frau, die sich kein Badewasser einlassen und ihren Koffer nicht selbst auspacken konnte?

Den Salat hätte sie bestimmt bekommen, aber er kannte Lisa, ihre Sturheit war wohl eine Retourkutsche. Ja, sie wusste sich zu wehren.

Ruth traute ihren Ohren nicht. Er wagte es tatsächlich, sie vor einer einfachen Hausangestellten derart bloßzustellen. Wieso stellte er sich hinter eine Frau, die doch dazu da war, ihre Herrschaften zu bedienen?

Sie war doch nicht irgendjemand! Eine Ruth von Anseln kümmerte sich nicht selbst um ihre Garderobe.

Trotzdem musste sie nun diplomatisch sein, verlieren wollte sie ihn nicht.

„Viktor, ich hatte geglaubt, dass wir zusammenleben. Es war mir bisher nicht bewusst, dass ich für dich nicht einmal ein Gast bin. Ich bin enttäuscht, denn ich liebe dich sehr, und ich kann mir nicht erklären, warum du mir nicht hilfst."

Viktor hörte in sich hinein. Es stimmte, er hatte bisher einfach alles laufen lassen, er fand es gut so, wie es war. Ruth war nicht an seinem Geld interessiert, war selbst in der Gesellschaft unterwegs, er brauchte nicht glauben, dass sie ihn deshalb benutzte.

Sie war oft auf Reisen, dann hatte er seine Ruhe zum Arbeiten. Wenn sie da war, war sie anschmiegsam und liebevoll, dann lebten sie schon in einer eheähnlichen

Beziehung. Aber war das Liebe? Nein, es war eher Bequemlichkeit.

Viktor zog die Augenbrauen hoch, blickte sie an und legte seine Hände auf ihre Schultern.

„Ruth, wir haben bisher ganz gut miteinander gelebt, unsere Beziehung sehr bequem gefunden, viel zusammen unternommen, uns gefreut und gelacht, ja, wir waren auch ein Liebespaar. Ich mag dich sehr, aber ob es eine tiefe, innige Liebe zwischen Menschen ist, die in Verbundenheit zusammenleben und alt werden wollen, da bin ich nicht sicher. Soweit musste und wollte ich bisher nicht denken."

„Aber ich bin mir sicher. Wie kannst du daran zweifeln?"

„Wie dem auch sei, lass Lisa in Ruhe ihre Arbeit machen. Sie hat es nicht verdient, dass sie so behandelt wird. Auch Angestellte sind nette Menschen und haben unseren Respekt verdient. Und eine Frau wie du kann wohl selbst Badewasser einlassen, wie ich finde."

Letzteres überhörte sie geflissentlich, sondern setzte nun alles auf eine Karte.

„Dann ist es wohl besser, ich fahre am Montag nach Hause. Ein paar Tage Abstand tun uns sicher gut. Ich möchte, dass du nachdenkst über uns und unsere Zukunft. Es ist an der Zeit, eine Entscheidung zu treffen. Ich jedenfalls möchte, dass wir unsere Beziehung festigen und heiraten, denn ich liebe dich sehr."

Es war nur eine Frage der Zeit. Wenn sie erst Herrin über das Haus war, dann würde es vorbei sein mit der aufmüpfigen Lisa, dieser schrecklichen Frau!

„Ja, einverstanden, ich denke darüber nach“, brummte er.

Er war mit den Gedanken bei seiner Arbeit, das ganze Geschwafel interessierte ihn nicht, er hatte noch viel Zeit.

„Also ich fahre dann nach dem Fest beim Markgrafen.“

Ruth drehte sich um und verließ den Raum. In ihrem Kopf arbeitete es fieberhaft, sie war nicht überzeugt, ob es richtig gewesen war, ihm jetzt die lange Leine zu geben.

Das Risiko, dass er auf eine Ehe verzichtete, war groß. Doch sie straffte die Schultern und redete sich ein, alles richtig gemacht zu haben.

Wenn er nicht wollte, hatte sie immer noch Möglichkeiten. Sie würde auf jeden Fall nicht kampflos zulassen, dass er sie verließ. Notfalls würde sie ihn über die Öffentlichkeit unter Druck setzen. Das war eine Spezialität von ihr.

Sie ging in das Gästezimmer, das sie bewohnte, und zog sich schnell einen eleganten Hosenanzug über. Die Badewanne hatte sie aus ihrer Wunschliste gestrichen. Sie zog die Lippen nach, setzte sich in ihr Auto und brauste davon.

Ihr Weg führte sie ins älteste und berühmteste Hotel der Stadt. Wie es sich für ein Luxushotel dieser Kategorie gehörte, wurde der Wagen für sie in die Garage gefahren, sie brauchte lediglich den Schlüssel zu übergeben.
In einem seitlichen Anbau befand sich alles, was eine Frau von Welt, wie Ruth es war, brauchte. Zuerst ging

120

sie in die wundervolle Schwimmhalle und ließ das Thermalwasser über ihren Körper gleiten, während sie genüsslich ihre Bahnen zog.

Danach genehmigte sie sich eine Ganzkörpermassage und eine kosmetische Behandlung, dann legte sich in den Ruheraum und ließ sich einen erfrischenden Cocktail kommen.

Ihre Lebensgeister waren wieder geweckt, sie beobachtete die anderen Gäste, die sich ebenfalls verwöhnen ließen.

„Ist die Liege neben Ihnen noch frei?“, fragte ein älterer Herr, der gerade den Raum betreten und sich zunächst suchend umgesehen hatte, bevor er auf sie zuging.

„Bitte, natürlich ist die Liege frei“, antwortete sie.

„Sind Sie auch Kurgast?“, fragte er höflich.

„Nein“, sagte sie lachend.

„Kurgast bin ich nicht, aber öfter einmal in der Stadt, und da genieße ich natürlich das Ambiente dieses Hauses. Das ist es doch wert, sich verwöhnen zu lassen, oder nicht?“

„Absolut, ich bin angenehm überrascht. Ich habe zwar schon viel davon gehört, aber nicht gedacht, dass es so beeindruckend hier ist. Darf ich Ihnen einen Drink bestellen?“

„Ja, gerne.“

Das war genau das Richtige für Ruth. Sie hatte schon bemerkt, dass sie den Herrn beeindruckt hatte.

„Mein Name ist übrigens Frank Härtel, ich bin Fabrikant aus Zürich, hatte geschäftlich hier zu tun, und nun habe ich noch zwei Tage angehängt, um ein bisschen auszuspannen.“

Ruth nahm sofort die Witterung auf, das Wort Fabrikant war sofort bei ihr haften geblieben. Sie reichte ihm die manikürte Hand.

„Mein Name ist Ruth von Anseln, ich bin Schauspielerin."

Er lächelte entschuldigend.

„Oh, verzeihen Sie, dass ich Sie nicht erkannt habe. Ich gehe nicht so oft ins Theater und wenn, dann bei uns in der Schweiz."

„Das macht doch nichts, Sie können nicht alle Schauspielerinnen kennen. Ich verstehe das."

Sie zögerte kurz.

„Fabrikant? Was stellen Sie denn her in Ihrer Fabrik?"

„Schweizer Präzisionsuhren."

„Oh, das ist ja interessant."

„Ja, das ist es. Wir liefern unsere Uhren in die ganze Welt."

„Ist Ihre Familie auch hier?"

„Nein, ich habe keine Familie. Meine Frau lebt schon seit vielen Jahren nicht mehr, und mein Sohn ist in Amerika. Er studiert und arbeitet da, um später einmal die Firma übernehmen zu können."

„Ah, ich verstehe." Das war das Startzeichen für Ruth. Ein reicher, älterer Mann musste erst einmal vereinnahmt werden. Womöglich würde sie ihn noch gebrauchen können.

Sie unterhielten und amüsierten sich. Ruth machte ihm schöne Augen, ließ ihren Charme spielen, zeigte ihm aufreizend ihre nackte Haut, was ja nicht besonders schwierig war mit einem so knappen Bikini. Die Cocktails rissen nicht mehr ab.

Und es geschah, wie es nicht anders geschehen konnte in dieser Situation. Irgendwann landeten sie auf Frank Härtels Zimmer.

Es war ein heißer, von Alkohol und Begierde getragener Nachmittag, der einige Stunden dauerte. Erschöpft lagen sie irgendwann mit geschlossenen Augen nebeneinander und warteten darauf, dass sich ihre heißen Körper abkühlten.

Ruth drehte sich Frank zu.

„Es war wunderschön mit dir, ich glaube, ich habe mich in dich verliebt."

„Das kannst du doch nicht sagen, wir kennen uns erst wenige Stunden, das ist doch albern", antwortete er.

Das konnte ja heiter werden. Er suchte ein kleines, kurzes Abenteuer, und sie fing gleich von Liebe an.

Hoffentlich hatte er sich da keine Klette eingehandelt.

„Das ist doch nicht albern, man kann sich in Sekunden verlieben, wir wären da nicht die ersten", flötete Ruth.

Sie hatte es sich in den Kopf gesetzt, diesen Mann zu besitzen. Er war äußerst interessant, stattlich, reich und ein guter Liebhaber.

„Nein, aber ich bin ein reifer Mann, der sich nicht mehr mit solchen Gefühlen auseinandersetzt."

„Womit dann?"

„Ich lebe die Tage, wie sie kommen und wenn so einer wie heute dabei ist, dann ist das gut und schön.

Ich hatte bisher den Eindruck, dass du eine moderne Frau bist und genauso denkst wie ich. Oder habe ich mich geirrt?"

Ruth ging auf seine Frage nicht ein.

„Wünschst du dir niemanden an deiner Seite, ich meine, auf Dauer und ernsthaft?"

„Nein", antwortete er kurz und bündig.

„Du sagst das so hart, so kalt nach unseren innigen Stunden, dabei waren wir uns so nahe."

„Ich sage nur das, was ich denke. Du willst aber hoffentlich nicht, dass ich mit dir eine ernsthafte Beziehung eingehe, nur weil wir miteinander geschlafen haben."

„Na ja, ich habe es schon ernst gemeint", sagte sie mit einem verführerischen Augenaufschlag.

Nun hatte er endgültig genug von diesem Gesülze. „Dann ist es wohl besser, du ziehst dich an und gehst."

„Aber was war das für dich, was wir zusammen erlebt haben? Ich bin doch keine Frau für ein paar Stunden."

Frank Härtel erhob sich. Er hatte keine Lust auf solche Gespräche. Und an dieses Theater, das sie ihm jetzt vorspielte, glaubte er nicht.

Schauspielerin war sie, hatte sie gesagt. Er kannte sich ausgezeichnet aus im deutschsprachigen Raum. Das war keine Schauspielerin, die sich einen Namen erarbeitet hatte.

Sie hatte ihn mit ihrer Koketterie und der Darbietung ihres Körpers provoziert. Niemals könnte das eine Frau für ihn sein, niemals.

„Hör zu, Mädchen, ob du eine Frau für einmal oder für fünfmal bist, das weiß ich nicht. Du hast dich doch aufreizend auf die Liege gelegt und meine Cocktails getrunken.

Ohne mit der Wimper zu zucken, bist du mit auf mein Zimmer gegangen. Also was erwartest du? Ich bin auch nur ein Mann."

„Aber ich liebe dich doch", versuchte sie es weiter.

„Ha, ha, du liebst mich doch. Super, das hat mir noch gefehlt. Du lügst doch, du bist richtig aufgetaut, nachdem du gehört hattest, dass ich Fabrikant bin und keine Frau habe. Du bist ein berechnendes Luder und tust alles für Geld und Ansehen.

Solche Frauen wie dich kenne ich zu Genüge. Noch einmal zum Mitschreiben: Ich brauche keine Frau; ab und zu eine fürs Bett, aber sonst für nichts. Und jetzt Schluss, zieh dich an und verschwinde, aber schnell!"

Er sprang aus dem Bett, zog seine Hosen an und wartete ungeduldig, dass sie endlich sein Zimmer verließ.

Ruth erhob sich, er hatte sie durchschaut und gedemütigt, und das würde sie ihm nicht verzeihen. Eines Tages würde sie sich an ihm rächen, und darauf konnte er jetzt schon wetten. Sie sammelte ihre Kleidung auf, machte sich einigermaßen zurecht und blieb kurz an der Tür stehen.

„Du bist ein Schwein, Frank Härtel, und eines Tages werde ich dir das, was du mir jetzt angetan hast, heimzahlen. Kein Mann, den ich haben will, schickt mich ungestraft weg."

Als sie gegangen war, blieb Frank Härtel mit einem unguten Gefühl zurück. Noch nie hatte ihn eine Frau so offen bedroht wie Ruth von Anseln.

Schnellen Schrittes ging Ruth zum Ausgang, der Page holte ihren Wagen und schloss die Tür, als sie eingestiegen war.

Mit quietschenden Reifen, verließ sie das Hotel und fuhr zurück in die Villa, wo sie sich rasch auf ihr Zimmer zurückzog.

Viktor hatte sie kommen gehört und sich gewünscht, sie würde ihn in Ruhe arbeiten lassen, und zu seinem Erstaunen erfüllte sich sein Wunsch.

Seit er wusste, dass er auf Hilfe bei seiner Arbeit rechnen konnte, ging ihm das Schreiben wieder wie gewohnt von der Hand, und er war darüber sehr erleichtert.

Lisa brachte ihm eine Karaffe mit Wasser, und wie immer genoss er diese ungefragte Fürsorge. Sie war einfach sein guter Geist und konnte fast seine Gedanken lesen.

„Ich habe Ruth kommen hören. Ist sie auf ihr Zimmer gegangen oder schwirrt sie noch hier unten herum?"

„Sie ist wie von der Tarantel gestochen nach oben gerannt", sagte Lisa und blickte ihn verwundert an.

„Das bin ich gar nicht von ihr gewohnt, aber es freut mich, denn ich muss bis heute Abend noch viel arbeiten."

„Da gibt es einiges, das ungewöhnlich ist", grübelte Lisa.

„Was meinst du, Lisa?"

„Es geht mich ja nichts an."

„Jetzt hast du angefangen zu gackern, nun musst du das Ei auch legen, darauf bestehe ich!"

Lisa holte tief Luft.

„Gestern war sie die ganze Nacht bis zum frühen Morgen unterwegs, was sich für eine Frau nicht ziemt. Sie kann nur im Casino gewesen sein, nirgendwo sonst ist bis morgens um vier Uhr offen.

Und vorhin kam sie ziemlich zerzaust zurück. Die gute Ruth, die sonst immer so aufgetakelt ist, war richtig zerflattert, als ob sie frisch aus dem Bett gekommen wäre.“

„Ich weiß, was du mir sagen willst: Ich soll aufpassen. Nicht wahr, das meinst du doch?“

Lisa nickte kaum merklich.

„Ja, das meine ich.“

„Danke, Lisa, ich weiß, dass du es gut mit mir meinst.

Ich habe inzwischen auch meine Bedenken. Kommt Zeit, kommt Rat. Ich werde vorsichtig sein, das verspreche ich dir.“

Nachdem Lisa das Büro verlassen hatte, hing Viktor seinen Gedanken nach.

Er hatte es selbst nicht bemerkt, dass Ruth die ganze Nacht unterwegs gewesen war. Das ziemte sich nun wirklich nicht für eine Frau, die vergeben war. Und wenn sie nun vorhin noch etwas unordentlich zurückkam, dann war das auch etwas merkwürdig und ließ unschöne Spekulationen zu.

Er überlegte: Was wusste er eigentlich von ihr? Sie war so oft für längere Zeit weg, was ihm bislang zwar nichts ausgemacht hatte. Aber was, wenn sie ihn betrog und ihn der Öffentlichkeit lächerlich machte?

Und warum wollte sie heiraten, wenn sie es vorzog, durch die Welt zu reisen und ihn nachts hier alleine zu lassen?

Lisa hatte wie immer recht, er musste äußerst vorsichtig sein, gründlich nachdenken und überlegt handeln.

Ruth hatte sich auf ihr Bett fallen lassen, sie hätte am liebsten geweint.
Es war ihr noch nie passiert, dass ein Mann sie so beleidigt, sie so gedemütigt hatte. Sie würde sich nun ernsthaft um Viktor kümmern müssen.
Aber dennoch durfte Frank Härtel auch nicht ungeschoren davonkommen. Diese Unverschämtheit musste bestraft werden.

8

Der Sonntag war ein strahlender Tag, die Sonne brannte vom wolkenlosen Himmel und tauchte alles in gleißendes Licht. Er war ein Tag, um der sengenden Hitze zu entfliehen.

Ganz früh am Morgen fuhr Regina ins Bertholdbad. Es war fast leer, nur wenige Menschen zogen ihre Bahnen. Es lag wohl daran, dass die meisten am Sonntag ausschlafen wollten und erst später kamen.

Regina freute sich darüber, stürzte sich gleich in die Fluten und genoss das kühle Nass. Sie schwamm eine Bahn nach der anderen und fühlte sich anschließend erfrischt und wohl. Eine Stunde später war sie wieder zu Hause, setzte Kaffeewasser auf und richtete ein Tablett mit Brot, Butter, Konfitüre und Käse her. Dann trug sie alles auf die Terrasse, öffnete den Sonnenschirm und widmete sich zufrieden ihrem Frühstück.

Den Rest des Tages verbrachte sie auf einer Liege im Schatten und verschlang ein neues Buch, das sie sich erst am Vortag gekauft hatte, sie faszinierte und geradezu in seinen Bann zog.

Am späten Nachmittag traf Regina in der Villa Rosenfeld ein. Als sie das Haus betrat, pfiffen ihr Vater und Carsten anerkennend durch die Zähne, und ihre Mutter schlug die Hände zusammen.

„Wow, meine Schwester sieht ja aus wie eine Fee!", stellte Carsten bewundernd fest.

„Wie eine Fee? Ich hätte nie gedacht, dass mein Bruder solche Komplimente machen kann.“

„Dreh dich im Kreis, Regina“, forderte ihre Mutter sie auf.

„Du siehst fantastisch aus, meine Tochter.“

„Ich bin mir nicht mehr sicher, denn ich habe das Kleid an einem Tag gekauft, der nicht gerade mein bester war. Und jetzt überlege ich, ob es mir überhaupt steht und ob es nicht zu freizügig ist.“

Fragend blickte sie ihre Familie an.

„Regina, du hast vielleicht Sorgen“, meinte ihr Vater und schüttelte lächelnd den Kopf.

„Das Kleid ist immer noch im Rahmen des Zulässigen, da mache dir mal keinen Kopf. Es steht dir vorzüglich und dein alter Vater ist stolz auf dich. Und auf mein Urteil ist Verlass.“

„Wenn ihr alle das sagt, dann wird es schon stimmen. Ich vertraue euch. Wehe, wenn ich nachher etwas anderes höre!“

Gemütlich tauschten sie noch die Ereignisse der letzten Tage aus, dann machten sie sich auf den Weg zum Schloss.

Am Schloss fuhren die Limousinen in einer langen Schlange nacheinander vor, um die Gäste aussteigen zu lassen und wieder wegzufahren. Die Familie Rosenfeld reihte sich geduldig ein, um das Begrüßungsprotokoll über sich ergehen zu lassen.

Prachtvoll war der Innenhof für die Gäste geschmückt, lange Tafeln mit blütenweißen Tischdecken waren exklusiv eingedeckt, ein Heer von Bediensteten, umsorgte die Besucher. In lockeren Gruppen standen die festlich gekleideten Menschen zusammen und jeder hatte ein Glas Aperitif in der Hand.

Regina ließ ihre Blicke durch die Reihen der Gäste schweifen. Sie betrachte die festlichen Roben und die edlen Schmuckstücke der Frauen, zählte durch, wen sie kannte und wen nicht. Die Männer interessierten sie nicht besonders – bis auf einen, den sie gerne wiedergesehen hätte. Bis jetzt hatte sie ihn aber noch nicht entdecken können, was sie sehr enttäuschte und ungeduldig in die Menge blicken ließ.

Eine Glocke bat zu Tisch und alle ließen sich auf ihren Plätzen nieder. Es folgte eine kurze Rede des Schlossherrn, dann widmeten sich die Gäste dem köstlichen Menü.

Martin Rosenfeld war über seine Tischnachbarn sehr erfreut, waren es doch engste Freunde und Geschäftspartner. So plätscherten die Gespräche locker dahin.

Marga Rosenfeld hatte ihre beste Freundin neben sich und staunte immer wieder, wie feinfühlig das Protokoll reagieren und eine perfekte Tischordnung aufstellen konnte. Nie saßen Menschen beisammen, von denen man wusste, dass sie sich nicht mochten oder nichts miteinander zu tun haben wollten.

Auch registrierte sie aufmerksam, dass der Sohn des Bauunternehmers Hans Engeland neben Regina saß.

Ein schönes Paar, ihre Tochter und dieser strahlende, gutaussehende junge Mann, der gerade aus Amerika zurückgekommen war. Er wäre zum Beispiel so eine gute Partie, wie Marga sie sich für Regina vorstellte.

Seit Generationen führte die Familie Engeland ein sehr erfolgreiches Bauunternehmen, das einige tausend

Mitarbeiter auf der ganzen Welt im Einsatz hatte.

Marga sah schmunzelnd, wie der junge Tom Engeland Regina anhimmelte. Vielleicht konnte er ja ihr Interesse wecken, wenn sie den Abend gemeinsam verbrachten. Bestimmt hatte er viel Interessantes von seinem Aufenthalt in Amerika zu berichten und konnte Regina damit beeindrucken.

In Wahrheit aber war Regina schon leicht genervt, denn Tom Engeland fand sich unwiderstehlich, seine Reiseerzählungen waren aufgesetzt und entsprachen bestimmt nur zur Hälfte der Wahrheit.

Seine ständigen Hinweise auf das Großunternehmen seines Vaters und auf seine eigene Unabkömmlichkeit in der Firma waren nicht mehr zu ertragen.

Krampfhaft überlegte sie, wie sie sich von ihm entfernen konnte, und genau zu diesem Zeitpunkt wurde die Tafel aufgehoben.

Heimlich gab Regina Carsten ein Zeichen. Carsten verstand sofort, dass er Regina behilflich sein sollte, Tom Engeland loszuwerden. Auch er fand Tom ziemlich nervend und borniert.

Carsten erhob sich.

„Komm, Schwester, wir müssen noch einige Freunde begrüßen", forderte er sie augenzwinkernd auf.

Regina lächelte ihn an.

„Ja, ich komme."

„Ich würde mir auch gerne die Beine vertreten, darf ich Sie begleiten?", fragte Tom, der von Reginas Charme begeistert war.

Die beiden Geschwister warfen sich hilflose Blicke zu. Regina aber reagierte schnell.

„Sie dürfen uns nachher gerne begleiten. Wir müssen jetzt nur noch einmal zu unserem Wagen, ich habe meine Stola vergessen, wir sehen uns gleich wieder."

„Oh, wenn Sie mir den Schlüssel geben, dann hole ich Ihnen gerne Ihre Stola."

Tom war sichtlich bemüht, alles zu tun, um Regina zu beeindrucken.

„Das ist nicht nötig, vielen Dank, mein Bruder macht das schon."

Beinahe geriet sie in Panik. Was für eine Klette!

Und Carsten versicherte rasch: „Wirklich nett von Ihnen, aber ich kümmere mich um meine Schwester. Wir sind sowieso gleich wieder da, ganz bestimmt!"

Schnell drehten sich Regina und Carsten um und zogen davon. Dabei kicherten sie um die Wette wie kleine Kinder und freuten sich, Tom endlich losgeworden zu sein.

Die nächsten Stunden vergingen wie im Flug, denn die jungen Leute kannten sich alle und hatten sich viel zu erzählen. Regina achtete darauf, Tom Engeland aus dem Weg zu gehen, was ihr erstaunlicherweise ganz gut gelang.

Nur beim Tanzen war er ihr doch noch einmal begegnet.

Er drückte eine junge Frau auffällig eng an sich und beobachtete aus den Augenwinkeln, ob Regina das auch mitbekam.

Unfreiwillig musste Regina lächeln. Tom war ein Widerling, der sich selbst für den Größten hielt, und dieses Mädchen wurde sein Opfer.

Ihr sollte es egal sein, Hauptsache, er ließ sie in Ruhe. Und das tat er dann auch im weiteren Verlauf des Abends.

Regina war an diesem Abend sehr begehrt, ihr goldenes Kleid leuchtete und funkelte unter den Lampions.

Die Herren strahlten beim Anblick ihrer Schönheit, umschwärmten und hofierten sie. Sie war sehr angetan über so viel Aufmerksamkeit, es schmeichelte ihr sogar und hob ihr Selbstbewusstsein, das in der der letzten Zeit so strapaziert worden war.

Während sie mit einer Gruppe an der Bar eine Erfrischung zu sich nahm, sah sie auf einmal nicht weit entfernt den Mann ihrer Träume stehen, und ihr wurde ganz heiß vor Freude.

Da stand er, so nah und doch so fern und unterhielt sich rege mit einem anderen Herrn, den sie nicht kannte.

Zum ersten Mal sah sie ihn nicht so in sich gekehrt wie im Park ihrer Eltern. Seine Mimik ließ sein Gesicht strahlend und sehr lebhaft erscheinen. Wenn er nicht so ernst war, sah er noch interessanter aus.

Ihr Herz hämmerte so stark gegen ihre Brust, dass sie befürchtete, ihre Freundinnen neben ihr müssten es hören. Sie verstand die Welt nicht mehr, weil sie nicht begreifen konnte, warum sie sich so zu diesem Mann hingezogen fühlte, der ihr doch völlig fremd war.

Am liebsten wäre sie zu ihm hingelaufen, doch ihr fiel kein Grund dafür ein, und lächerlich machen wollte sie sich auf keinen Fall. Womöglich erinnerte er sich ja gar nicht mehr an ihr Zusammentreffen.

Daher blieb ihr nichts anderes übrig, als ihn zu beobachten. Immerhin schien er auch hier in der Stadt zu wohnen oder zumindest öfters hier zu sein, und das hob ihre Stimmung wieder ein wenig.

Eine Weile später sah Regina, wie eine elegante, rothaarige Frau auf den gutaussehenden Fremden zuging. Sie hakte sich sofort bei ihm ein und lehnte sich an ihn.

Die Frau trug eine wunderschöne, dunkelblaue Abendrobe, die ihren makellosen Körper mehr freigab als verhüllte und deren Farbe vorzüglich mit ihren leuchtenden, kastanienroten Haaren harmonierte. Bisher hatte Regina geglaubt, dass ihr eigenes Abendkleid schon sehr freizügig war, aber das Kleid dieser Frau stellte es eindeutig in den Schatten. Der Schmuck, den sie trug, war sehr auffallend und atemberaubend und musste ein Vermögen wert sein. Diese Frau war so schön, dass alle anderen Damen daneben blass aussahen.

Das Einzige, das Regina an ihr störte, war ihr Mund. Die Lippen waren etwas zu groß und unnatürlich. Aber es war im Moment ja groß in Mode, sich die Lippen aufspritzen zu lassen.

Regina konnte dies nicht verstehen, denn sie fand es nicht besonders anziehend. Enttäuschung kroch in ihr hoch, doch eigentlich hätte sie damit rechnen müssen, dass so ein schöner und eindrucksvoller Mann in einer Beziehung lebte. Die Frau genoss es sichtlich, an seiner Seite zu stehen.

Mit eifersüchtigen Blicken sah Regina zu den beiden hinüber. Dann drehte sie sich zu den anderen jungen Frauen in ihrer Gruppe um, die sich neben ihr amüsierten und sich lebhaft unterhielten.

„Kennt ihr die schöne Frau, die dort drüben steht?",

fragte sie schließlich ihre Begleiterinnen und deutete mit dem Kopf dezent auf die rothaarige Frau.

„Das ist Ruth von Anseln. Ich kenne sie nur aus unangenehmen Schlagzeilen in Zeitschriften“, antworte ihre Freundin Carmen.

„Wieso denn das?“, wollte Regina nun genauer wissen.

„Was soll ich sagen? Sie war ein sogenanntes Partygirl. Hat vor einigen Jahren den alten Friedbert von Anseln, einen Adligen, geheiratet.

Der gute Mann ist verstorben, und sie hat von ihm sein Vermögen geerbt. Nun zeigt sie in der Öffentlichkeit jedem, wer und was sie ist. Man liest immer wieder, dass sie eine Möchtegernschauspielerin ist und wechselnde Männerbekanntschaften hat. Sie soll sehr eingebildet, kalt und äußerst unangenehm sein.“

„So sieht sie eigentlich gar nicht aus“, stellte Regina fest.

„Aber schau sie dir doch an. Das ist doch alles nur Fassade. Die ist bestimmt Dauerkundin beim Schönheitschirurgen, so puppenhaft wie die aussieht.“

Regina musste lächeln.

„Carmen, wie sie leibt und lebt, immer geradeheraus mit ihrer Meinung. Das liebe ich so an dir.“

„Das möchte ich dir auch geraten haben“, schmunzelte Carmen.

„Jetzt lass uns feiern, die Frau von Anseln ist doch uninteressant für uns.“

Regina stimmte der Freundin zu, sie wollte nicht auffallen. Trotzdem beobachte sie die beiden weiter. Sie wusste nicht, was sie von ihnen halten sollte. Der Mann erweckte nicht den Eindruck, dass er sich mit einer leichtfertigen Person umgab. Zumindest hatte er das auf der Party ihrer Eltern nicht getan. Andererseits konnte sie sich auch irren, sie sah ja mit ihren eigenen Augen, wie sich diese Ruth von Anseln zärtlich an ihn schmiegte, was er offensichtlich sehr genoss.

„Regina, hörst du denn nicht?", riss Carmen sie aus ihren Gedanken.

„Was denn? Entschuldige, ich hatte nicht zugehört."

„Wir haben uns gerade für nächstes Wochenende für einen Kurztrip nach Paris verabredet. Kommst du mit?"

„Ach, ich weiß nicht. Nein, eigentlich lieber nicht", antwortete Regina.

„Was ist los mit dir? Ich habe ja verstanden, dass du im Gegensatz zu uns unbedingt arbeiten gehen willst", beschwerte sich Carmen.

„Aber am Wochenende ist doch nichts gegen ein bisschen Spaß einzuwenden!"

„Darum geht es nicht. Was willst du denn in zwei Tagen in Paris machen?"

„Wir wollen shoppen und abends ausgehen."

„Macht das, Carmen, aber ohne mich. Einkaufen kann ich auch hier und ausgehen auch. Das ist mir zu viel Stress, nach Paris zu fahren wegen ein paar vergnüglichen Stunden."

„Regina, mit dir ist wirklich nichts mehr anzufangen. Dann versauere eben hier, wenn du nicht anders willst."

„Will ich auch nicht."

Plötzlich verging ihr die Freude an diesem Abend. Traurig warf sie einen letzten Blick auf das schöne Paar und verließ das Fest, ohne sich noch einmal umzudrehen.

Viktor war mit Ruth etwas verspätet auf dem Schloss angekommen. Das lag nicht an ihm, sondern an Ruth, die über Gebühr Zeit benötigt hatte, um sich zurechtzumachen.

Er war überzeugt, dass sie es absichtlich hinausgezögert hatte, um durch die Verspätung möglichst viel Aufmerksamkeit zu erhaschen. Allerdings war er überrascht, dass er dieses Mal nicht wie sonst üblich das Bedürfnis hatte, das Fest möglichst schnell wieder zu verlassen.

Sicher lag das nicht daran, dass er angenehme Tischpartner hatte und die Unterhaltung mit ihnen äußerst niveauvoll war. Zu seiner Verwunderung hatte er schon lange keinen so angenehmen Abend mehr verbracht.

Ruth dagegen war enttäuscht, für ihre Verhältnisse waren an diesem Abend nur Geschäftsleute und Politiker anwesend.

Mit ihnen konnte sie in der Regel nicht viel anfangen, denn Berühmtheiten aus Film und Fernsehen waren für sie wichtiger, und ihre Enttäuschung schlug langsam in Ärger um.

Wie konnte Viktor in eine so kleine Stadt, genauer gesagt in die Provinz umziehen? Als Künstler musste er doch auch dort sein, wo das Leben spielte. Wenn sie erst einmal verheiratet waren, würde sie das schnellstens wieder ändern müssen.

Baden-Baden war zwar eine berühmte Stadt, aber es war nicht mehr so viel Adel und Eleganz hier, wie im 19. Jahrhundert. Diese Zeit war vorbei. Alte sah sie, viele Alte, die hier wahrscheinlich ihre morschen Knochen pflegten. Hamburg, Berlin, München, New York, diese

Städte waren in Ruths Augen jetzt gefragt. Doch sie nahm sich vor, erst einmal gute Miene zu machen und die Zeit für sich arbeiten zu lassen.

„Entschuldige, Liebling, ich würde gerne tanzen." Diesen verführerischen Augenaufschlag beherrschte sie besonders gut.

„Gerne, wenn du das möchtest."

Entschuldigend nickte Viktor seinem Gesprächspartner zu und führte Ruth zur Tanzfläche. Dort begannen die Musiker gerade, eine sanfte, romantische Melodie zu spielen. Viele Paare gaben sich eng umschlungen der Musik hin, so auch Ruth, die ihre Arme um Viktors Hals schlang und sich eng an seinen Körper drückte. Sie merkte, dass er sich leicht dagegenstemmte, um den Abstand zwischen ihnen zu vergrößern.

Nach seiner Meinung gehörte es sich nicht, sich so aufreizend in der Öffentlichkeit zu bewegen. Er wollte kein Aufsehen erregen, und Ruth wusste dies ganz genau.

Ein leichter Unmut machte sich in ihm breit. Merkte sie nicht, dass ihr Verhalten nicht angemessen war, dass man sich nicht so gehen lassen durfte, dass es obszön wirkte, wie sie sich an ihn presste?

Aus den Augenwinkeln bemerkte Ruth, wie ein Kamerateam durch die Menge schlenderte, gelegentlich stehen blieb und kurze Interviews drehte.

Schnell erfasste sie die Situation und überlegte kurz, wie sie die Leute auf sich aufmerksam machen konnte. Als die Gruppe in ihre Nähe kam, drückte sie sich blitzschnell an Viktor, zwang ihn zu einem intimen Kuss, dem er nicht entfliehen konnte, weil sie ihre Lippen auf seinen festgesaugt hatte.

Viktor war so überrascht, dass er nicht sofort reagieren konnte. Schon bemerkte er einen Scheinwerfer auf sich gerichtet, er erschrak und löste sich schnell, fast mit Gewalt von Ruth.

Die junge Reporterin hielt ihnen sofort das Mikrofon hin.

„Herr Tillmann, was machen Sie in unserer Stadt? Haben Sie eine Lesung hier?"

„Nein, habe ich nicht", sagte er kurz.

„Wissen Sie denn nicht, dass Viktor jetzt hier wohnt?", warf Ruth ein.

„Nein, das war mir nicht bekannt. Seit wann wohnen Sie denn hier?", fragte die Reporterin, die jetzt hellwach war.

„Noch nicht lange. Es ist aber auch nicht so wichtig, wo ich wohne. Meine Arbeit ist wichtig, sonst nichts."

„Sie wissen doch, dass unsere Zuschauer sehr an Ihnen und Ihrem Leben interessiert sind. Könnten wir uns für eine Homestory verabreden?"

„Nein, mein Privatleben bleibt außen vor."

Jetzt war er richtig sauer.

„Kein Mensch möchte wissen, wo und wie ich wohne", fügte er rasch hinzu.

„Da irren Sie sich. Ihre Leser wollen alles von Ihnen wissen. Bitte sagen Sie zu."

„Nein, und dabei bleibt es", antwortete er kalt.

„Wir können ja nochmals telefonieren, das ist wohl nicht die richtige Zeit und der richtige Ort für einen Termin", versuchte die Reporterin, die Situation zu entspannen. Sie hatte sich aber vorgenommen, nicht aufzugeben. Eine Story mit Viktor Tillmann dürfte ihrer Karriere wohl sehr dienlich sein.

Nun sah Ruth ihre Chance gekommen. Sie setzte ein strahlendes Lächeln auf und erzählte der Reporterin, dass sie und Viktor sich in Kürze verloben und bald heiraten würden. Man könne ja etwas später über die Exklusivrechte verhandeln.

Viktor schwieg bestürzt, er bebte vor Zorn, griff Ruth am Arm und zog sie von der Tanzfläche, ohne um sich zu blicken. Welch ungeheure Blamage! Wie konnte sie nur? Eiligst verließ er mit ihr das Festgelände und ließ seinen Wagen vorfahren.

Ruth konnte sich nicht von seinem eisernen Griff befreien, er zerrte sie mit und schleifte sie fast hinter sich her. Ihre Arme schmerzten, und sie fürchtete, Viktors energisches Zugreifen könnte Druckstellen und hässliche Flecken hinterlassen.

„Bist du wahnsinnig, Viktor? Lass mich sofort los, du tust mir weh!", keuchte sie.

„Hör auf zu jammern, du bist ganz alleine selbst schuld!"

Er öffnete die Wagentür und schob sie unsanft hinein.

Auf der Fahrt nach Hause sprachen sie kein Wort.

Dort angekommen konnte sich Viktor in seiner Wut aber kaum mehr zurückhalten. Völlig außer sich rannte er durch das Zimmer und schüttelte immer wieder den Kopf.

„Was hast du dir nur dabei gedacht, mich so lächerlich zu machen?", schrie er.

Und mit kalter Stimme fügte er hinzu: „Tu das nie wieder, sage ich dir."

„Wieso? Ich habe doch nur gesagt, was wir besprochen haben", behauptete sie steif und fest.

„Ich wüsste nicht, dass wir über dieses Thema schon gesprochen hätten", entgegnete er und rannte immer noch unruhig auf und ab.

„Aber wir hatten doch verabredet, dass ich jetzt ein paar Tage nach Hause fahre und dass wir, wenn ich zurückkomme, unsere Beziehung legalisieren. Das weißt du doch hoffentlich noch?"

„Das war dein Wunsch, nicht meiner. Ich habe mich noch nicht festgelegt. Diese Inszenierung vor laufender Kamera hast du mit Absicht gemacht, aber ich lasse mich von dir nicht erpressen! Nicht auszudenken, was morgen wieder in der Presse auftaucht! Das gibt wieder unmögliche Schlagzeilen, und meine Ruhe hier ist auch weg."

Seine Augen blitzten vor Zorn.

„Diese Aasgeier stehen doch von morgens bis abends vor dem Haus und setzen sich notfalls auch auf die Bäume, nur um mich einmal zu fotografieren."

Ruth lachte. Sie wusste freilich, was sie da angerichtet hatte. So war es ja ihre Absicht gewesen.

„Ich habe lediglich die Wahrheit gesagt. Tu doch nicht so. Auch ein Schriftsteller wie du braucht die Presse, auch du willst verkaufen", hielt sie ihm entgegen.

„Aber diese Art von Presse will ich nicht! Mein Privatleben hat da nichts verloren. Jetzt ist Schluss damit. Wenn dir etwas an uns liegt, dann muss das Theater unterbleiben oder wir müssen uns trennen."

„Ich möchte heute nicht mehr mit dir streiten, Viktor. Morgen früh fahre ich für zwei Wochen nach Hause. Ich hoffe, du hast dich beruhigt, bis ich wiederkomme. Gute Nacht."

Viktor ließ sich im Salon in einen Sessel fallen, schlug die Hände vor das Gesicht und stöhnte.

Warum nur begegnete er immer wieder solchen Frauen? Er hatte geglaubt, dass Ruth es nicht nötig hatte, ihn zu benutzen, doch nun fing auch sie damit an.

Er musste an Lisas Worte und Mahnungen denken, auch er hatte inzwischen große Zweifel bezüglich einer gemeinsamen Zukunft mit Ruth.

Er sehnte sich nach einer liebevollen Beziehung, nach einem ruhigen und harmonischen Zuhause, so wie seine Eltern es ihm vorgelebt hatten, natürlich nicht in dieser Armut. Sollte ihm das versagt bleiben? War das nicht möglich im Leben, beides zu besitzen, ausreichend Geld und Liebe?

Seine Kindheit, der Verlust der Eltern, die Not und das Elend von damals machten ihm bis heute zu schaffen. Er hatte weder Freunde noch Nachbarn und war im Grunde genommen ein einsamer Mann.

Würde er als Fremder hier wirklich Fuß fassen können? Die meisten Leute, denen er bisher hier begegnet war, behandelten ihn zwar freundlich, aber trotzdem spürte er, dass er nicht dazugehörte, und sprach sich immer wieder selbst Mut zu.

Tagsüber, solange er seiner Arbeit nachging, kam er gut mit seinem neuen Leben zurecht. Aber in der drückenden Stille der Nacht, wenn die Welt um ihn herum schlief, kämpfte er gegen seine Ängste.

Er gab sich die größte Mühe, die Erinnerung an das Erlebte zu verdrängen. Immer redete er sich ein, dass es als Kind sein Schicksal gewesen war, dass es ihn stark gemacht hatte für sein Leben und dass er dankbar sein musste, diese Nonne gehabt zu haben. Trotzdem holte ihn die Erinnerung immer wieder ein.

Er erhob sich und ging auf sein Zimmer, die Nacht war fast vorbei, wie er mit einem Blick aus dem Fenster feststellte.

Erschöpft fiel er ins Bett und warf sich im Halbschlaf hin und her, bis um sieben Uhr das Rasseln des Weckers der Quälerei endlich ein Ende bereitete.

Auch Ruth hatte so ihre Probleme, sie brauchte fast eine ganze Stunde, um sich abzuschminken, das Haarspray auszubürsten und sich einzucremen. Sie freute sich immer noch, dass es ihr gelungen war, die Aufmerksamkeit der Reporter auf sich zu ziehen. Klar war Viktor nun sauer, aber er würde seinen Ärger hinunterschlucken und vergessen. Und sie würde weiter alles daransetzen, um ihn zu einer Heirat zu bewegen.

Während sie mit kreisenden Bewegungen, die Creme auf ihrem Gesicht einmassierte, verdunkelten sich ihre Augen plötzlich.

Ihr Ausrutscher mit Frank Härtel fiel ihr wieder ein. Sie würde sich etwas einfallen lassen müssen, um ihn zu bestrafen. Er hatte sie schlimmer behandelt als eine Hure, die wenigstens noch ordentlich bezahlt worden wäre, während sie selbst nur Hohn und Spott geerntet hatte.

Sie würde sich rächen, das hatte sie sich fest vorgenommen.

Am nächsten Morgen betrat Ruth gegen neun Uhr das Esszimmer. Viktor saß schon am Frühstückstisch, und Lisa servierte gerade den Kaffee.

„Guten Morgen, mein Schatz", begrüßte Ruth ihn mit einem strahlenden Lächeln und setzte sich auf den freien Stuhl ihm gegenüber. Lisa goss ihr Kaffee ein und zog sich zurück.

„Ich fahre heute nach Hause und komme in zwei Wochen wieder, ganz wie wir es besprochen haben", erklärte Ruth mit einem lauernden Blick. Sie wollte sehen, ob sich Viktor wieder beruhigt hatte.

„Ja, mach das", antwortete er ziemlich uninteressiert und blickte sie nur kurz an.

„Ich wünsche dir eine gute Reise."

Dann beschäftigte er sich weiter mit seinem Frühstück.

„Ist das alles, was du heute Morgen mit mir sprichst? Du wirst doch nicht mehr beleidigt sein wegen gestern Abend?"

„Ich möchte nicht mehr darüber reden, Ruth. Natürlich bin ich noch verärgert, und das weißt du auch. Mir liegt sehr viel an meinem Privatleben, das nicht in die Öffentlichkeit soll. Was glaubst du, warum ich hierhergezogen bin?"

„Das verstehe ich wirklich nicht. Du bist angewiesen auf die Presse, die dir hilft, deine Romane zu verkaufen."

„Ich habe bemerkt, dass du mich nicht verstehst. Wir

beide haben völlig verschiedene Vorstellungen von unserem Leben.

Also lass uns darüber nachdenken, ob ein Zusammenleben überhaupt noch einen Sinn macht."

„Das macht ganz bestimmt Sinn, Viktor, wir harmonieren gut zusammen und lieben uns. Ich bin ganz sicher, dass eine Heirat das Richtige ist."

Ruth blickte ihn beschwörend an.

„Ich habe dir gesagt, dass ich nachdenken möchte. Lass es jetzt gut sein mit deiner Drängelei."

Ruth erhob sich, sie wollte ihn nicht noch mehr verärgern, sondern taktisch klug vorgehen.

Er würde sie vermissen, wenn sie für ein paar Tage wegfuhr, das war bis jetzt immer so gewesen. Zu ihrem Glück vergrub er sich in seinem Büro, und sein einziger Bezugspunkt war sie, das würde diesmal nicht anders sein als sonst.

„Also, ich fahre jetzt. Arbeite nicht so viel, bis ich wiederkomme, und vergiss deine kleine Verstimmung."

„Auf Wiedersehen, Ruth, bis bald."

Viktor war froh, als sie das Haus verlassen hatte. Er fühlte sich nicht mehr wohl in ihrer Gesellschaft und musste nun wirklich nachdenken, wie es weitergehen sollte.

9

Am Montagmorgen bereitete sich Regina auf ihr Vorstellungsgespräch vor. Sie war bedrückt und dachte ständig an den Mann, der im Park ihrer Eltern ihr Herz erobert hatte.

Und nun war er mit einer anderen Frau zusammen, was sie natürlich sehr schmerzte. Mehr noch, sie war sauer auf sich selbst. Nie hätte sie gedacht, dass etwas so sehr ihren Verstand würde ausblenden können.

Hinzu kam die Sorge, dass dieses Bewerbungsgespräch wieder nicht den gewünschten Erfolg bringen könnte. Das letzte Gespräch bei dieser merkwürdigen Firma hatte sie sehr verunsichert. Wenn sie nun wieder ein unseriöses Angebot bekommen würde?

Aber sie musste versuchen, diese Chance zu nutzen. Lange würde sie es sich nicht mehr leisten können, ohne Verdienst auszukommen. Ihre Ersparnisse wurden immer weniger. Sie zog sich immer mehr zurück, weil es ihr peinlich war, preiszugeben, immer noch keinen Arbeitsplatz gefunden zu haben.

Schon zwanzig Minuten vor der verabredeten Zeit fuhr Regina mit ihrem Auto den Berg hinauf, auf dem einige vereinzelte Villen standen. Sie kannte sich hier gut aus, denn ihre Eltern wohnten auf dem Nachbarhügel. Schnell fand sie die angegebene Adresse und parkte den Wagen. Da sie etwas zu früh dran war, blieb sie noch eine Weile im Auto sitzen.

In aller Ruhe nahm sie einen Spiegel aus der Handtasche und überprüfte sorgfältig ihr Aussehen. Wie üblich

hatte sie sich ein einfach geschnittenes Kostüm ausgesucht, diesmal in Grün mit den passenden Schuhen. Sie
wusste, dass sich eine Sekretärin dezent und sachlich zu
kleiden hatte. Für Regina war es nicht schwer, entsprach
diese ungeschriebene Kleiderordnung doch ihrem Emp-
finden und ihrem Geschmack.

Ihr war, als ob sich die Zeiger der Uhr gar nicht voran
bewegen wollten. Mutig und ungeduldig stieg sie einige
Minuten zu früh aus dem Auto, ging mit festen Schritten
zum Tor und klingelte. Durch die Sprechanlage hörte sie
die freundliche Stimme einer Frau. Nachdem sie ihr An-
liegen vorgetragen hatte, öffnete sich lautlos das Tor. An
der Haustür empfing sie eine sehr nette Frau, die mütter-
liche Wärme ausstrahlte. Innerlich atmete Regina auf.

„Guten Tag, Frau Rosenfeld. Ich bin Lisa, die Haushälterin, treten Sie ein“, sagte die Frau freundlich.

„Herr Tillmann telefoniert noch. Bitte nehmen Sie einen Augenblick hier in der Halle Platz.“

Sie zeigte auf eine Sitzgruppe im Biedermeierstil.

„Danke, ich warte gerne.“

Verstohlen blickte sich Regina um. Ähnlich wie bei
ihren Eltern war auch hier alles mit viel Geschmack gut
und teuer eingerichtet. Die Wände waren in Weiß gehalten, die Möbel erlesen und vermutlich einige hundert
Jahre alt. Dicke Perserteppiche dämpften die Schritte.

„Darf ich Ihnen ein Getränk anbieten? Kaffee? Tee?“

„Nein, danke, im Moment nicht.“

Regina setzte sich. Sie schlug die Beine übereinander,
und mit den Händen hielt sie krampfhaft den Verschluss
ihrer Handtasche fest.

Lisa machte sich in der Halle zu schaffen und beobachtete die junge Frau aus den Augenwinkeln. Sie wollte sich einen Eindruck verschaffen. Viktor würde sie sicher nach ihrer Meinung fragen.

Die junge Frau war ohne Zweifel hübsch und machte einen sympathischen, bescheidenen, aber sehr nervösen Eindruck. Lisa beschloss, sie ein wenig aufzumuntern.

„Entspannen Sie sich. Herr Tillmann ist sehr nett. Sie müssen sich keine Sorgen machen", sagte sie und nickte.

„Oh, merkt man mir das an?" Regina lächelte und versuchte, etwas lockerer zu sein, was ihr nur mit viel Mühe gelang.

Das war ja peinlich, dass man ihr das ansah, schoss es ihr durch den Kopf. Sie durfte sich das nicht so anmerken lassen, sondern musste sich zusammenreißen, wenn sie die Arbeitsstelle bekommen wollte.

„So schlimm ist es nicht", fuhr Lisa mit einem verschmitzten Augenzwinkern fort.

„Ich kann das gut verstehen. Mir ging es auch immer so, wenn ich mich irgendwo vorgestellt habe."

„Die Arbeit wäre wichtig für mich, vielleicht bin ich deshalb ein wenig aufgeregt", entschuldigte sich Regina zaghaft.

„Herr Tillmann ist ein wunderbarer Chef, und er braucht dringend eine Sekretärin. Also nur Mut", tröstete Lisa sie.

Regina fasste Zutrauen zu der netten Haushälterin, die eine freundliche Gelassenheit und Gutmütigkeit ausstrahlte. Sie beobachtete sie bei ihrer Arbeit, die sie ohne Hektik ausführte. So wurde Regina ruhiger und wartete geduldig auf den Hausherrn. Während sie so dasaß, hatte sie Zeit, ihren Gedanken nachzuhängen.

Natürlich dachte sie an den Sonntag, an das Fest auf dem Schloss. Mit welcher Freude war sie dorthin gegangen in der Hoffnung, den Fremden wiederzusehen, und er war tatsächlich da gewesen. Sie hatte eigentlich schon nicht mehr daran geglaubt.

Umso enttäuschter hatte sie fast fluchtartig das Fest verlassen, als sie ihn in Begleitung dieser schönen Frau gesehen hatte. Beinahe die halbe Nacht hatte sie wach gelegen und sich über sich selbst geärgert. Immer wieder hatte sie in Gedanken die Erzählungen ihrer Freundin gehört, die über Klatsch und Tratsch sehr wohl Bescheid wusste. Ruth von Anseln war so schön. Regina konnte nicht glauben, dass sie so kalt, so berechnend war.

Und der Fremde? Wieso war er mit einer solchen Frau zusammen? Das passte doch gar nicht zu ihm.

Sie dachte an den Abend bei ihren Eltern zurück. Er hatte einen sehr verschlossenen und äußerst zurückgezogenen Eindruck gemacht, sich nicht amüsiert und zwischen den Gästen getummelt.

Regina konnte sich nicht vorstellen, dass er nicht auch von den Gerüchten und Pressemeldungen über seine Partnerin gehört hatte. Auch wenn sie dies nicht verstehen konnte, sie würde sich damit abfinden müssen, dass er nicht mehr frei war.

Eine Tür öffnete sich, und Regina wurde aus ihren Gedanken gerissen. Sie blickte auf, und was sie sah, ließ ihr Herz bis zum Hals schlagen. Die Röte schoss ihr ins Gesicht, als sie den Mann auf sich zukommen sah.

Das konnte doch nicht sein! Der Mann der seit Wochen ihre Gedanken beherrschte, den sie bis zu dem Fest am Vorabend gerne kennengelernt hätte, stand nun vor ihr!

Ausgerechnet jetzt, wo sie wusste, dass er mit einer anderen zusammen war. Für einen Moment überlegte sie, aufzustehen und zu gehen. Sie konnte doch unmöglich für ihn arbeiten und jeden Tag mit ihm zusammen sein. Das ging nun wirklich nicht! Doch dann besann sie sich und blieb ruhig sitzen.

Er streckte ihr die Hand entgegen.

„Guten Tag, Frau Rosenfeld. Mein Name ist Viktor Tillmann. Entschuldigen Sie, dass Sie warten mussten. Ich freue mich sehr, Sie kennenzulernen", begrüßte er sie und seine Augen funkelten wieder genauso, wie sie sie in Erinnerung hatte, wie zwei Sterne.

Regina erhob sich, merkte, wie ihre Knie weich wurden, und gab ihm automatisch ihre Hand. Er umfasste sie mit einem festen, warmen Druck. Regina war wie elektrisiert, sie hatte das Gefühl, dass er schon viel zu lange ihre Hand festgehalten hatte, und hätte sie am liebsten zurückgezogen. Aber ihr Körper hörte nicht mehr auf ihren Verstand, er folgte seinen eigenen Wünschen, ob sie es wollte oder nicht.

Viktor spürte ihre Verlegenheit. Er hatte ihr Foto zuvor gesehen und gewusst, dass sie sich schon einmal begegnet waren.

„Kommen Sie, gehen wir in mein Büro. Da können wir alles in Ruhe besprechen."

Er ging voran und bat Regina, auf einer bequemen Sitzgruppe Platz zu nehmen.

„Wir sind uns schon einmal begegnet, nicht wahr? Warten Sie, es war auf einer Party, zu der mich ein guter

Bekannter mitgenommen hatte. Erinnern Sie sich?

Wir trafen uns an einer Parkbank, einem herrlichen Plätzchen in einem wundervollen Park", schwärmte Viktor jetzt noch, als er an die Sommernacht von damals dachte.

„Ja, Sie haben Recht, ich erinnere mich an den Abend", antwortete Regina steif und blickte an ihm vorbei. Es war ihr peinlich, so hilflos vor ihm zu sitzen und ihren Gefühlen ausgeliefert zu sein.

„Kommen wir zum Grund Ihres Besuches. Ich habe mir Ihre Bewerbungsunterlagen angesehen und bin sehr angetan. Sie haben genau die Qualifikationen, die für die Arbeit hier erforderlich sind." Er machte eine kleine Pause.

„Ich bin Schriftsteller und arbeite nur handschriftlich, was heute natürlich nicht mehr zeitgemäß ist", erklärte er und schien selbst etwas peinlich berührt, dass er sich noch nicht mit den neuen Gegebenheiten der Technik beschäftigt hatte.

„Sie müssten meine Manuskripte mit dem Computer formgerecht für den Verlag vorbereiten. Dazu kommen noch andere organisatorischen Aufgaben wie Pressetermine, Hotelbuchungen, die Planung von Lesereisen und vieles mehr. Ich habe gesehen, dass Sie mehrere Sprachen sprechen, sodass Kontakte mit dem Ausland für Sie auch kein Problem wären."

Er blickte sie erwartungsvoll an, und sie konnte nur nicken, ihr Hals war völlig ausgetrocknet und ihr Herz pochte entsetzlich laut.

Weil sie nicht antwortete, sprach er einfach weiter: „Können Sie sich vorstellen, diese Aufgaben zu übernehmen, dass Sie Spaß an der Arbeit hätten?"

Regina war völlig sprachlos über seine Ausführungen. Unter anderen Umständen wäre dies ein Traumjob gewesen, vielseitig interessant und spannend. Aber wie sollte das gehen? Sie wusste inzwischen, dass sie diesen Mann liebte, obwohl sie ihn überhaupt nicht kannte.

Konnte sie ertragen, jeden Tag so nah mit ihm zusammen zu sein? Vielleicht, nein, ganz bestimmt würde sie seine zärtlichen Umarmungen mit einer anderen Frau mitansehen müssen.

Sie blickte ihn an und wusste im selben Augenblick, dass sie diese Arbeit dennoch annehmen würde. Das Angebot konnte und wollte sie nicht ablehnen, zumal sie finanziell keinen Spielraum mehr hatte. Diese Arbeit war viel zu spannend, als dass sie sie wegen persönlicher Träumereien absagen durfte. Sie würde stark sein, ihre Gefühle tief in ihrem Inneren bewahren und ihn mit der Zeit aus ihrem Herzen reißen. Ab sofort würde sie in ihm nur noch den Chef und Arbeitgeber sehen. So würde sie mit der Situation umgehen und letztendlich auch fertig werden können, sie würde stark sein.

„Das kann ich mir sehr gut vorstellen. Ich würde mich freuen, wenn Sie mir Ihr Vertrauen schenken. Sie werden mit mir zufrieden sein", sagte sie mit fester Stimme.

„Das ist schön. Dann auf gute Zusammenarbeit", sagte er und reichte ihr die Hand.

„Aber ein Problem habe ich noch. Sie müssten schon morgen anfangen, denn wir haben Termine einzuhalten, meine Zeit ist sehr knapp.

Es tut mir leid, aber Sie müssen gleich zu Beginn mit

einer Menge von Überstunden rechnen, die Sie hoffentlich nicht abschrecken werden. Wenn wir das erste Manuskript abgeliefert haben, wird es wieder etwas ruhiger", sagte er tröstend.

„Das ist kein Problem, ich bin morgen früh zur Stelle."

Als sie gegangen war, lehnte sich Viktor genüsslich in seinem Bürosessel zurück. Er war überzeugt, Glück gehabt zu haben. Diese Frau war ein guter Griff, mehr noch, sie war ein Juwel.

Aber sie hatte ihn auch sonst neugierig gemacht, schon damals im Park an jenem Abend auf der Party. In ihrer Nähe fühlte er sich wohl. Sie war ruhig in ihrer Art, bescheiden im Auftreten und dazu wunderschön.

Er hatte schon öfters an sie gedacht. Immer wenn er sich über Ruth geärgert hatte, hatte sich das Bild dieser Frau vor seine Augen geschoben. Warum wusste er nicht, also hatte er es sich verbeten, weiter zu träumen, und sich stattdessen wieder um seine Realität gekümmert, die mehr als unangenehm war. Die Zeit drängte immer mehr, und sie verging für seinen Geschmack viel zu schnell.

Neugierig, wie sie war, kam Lisa und brachte ihm einen Kaffee. Gar zu gerne hätte sie gewusst, ob er die hübsche junge Frau eingestellt hatte.

„Haben Sie nun eine Sekretärin?", fragte sie spitzbübisch.

„Ja. Lisa. Und ich bin richtig froh darüber. Endlich habe ich Unterstützung bei der vielen Arbeit. Und auch mein Termindruck wird mir nun etwas leichter. Wie findest du die junge Frau? Wie ich dich kenne, hast du sie doch bestimmt begutachtet."

Lisa lachte ihn strahlend an, dann versuchte sie, besonders ernst dreinzublicken.

„Ich doch nicht! Was denken Sie von mir, Viktor? Das geht mich doch nichts an. Ich habe sie nur hereingebeten und mich mit ihr unterhalten, während Sie telefonierten."

Nun konnte Lisa nicht mehr ernst sein und lachte schallend los.

„Sie kennen mich nur zu gut, Viktor. Ich habe genau hingesehen. Eine wunderbare junge Frau. Wenn man sie beobachtet, kann man in ihr lesen wie in einem offenen Buch. Ehrlich, freundlich, zuverlässig und hübsch. Ich habe so gehofft, dass Sie sich für sie entscheiden, denn sie wird Sonne und Leichtigkeit in unser Haus bringen. Glauben Sie mir, ich weiß das ganz genau", schwärmte sie geradezu.

„Lisa schwelgt, das hätte ich mir denken können."

Viktor freute sich, dass Lisa genauso dachte wie er selbst, und machte sich zufrieden an die Arbeit. Schon am nächsten Tag würde er sie wiedersehen.

Regina saß noch eine ganze Weile in ihrem Auto, sie zitterte noch immer am ganzen Körper. So ein Zufall, das konnte doch nicht sein. Ausgerechnet er suchte eine Sekretärin! Normalerweise wäre die Stelle drei Wochen nach Erscheinen der Anzeige gar nicht mehr frei gewesen. Doch manchmal im Leben spielte eben jemand Schicksal.

Und dann durfte sie auch noch bei einem Schriftsteller arbeiten! Sie versuchte zwar mit Begeisterung, in ihrer Freizeit einen Roman zu schreiben, hatte aber keinerlei Ambitionen, ihr Buch zu verkaufen oder gar damit berühmt werden zu wollen.

Jetzt würde sie die Chance bekommen, viel zu lernen. Sie würde sehen, wie ein richtiger Autor mit der Technik des Schreibens umgeht, wie er den Stoff entwickelt und recherchiert. Und sie würde all dies nicht nur sehen, sie würde an der Entstehung eines Buches mitarbeiten.

Nicht zu vergessen das fürstliche Gehalt, das ihr bald den Atem genommen hatte. Dreimal so viel wie im Callcenter würde sie verdienen, und damit hatte sie ganz und gar nicht gerechnet. Klar, sie würde unregelmäßiger und länger arbeiten müssen, aber ihr Verantwortungsbereich würde um vieles anspruchsvoller und interessanter werden.

Richtig stolz konnte sie sein, genauso hatte sie sich das vor einigen Jahren schon vorgestellt. Ihre Ausbildung war genau richtig für diese Arbeit. Nun musste sie nur hoffen, dass sie das Gefühl der Liebe für diesen Mann verdrängen konnte, doch sie war zuversichtlich, die Kraft hierfür aufbringen zu können.

Beruhigt startete sie ihr Auto und machte sich auf den Weg in die Stadt. Sie hatte sich für den Rest des Tages noch viel vorgenommen.

Zielstrebig betrat sie die größte Bibliothek der Stadt, denn es war ihr sichtlich peinlich, den Schriftsteller Viktor Tillmann nicht zu kennen und noch keine Bücher von ihm gelesen zu haben.

Sie setzte sich an einen freien Computer und suchte im Internet alle Informationen über ihn und seine Arbeiten. Zuerst druckte sie alle Titel aus, die er geschrieben hatte, dann die Informationen über die Verfilmungen seiner Bücher.

Zum Schluss überlegte sie, ob sie auch noch die Zeitungskommentare und die Berichte aus der Boulevardpresse mitnehmen sollte. Einerseits ging sein Privatleben sie nichts an, andererseits würde sie dann vielleicht verstehen können, warum er mit dieser Frau zusammenlebte. Aber würde sie das nicht besonders schmerzen? Nein, sie würde jetzt über ihn lesen, was es zu lesen gab, schließlich wollte sie alles erfahren, ihn in seiner ganzen Persönlichkeit kennenlernen, wissen, wer er war – nicht nur aus Neugierde, es musste sein.

Als sie das Gewünschte gefunden hatte, verlangte sie seine bisher erschienenen Bücher und machte sich auf den Weg nach Hause.

Zum Abendessen schob sich Regina eine Pizza in den Backofen, dazu richtete sie sich einen Salatteller und ein Glas Wein. Sie zog sich auf ihr gemütliches Sofa zurück und nahm sich den mitgebrachten Lesestoff vor. Zuerst die Buchkritiken, dann seine Interviews und zuletzt seine Biografie.

Über dem, was sie hier über ihn zu lesen bekam, vergaß sie Zeit und Raum. Dieser Bericht beschrieb das Leben eines kleinen Jungen, dessen Kindheit geprägt war von Armut, Not und dem Verlust der Eltern.

Als sie zu Ende gelesen hatte, stand sie auf, ging zu dem großen Fenster im Wohnzimmer und blickte hinaus in die Nacht. Tränen liefen über ihr Gesicht und eine tiefe Traurigkeit hüllte sie ein. Welch starker Junge musste er gewesen sein, um dies alles durchstehen zu können und nicht zu resignieren! Und dann noch die Kraft zu besitzen, den Kampf des Lebens aufzunehmen, und eine bilderbuchartige Karriere hinzulegen!

Für sie war dies unvorstellbar. Das hätte sie beim besten Willen nicht geschafft. Diese Willensstärke hätte sie bestimmt nicht aufbringen können. Beschämt dachte sie an ihre behütete Kindheit, in der es keinen Hunger, keine fehlende Kleidung, keine Not gegeben hatte. Ihre Kinderzeit hatte sie gemeinsam mit ihrem Bruder in einem großzügigen Haus mit ausreichend Personal verbracht.

Sie dankte Gott und ihren Eltern, dass ihr solch ein Lebensanfang erspart geblieben war.

Und Viktors Biografie entsprach dem Eindruck, den sie damals schon im Garten ihrer Eltern von ihm gewonnen hatte: ein ernster Mann, der die Ruhe und Abgeschiedenheit suchte.

Seine dunklen, durchdringenden, melancholischen Augen hatten sie mit Traurigkeit angeblickt.

Das war es, jetzt wusste sie, was sie an ihm so fasziniert hatte. Sie wusste, dass sie ihn tief und innig liebte, und diese Tatsache beunruhigte sie sehr.

Regina ging zurück zum Sofa, sie war neugierig und wollte nun unbedingt die Boulevardpresse lesen.

In den Artikeln wurde Viktor Tillmann als Mann mit einem leichten Lebenswandel und oft wechselnden Frauenbekanntschaften beschrieben. Die verschiedenen Fotos zeigten ihn an vielen Orten der Welt, tatsächlich immer in Begleitung einer anderen Frau.

Die Damen selbst wurden nicht gerade mit Respekt bedacht, sondern eher der leichten Partywelt zugeordnet.

Sie las auch Berichte über seine Beziehung zu Ruth von Anseln, in denen er auch nicht gerade gut wegkam.

Schließlich fand sie noch eine Menge Informationen über Ruths Heirat mit Friedbert von Anseln, ihr Leben und ihre Auftritte. In den Zeitschriften wurde darüber gelästert, dass sie kalt, berechnend und von dem Ehrgeiz angetrieben sei, sich in der Welt der Berühmten, Reichen und Schönen einen Platz erobern zu wollen.

Nun hatte Regina genug, ihre Gedanken schwirrten umher, sie konnte das alles nicht zusammenfügen.

Die Beschreibungen über Viktor Tillmann passten nicht zu seiner Biografie, zu den Eindrücken, die sie von ihm hatte.

Sie konnte sich beileibe nicht vorstellen, dass er ein so leichtes Leben führte, wie es die Zeitschriften darstellten. Und Ruth von Anseln passte überhaupt nicht zu ihm.

Er, der sich alles hatte hart erarbeiten müssen, der in einem Kloster die Liebe der Nonnen, die Nähe der Kirche erfahren hatte, mit einer kalten, berechnenden Frau?

Sie schüttelte den Kopf. Nein, das verstand sie wirklich nicht.

Inzwischen war es schon spät geworden, Regina hatte völlig die Zeit vergessen. Sie räumte alles zusammen und verstaute es im Regal. Lediglich die Bücher legte sie auf dem Wohnzimmertisch bereit, um am nächsten Abend mit dem Lesen beginnen zu können.

Regina betrat pünktlich die Villa Tillmann. Lisa begrüßte sie herzlich, brachte sie ins Büro, in dem Viktor bereits arbeitete.

„Guten Morgen, Herr Tillmann", begrüßte sie ihn und errötete leicht bei seinem Anblick.

Viktor erhob sich und kam ihr entgegen. Seine Hand umfasste ihre mit festem Druck und hielt sie etwas länger fest.

„Guten Morgen, Regina. Ich darf doch Regina sagen?"

Verlegen nickte sie. Sie konnte ja schlecht Nein sagen, warum auch, er hätte es ohnehin nicht verstanden.

„Und Sie sagen bitte Viktor, einfach Viktor. Wir müssen ja eng zusammenarbeiten, da muss es nicht so steif zugehen."

Er beobachtete sie aus den Augenwinkeln. Sie hatte einen wunderschönen beigen Hosenanzug an, dazu ein schwarzes Shirt und die passenden Sandaletten mit einem kleinen Absatz. Ihre Haare wurden von einer glitzernden Spange gehalten, und sie war kaum geschminkt. Welch ein Kontrast zu Ruth, die mit ihrer Kleidung immer auffiel, die geschminkt war bis unter die Haarspitzen. Was er sah, fand er sehr angenehm.

„Kommen Sie, ich zeige Ihnen Ihren Arbeitsplatz."

Er öffnete eine Tür, die von seinem Büro in einen anderen Raum führte. Regina war angenehm überrascht, als sie ihr Büro betrat. Das ausladende Zimmer mit Blick in den weitläufigen Garten war geschmackvoll eingerichtet.

In der Mitte stand ein großer Schreibtisch mit einem Computer und einer Telefonanlage, in der gegenüberliegenden Ecke eine einladende Sitzgruppe. An der großen Wand neben dem Eingang befanden sich Regale für jede Menge Ordner, daneben gleich Bücherregale, voll bestückt mit Büchern, und schließlich gab es noch eine Menge Grünpflanzen, die auf kleinen Hockern im ganzen Zimmer verteilt waren, ebenso auf der großen Fensterbank. Ein Büro, in dem sie sich ganz bestimmt wohlfühlen würde.

„Ich hoffe, es gefällt Ihnen?"

„Wunderbar, ein Arbeitsplatz, der keine Wünsche offenlässt. Danke."

Viktor machte es verlegen, als er Reginas Freude über ein ganz normales, eigentlich selbstverständliches Büro sah. Er ging zurück in sein Arbeitszimmer.

Kurze Zeit später brachte er ihr einen dicken Stapel Schreibblöcke mit seinem handgeschriebenen Manuskript, seinen Terminkalender und ein Telefon- und Adressverzeichnis.

Zwei Stunden lang erklärte er ihr die Aufgaben, die sie zu erledigen hatte, die wichtigsten Geschäftspartner, seine Terminplanung und alles, was sie sonst noch wissen musste. Danach zog er sich zurück und widmete sich wieder seiner Arbeit.

In den nächsten Tagen arbeitete Regina wie besessen bis spät abends an dem Manuskript.
Stundenlang glitten ihre Finger über die Tasten, daneben kamen unzählige Anrufe mit Anfragen für Talkshows und Interviews.
Sorgfältig hielt sie sich an Viktors Anweisungen, den Terminplan nicht allzu großzügig zu füllen und notfalls höflich abzusagen. Schließlich musste erst das Manuskript zum Verlag, danach würde man wieder über Öffentlichkeitsarbeit nachdenken können.

Regina nahm Viktor alles ab, was ihn stören konnte, und sorgte dafür, dass er ohne Unterbrechung schreiben konnte.

Lisa kümmerte sich wie eine Mutter um ihr leibliches Wohl. Unaufgefordert kam sie, brachte kleine Mahlzeiten und Getränke. Lisa war es auch, die sie in der Mittagspause für eine halbe Stunde in den Park schickte.

Viktor war sehr glücklich, dass er Regina eingestellt hatte. Noch nie war es ihm gelungen, so entspannt, so schnell an einem Werk zu arbeiten. Er war voll des Lobes über Reginas rasche Auffassungsgabe, denn ohne Probleme konnte sie seine Schrift lesen und seine Texte übertragen.

Lisa hatte ihn an diesem Morgen ermahnt und ihm klar gemacht, dass er Regina nicht ohne Unterbrechung so lange arbeiten lassen durfte. Und sie hatte Recht gehabt: Es war sehr egoistisch, von ihr zu erwarten, dass sie täglich vierzehn bis fünfzehn Stunden arbeitete.

Heute würde er darauf bestehen, dass sie früher Schluss machte, vielleicht würde er sie auch zum Essen einladen. Nein, nicht vielleicht, das würde er jetzt gleich tun. Er erhob sich und ging hinüber in ihr Büro.

„Regina, heute wird nicht so lange gearbeitet. Ich habe schon ein schlechtes Gewissen, dass ich Sie so sehr in Beschlag genommen habe.“

„Aber nein, ich arbeite doch gerne. Es wird ja auch wieder etwas weniger werden, wenn wir fertig sind“, beruhigte sie ihn.

„Trotzdem geht das nicht. Ich möchte, dass Sie heute um fünf Uhr Schluss machen. Lisa hat mir schon gedroht.“

Regina musste lachen. „Gut, wenn Sie es wünschen."

„Ja, ich wünsche es, und ich habe noch einen weiteren Wunsch an Sie. Als Dank für Ihre Arbeit möchte ich Sie heute Abend zum Essen einladen.

Ich habe mir gedacht, dass wir in das indische Restaurant in der Altstadt gehen könnten. Dort isst man sehr gut, es ist klein und gemütlich.

Eine Absage akzeptiere ich nicht. Ich bestehe darauf", sagte er so energisch, dass Regina es nicht wagte, zu widersprechen.

Sie war sehr überrascht und wusste nicht, was sie antworten sollte. Einerseits hätte sie sehr gerne mit ihm einen Abend verbracht, aber andererseits wollte sie nicht allzu viel private Nähe aufkommen lassen.

Zuviel Vertrautheit konnte sie sich nicht leisten. Auf keinen Fall durfte er merken, wie sie zu ihm stand. Doch es fiel ihr keine vernünftige Ausrede ein.

„Ich nehme die Einladung gerne an", flüsterte sie schließlich und errötete bis zum Haaransatz.

„Ich freue mich sehr auf heute Abend. Acht Uhr? Ich hole Sie ab."

Viktor verließ rasch das Büro, er freute sich unbändig auf diese Verabredung, fast wie ein kleiner Junge, der ein Geschenk erhalten hatte.

Schon lange hatte er nicht mehr so viel Freude empfunden, eine Frau auszuführen. Sie gefiel ihm sehr, denn sie sah wie eine glückliche junge Frau aus und nicht wie eine der gestylten Ladys, die sich sonst in seinem Umfeld bewegten.

Sie hatte sich ihre Natürlichkeit bewahrt, was sie für

ihn besonders machte. Er dachte schon viel zu oft über sie nach. Sie war eine Frau zum Verlieben.

Doch gleich verwarf er diese Gedanken wieder. Sie war seine Sekretärin und eine sehr gute noch dazu.

Er durfte sich nicht in sie verlieben.

Er schüttelte über sich selbst den Kopf, ging zum Schreibtisch und reservierte telefonisch einen Tisch. Danach begab er sich in seine Privaträume.

10

Kurz vor acht Uhr holte Viktor Regina ab, führte sie zum Wagen und fuhr ohne viele Worte zu dem hübschen, kleinen Restaurant. Drinnen nahm er ihr zuvorkommend den Mantel ab.

Sie wurden zu einem kleinen Tisch gebracht, der etwas abseits von neugierigen Blicken in einer Nische stand.

Viktor wartete, bis Regina Platz genommen hatte und meinte dann belustigt: „Und nun erst noch einmal einen recht schönen, guten Abend. Jetzt haben wir Zeit und Gelegenheit, uns ausgiebig und in aller Ruhe zu begrüßen.“

Regina war erleichtert. Viktors Schweigsamkeit hatte ihr schon zu denken gegeben und sie unsicher gemacht.

„Ich möchte mich noch einmal herzlich für diese Einladung bedanken“, sagte sie zurückhaltend.

Vorsichtig blickte sie ihm ins Gesicht. Immerhin hatte er die ganze Zeit geschwiegen, was ihr doch etwas merkwürdig vorgekommen war.

Er lächelte verhalten.

„Dann wollen wir uns erst einmal ein leckeres Essen bestellen“, entschied er.

Befriedigt musterte er Regina, die mit ihrem sportlichen Kleid ausgezeichnet in den Rahmen dieses Restaurant passte, sie war weder zu elegant noch zu leger angezogen, wirklich eine Frau, die sich jeder Lebenslage anzupassen wusste.

Ohne lange zu fragen, bestellte er gleich für beide, und Regina war froh, nicht unter den unzähligen Angeboten auswählen zu müssen.

Der Wein kam zuerst, und Viktor prostete ihr lächelnd zu.

„Erzählen Sie mir bitte etwas von sich", bat er sie plötzlich, „von Ihrem Zuhause, wo Sie herkommen, wie Sie leben und was Sie in Ihrer Freizeit unternehmen." Sein Interesse war ungekünstelt und echt.

„Etwas Aufregendes dürfen Sie aber nicht erwarten", meinte Regina verlegen und begann zögernd zu berichten.

„Ich bin hier geboren und aufgewachsen, habe noch einen Bruder, der achtzehn Jahre alt ist und Betriebswirtschaft studiert. Nur ich habe nicht getan, was von mir erwartet wurde."

Sie zuckte bedauernd mit den Schultern, aber ihrem Gesichtsausdruck war anzusehen, dass sie das eigentlich mehr erheiterte als bedrückte. Mit Genuss trank sie einen tiefen Schluck aus ihrem Glas.

„Mein Vater hat eine Maschinenfabrik und wollte, dass ich studiere und später bei ihm arbeite. Meine Mutter würde am liebsten sehen, dass ich ihre humanitären Projekte unterstütze und einen Mann nach ihren Vorstellungen heirate. Wann immer sie kann, versucht sie, mich zu bevormunden, und versorgt mich mit ihren guten Ratschlägen. Aber ich bin ihnen ausgerissen."

Regina lachte erleichtert und aus vollem Herzen, als sie an ihre Mutter dachte.

„Ich habe nach dem Abitur einfach eine Stelle in einem Callcenter angenommen, nebenbei meine Ausbildung begonnen, und mein eigenes Geld verdient. Als ich eine Mietwohnung suchen wollte, bestand mein Vater darauf, wenigstens in eine Eigentumswohnung zu ziehen, die er gekauft hatte. Sie können sich vorstellen, was da los war."

Sie stockte kurz, als die Bilder der heftigen Gespräche vor ihren Augen auftauchten.

„Die Tochter eines Fabrikanten in einem Callcenter! Die Familie tagte und führte ewige Diskussionen, um dann doch einzusehen, dass sie nichts daran ändern konnte."

Sie zwinkerte Viktor zu. Ihre Sturheit den Eltern gegenüber wertete sie heute immer noch als großen Erfolg.

Viktor lachte nun ebenfalls. Das war eine selbstbewusste junge Frau, die genau wusste, was sie wollte.

Er hatte solch eine Frau noch nie getroffen, eine Frau, die keinen Wert auf das Geld der Familie legte, sondern freiwillig eine einfache Arbeit annahm.

Genau das war es, was er an ihr schätzte. Wenn er einmal heiraten sollte, würde er sich eine solche Partnerin wünschen. Seine Neugierde wuchs, er wollte sie näher kennenlernen, mehr über sie erfahren, möglichst alles.

„Und was machen Sie so in Ihrer Freizeit? Gibt es jemanden, mit dem Sie Ihr Leben teilen, einen Mann vielleicht?"

Regina senkte den Blick und schlang die Hände ineinander. Sie blickte jetzt ganz ernst, dann meinte sie zögernd: „Es gab einem Mann, aber ich habe mich von ihm getrennt, weil wir nicht mehr sehr viele Gemeinsamkeiten hatten."

Regina besann sich, es wurde ihr nun zu privat und

dieses Thema ging Viktor eigentlich nichts an. Sie spannte die Schultern, setzte ihr Glas an ihre Lippen und nahm einen großen Schluck. Das viele Reden hatte sie durstig gemacht.

Viktor merkte, dass sie nicht weiter über diese Sache sprechen wollte, sie durfte ihn eigentlich nicht interessieren. Aber sein Herz hatte kräftig zu schlagen begonnen, als er gehört hatte, dass sie frei und ungebunden war.

Inzwischen wurde das Essen gebracht, und während sie begannen, dieses zu genießen, bemühte er sich, die Unterhaltung genauso ungezwungen fortzuführen.

„Und was sind Ihre Hobbys?", versuchter er nun, das Thema zu wechseln.

Regina musste erneut herzhaft lachen, ihre Augen blitzten Viktor schalkhaft an.

„Das ist auch so ein Thema. Es ist mir eigentlich peinlich, gerade Ihnen davon zu erzählen, aber gut. Auf die Gefahr hin, dass ich mich lächerlich mache: Ich schreibe schon seit Jahren Gedichte und Reime, und seit einiger Zeit arbeite ich an einer Idee, die zu einem Roman werden soll.

Es ist wirklich nur ein Hobby, und ich will damit garantiert nichts erreichen. Es dient lediglich meiner Entspannung, meiner Zufriedenheit, wenn ich glaube, einen in meinen Augen guten Text verfasst zu haben."

Fragend, sogar etwas peinlich berührt sah sie in Viktors Gesicht. Bestimmt würde er jetzt gleich laut loslachen. Doch anders als erwartet blickte er ernst drein.

Wenn sie nun einen Fehler gemacht hatte? Hoffentlich dachte er jetzt nicht, dass sie allein wegen ihres Buches bei ihm angefangen hatte und ihn für ihren Erfolg benutzen wollte.

Viktor glaubte erst, sich verhört zu haben. Er wandte sich um und blickte mit starrem Blick aus dem Fenster.

Er konnte sich doch nicht so getäuscht haben! Niemals hätte er geglaubt, dass diese nette, offene junge Frau aus Berechnung die Stelle als Sekretärin bei ihm angenommen hatte.

Aber es musste ja so sein, sie wollte seine Kontakte, seine Berühmtheit nutzen, um ihre Texte zu vermarkten.

Warum traf er immer wieder auf solch berechnende Frauen, warum sollte er immer wieder einem bestimmten Zweck dienen?

Er drehte sich wieder zum Tisch, nahm sein Glas und leerte es in einem Zug. Dabei blickte er ihr in die Augen.

Er sah traurige Augen, weit aufgerissen, ängstlich und fragend. Sollte er sich irren, sollte es gar eine harmlose Erklärung geben? Sie tat ihm leid, wie sie da saß, ganz verschüchtert und wie ein Häufchen Elend.

Er zögerte, fragte sich, ob er ehrlich mit diesem Thema umgehen oder den Abend einfach abbrechen sollte. Aber er wollte es jetzt wissen, ob ihn seine Menschenkenntnis wieder einmal verlassen hatte oder ob sie doch anders war als all die Frauen, die er bisher in seinem Leben getroffen hatte.

„Entschuldigen Sie mein Verhalten. Wie immer sind meine Gedanken mit mir durchgegangen, denn ich habe bisher nur schlechte Erfahrungen gemacht.

Jede Frau in meiner Nähe hat nur einen Zweck verfolgt: Sie wollte entweder mein Geld oder mein öffentliches Leben. Alle haben Vorteile gesucht, und ich war immer enttäuscht über so viel menschliches Fehlverhalten.“

Er hielt sein Glas fest umschlungen, als suchte er einen Halt.

„Bei Ihnen war ich mir sicher, dass das nicht so ist. Ich war begeistert, mit welcher Ernsthaftigkeit Sie die Arbeit für mich erledigen. Außerdem schätzte ich Ihre Offenheit, Ihr freundliches und nettes Wesen. Ich bin ganz ehrlich, ich fühlte mich richtig wohl in Ihrer Nähe.

Nun wäre ich natürlich sehr enttäuscht, wenn Sie mich für Ihre Autorenkarriere benutzen wollten.“

Regina blickte starr auf die Tischdecke, die Stimmen im Hintergrund hörte sie nicht mehr. Enttäuschung machte sich in ihr breit. Also doch! Hatte sie dies nicht schon vorher geahnt?

Glaubte er wirklich, sie nutzte ihn aus? Er unterstellte ihr, absichtlich für ihren eigenen Vorteil Kontakt zu ihm gesucht und aufgenommen zu haben. Welch ungeheure Anschuldigung! Eigentlich hätte sie jetzt aufstehen und gehen müssen. Wie verbittert war dieser Mann eigentlich?

Führte er nicht, wie sie gelesen hatte, einen leichten, lockereren Lebenswandel? Wenn sie den Presseartikeln Glauben schenken konnte, schien es ihm doch Freude zu bereiten, immer eine andere Frau an seiner Seite zu haben. Sie würde jetzt nicht einfach gehen, denn dies würde er sicher als Eingeständnis werten.

Nein, sie würde ihm noch die Meinung sagen, und wenn er sie dann entlassen wollte, konnte er das tun. Sie hob ihren Kopf und blickte ihn mit großen, blitzenden

Augen an.

„Wieso beleidigen Sie mich so?“, begann sie mit kalter Stimme.

„Ich habe Ihnen meinen Werdegang erzählt, weil Sie mich kennenlernen wollten. Und damit das gleich klar ist: Wegen Ihres Geldes habe ich mich bestimmt nicht bei Ihnen beworben.“

Regina sah sich verstohlen um. Sie hatte das Gefühl, zu laut zu sprechen und damit die Aufmerksamkeit der anderen Gäste auf sich zu ziehen. Aber anscheinend waren alle mit sich selbst beschäftigt.

„Meine Eltern haben selbst genug, das müssten Sie ja gesehen haben, als Sie in der Villa unser Gast waren, oder haben Sie vergessen, wie es bei uns zu Hause ist?

Ihre Öffentlichkeit benötige ich auch nicht, denn meine Familie ermöglicht es mir, dass ich diese Kontakte bei Bedarf auch selbst herstellen kann. Wir sind alteingesessen, bekannt, wohlhabend und stehen in der Öffentlichkeit.

Trotzdem ist es nicht das, was ich suche. Ich habe meinen beruflichen Werdegang selbst gewählt, und die Tätigkeit bei Ihnen war bisher genau das, was ich wollte, nämlich eine interessante Arbeit, die meiner Qualifikation entspricht, und mit einem Gehalt, von dem ich leben kann.“

Sie hielt kurz inne. Auf ihrem Gesicht zeichneten sich rote Flecken ab. Mit gepresster und wütender Stimme fuhr sie fort: „Sie haben gefragt, was ich in meiner Freizeit mache. Hätte ich Sie anlügen sollen?

Ich habe Ihnen ehrlich erzählt, was mein Hobby ist, habe aber gleichzeitig betont, dass ich nicht bestrebt bin, eine Schriftstellerin zu werden. Ich halte mich nicht für gut genug.

Als ich Ihnen meine Unterlagen geschickt habe, konnte ich nicht wissen, wer und was Sie sind, denn in Ihrer Anzeige stand keine Berufsbezeichnung.

Ich hatte bisher noch nicht einmal eines Ihrer Bücher gelesen. Aber ich gebe zu, als ich erfahren hatte, wer Sie sind, habe ich mich gefreut, denn ich glaubte, von Ihnen noch einiges lernen zu können.

Ich bin sehr traurig, dass Sie mir so etwas unterstellen. Sie können doch nicht alle Menschen in einen Topf werfen und ihnen unredliches Verhalten unterstellen.

Auch ich kann Ihnen als Frau nicht ganz vertrauen, wenn ich den Presseberichten Glauben schenke. Sie bevorzugen demnach die Gesellschaft vieler Damen und das nicht unfreiwillig. So wie Sie das tun, kann man mit den Menschen nicht umgehen.

Wenn Sie der Meinung sind, dass Sie mir nicht vertrauen können, dann bitte ich Sie, unser Arbeitsverhältnis aufzulösen!"

Abwartend lehnte sie sich zurück. Sie hatte sich in Rage geredet, trommelte aufgeregt mit der Hand auf der Tischdecke und blickte ihn unverblümt an.

Viktor wäre am liebsten vor Scham im Erdboden versunken, denn er hätte es wissen müssen.

Klar, jetzt fiel es ihm ein. Die Villa, der Park, er war so tief hineingegangen, dass sich dort normalerweise keine Gäste mehr tummelten. Es hätte ihm früher auffallen müssen, dass sie zu den Gastgebern gehörte und auf keine Hilfe von anderen angewiesen war.

Sein Herz zog sich vor Schmerz zusammen, er musste unbedingt versuchen, seinen Fehler wieder gutzumachen, denn er wollte sie weder in ihrer gemeinsamen täglichen Arbeit, noch aus seiner Nähe verlieren.

Er suchte ihren Blick, griff über den Tisch und umfasste zart ihre kalten Hände.

„Können Sie mir total verblendetem Deppen noch einmal verzeihen? Ich weiß, es ist eigentlich unentschuldbar, aber mein Misstrauen kann ich selten abstellen. Zu oft bin ich hereingefallen, und die halbe Welt hat es miterlebt.

Diese Schlagzeilen habe ich immer gehasst, aber so, wie ich dargestellt wurde, bin ich nicht. Selbstverständlich muss ich auch meine Bücher verkaufen, mich in der Öffentlichkeit zeigen, aber ich möchte das auf das Notwendigste beschränken.

Ich bin seit einiger Zeit mit Ruth von Anseln zusammen und war mir sicher, dass sie auf mich nicht angewiesen war und deshalb gut zu mir passte. Inzwischen glaube ich das auch nicht mehr, denn einige Vorkommnisse haben mich zweifeln lassen.

Im Grunde führen wir keine tiefe, innige Beziehung, es ist eher eine Zweckgemeinschaft oder Freundschaft oder wie man es auch nennen will. Ich habe lange nachgedacht und bin zu dem Schluss gekommen, die Beziehung zu Ruth in den nächsten Tagen zu beenden.

Sie sehen also, dass ich schon wieder nicht erkannt habe, worum es der Dame ging. Dabei wünsche ich mir schon sehr lange eine klare und innige Verbindung und in der weiteren Zukunft eine Familie.“

Er streichelte immerzu ihre Hände, als wollte er sie nicht mehr loslassen.

Seine zarten Berührungen versetzten Reginas Körper ins Zittern, ihr Herz raste und klopfte bis zum Hals. Am liebsten hätte sie ihn in den Arm genommen, ihn getröstet. Sie hätte ihre Hände wegziehen müssen, um ihre Gefühle im Zaum zu halten. Aber diese waren so stark, dass ihr Verstand ihnen gegenüber, keine Chance hatte.

„Verzeihen Sie mir bitte und lassen Sie mich nicht allein", ermutigte er sie mit einem Lächeln.

„Ich möchte, dass wir weiter zusammenarbeiten, wir ergänzen und verstehen uns zu gut. Zu Ihnen kann ich Vertrauen haben, das spüre ich, und natürlich würde ich mir gerne demnächst auch einige Ihrer Arbeiten ansehen. Sie haben mich neugierig gemacht."
Sogleich wurde er aber wieder ernst, er war sich nicht sicher, was sie ihm antworten würde. Wenn er nun alles zerstört hatte, noch bevor es überhaupt begonnen hatte?

„Lassen Sie uns das alles vergessen", sagte sie lächelnd und die Anspannung löste sich.

„Sie können mir vertrauen, ich verbinde mit meiner Tätigkeit bei Ihnen keinerlei Absichten, sondern bin glücklich und froh, eine so anspruchsvolle Arbeit gefunden zu haben.

Meine Texte lasse ich zu Hause. Ich möchte sie nämlich weder jemandem zumuten noch der allgemeinen Belustigung aussetzen", fügte sie noch schnell hinzu.

Dabei schnitt sie eine Grimasse, die ihn aufatmen ließ. Der Bann war gebrochen, sie konnten nun wieder unbefangen miteinander umgehen. Viktor nahm sich vor, das Thema zunächst auf sich beruhen lassen, aber eines Tages würde er auf ihre Manuskripte zurückkommen, das wusste er.

Gegen elf Uhr beglich Viktor die Rechnung, half Regina in den Mantel und führte sie zu seinem Wagen. Er war zufrieden, denn er spürte ihre Nähe und ihren inneren Gleichklang. Vor ihrem Hauseingang verabschiedete er sich nur zögerlich und widerwillig von ihr.

Nachdem Regina ihre Wohnung betreten hatte, schleuderte sie ihre Schuhe von den Füßen und ließ sich erschöpft in einen Sessel fallen. Was für ein Tag war das gewesen, ein Tag voller Arbeit und Aufregung!

Aber nun war wenigstens die berufliche Beziehung zwischen Viktor und ihr geklärt, die private Seite durfte keine Rolle spielen.

Die folgenden Tage verliefen in harmonischer Eintracht und waren geprägt von vertrauensvoller Zusammenarbeit.

Lisa achtete darauf, dass Regina und Viktor regelmäßig Pausen einlegten. Längst hatten ihre klugen Augen gesehen, dass sie mehr für einander empfanden als die Sympathie zwischen dem Chef und seiner Angestellten.

Das war in ihren Augen sogar mehr als Freundschaft.

Lisa war überzeugt, dass da eine junge Liebe entstand, die sich aber beide noch nicht eingestehen wollten oder konnten. Schmunzelnd beobachtete sie die sehnsüchtigen Blicke, die krampfhaften Versuche, die Gefühle gegenüber dem anderen zu verstecken.

Die beiden würden Zeit brauchen. Jedenfalls freute sich Lisa für Viktor, den sie sehr schätzte. Regina hatte sie in ihr Herz geschlossen wie eine Tochter, denn eine liebevollere Frau würde Viktor nicht finden können.

Nun mussten die beiden ihre Gefühle eines Tages nur noch zulassen. Sie wollte auf jeden Fall ein wachsames Auge haben und notfalls etwas nachhelfen, wenigstens ein kleines bisschen.

Ruth fuhr mit ihrem Wagen die letzten Kilometer auf der Autobahn vor Baden-Baden. Vier Wochen hatte sie in Spanien verbracht, obwohl sie eigentlich geplant hatte, nach Hause zu reisen. Doch dann hatte sie sich für Ibiza entschieden. Sie hatte eine herrliche Zeit verbracht und war länger als beabsichtigt dortgeblieben.

Zu ihrer Freude hatte sie auf einer Party einen spanischen Filmproduzenten kennengelernt, der sie bald bei seinem neuen Projekt berücksichtigen wollte.

Ein lautes, hartes Lachen zwängte sich über ihre Lippen, als sie sich die Tage mit diesem Mann noch einmal ins Gedächtnis rief. Wie dumm Männer eigentlich waren!

Er hatte ihr wie ein Hündchen zu Füßen gelegen. Sicher, sie hatte ihn umgarnt und einige Nächte mit ihm verbracht. Aber um ehrlich zu sein, sah er weder gut aus, noch war er ein guter Liebhaber, und schließlich war sie sogar etwas angewidert von ihm gewesen.

In zwei Monaten wollte er einen größeren internationalen Film drehen, und da wollte er sie unbedingt dabeihaben, sie sollte sogar die Hauptrolle bekommen.

Für einen Moment hielt sie in ihren Gedanken inne. Hatte er nicht gesagt, dass die Finanzierung des Projekts noch nicht ganz gesichert sei? Konnte es sein, dass er etwas berechnend war, und von ihr Geld für seine Produktion haben wollte?

Nein, so weit dachte er sicher nicht, er konnte nicht wissen, wie reich sie war. Dazu kannten sie sich zu wenig, sie hatten sich doch nur zufällig auf der Party getroffen.

Schnell fand sie ihre gute Laune zurück und lachte in sich hinein. Nun war sie auf dem Weg zu Viktor, sie wollte Nägel mit Köpfen machen und die Hochzeit so bald wie möglich unter Dach und Fach bringen.

Schwungvoll stieg sie vor Viktors Villa aus dem Wagen und trat beschwingt durch das große Tor. Lisa öffnete die große Eingangstür und versteifte sich sofort, als sie Ruth vor sich stehen sah. Sie musterte Ruth kalt, fast unfreundlich.

„Was starren Sie mich so an?", keifte Ruth in ihrer unnachahmlichen Art.

„Sorgen Sie lieber dafür, dass mein Gepäck auf mein Zimmer kommt, und lassen Sie ein Bad ein. Wo ist denn Viktor?"

Lisa ließ sich nicht einschüchtern. Sie wusste sich schon zu wehren, denn sie konnte sich Viktors Unterstützung sicher sein.

Was ihr mehr Sorgen machte, war das Aufeinandertreffen zwischen Ruth und Regina. Sie würde gut auf die zarte junge Frau aufpassen müssen. Ruth würde ihre Krallen spätestens dann ausfahren, wenn sie merkte, dass Regina für Viktor mehr als nur eine Sekretärin war.

Da war Ärger vorprogrammiert. Sie kannte Ruth und ihre Reaktionen ganz genau, sie konnte sie sehr gut einschätzen.

„Sie können Ihr Gepäck selbst auf Ihr Zimmer bringen. Sie wissen doch, dass ich für Sie nicht zuständig bin. Herr Viktor ist in seinem Arbeitszimmer und möchte nicht gestört werden."

Ruth schob ihr Kinn nach vorne, ihre Augen waren kalt wie Eis und ihre Stimme vibrierte vor Wut.

„Sie sind die Erste, die ich entlassen werde, wenn ich erst einmal mit Viktor verheiratet bin!

Scheren Sie sich zum Teufel, Sie Hausdrachen! Ich muss nur noch schnell telefonieren. Melden Sie bis dahin meine Ankunft!", rief sie Lisa zu, während sie energisch an die Tür des zweiten Büros trat, nichts ahnend, dass sie dort eine fremde junge Frau antreffen würde, deren Anwesenheit mehr bedeutete, als ihr lieb sein konnte.

Regina saß am Schreibtisch und tippte eifrig Text in den Computer. Das Telefon läutete, sie nahm den Hörer ab: „Büro Viktor Tillmann, mein Name ist Regina Rosenfeld. Was kann ich für Sie tun?", meldete sie sich ruhig und freundlich.

Inzwischen hatte Ruth die Tür geöffnet und blieb wie erstarrt stehen. Da saß eine fremde junge Frau und telefonierte, als ob sie hier zu Hause wäre.

Wer war das? Sie hörte für eine Weile dem Telefonat zu und erschrak, denn die junge Frau redete sehr vertraut mit dem Anrufer. Das konnte doch nicht wahr sein! Sie redete über Viktor, über seine Zeit, seine Termine. Wie konnte das sein? Was war in ihrer Abwesenheit geschehen?

Ungeduldig wartete sie darauf, dass Regina ihr Gespräch beendete, stellte sich demonstrativ neben ihren Schreibtisch und verschränkte die Arme vor der Brust.

„Wer sind Sie? Was machen Sie hier?“, polterte sie schließlich los. Sie konnte immer noch nicht glauben, was sie da sah.

Regina erschrak, sie hatte nicht bemerkt, dass jemand das Büro betreten hatte. Sie blickte hoch in ein Paar eiskalte Augen, auf die sie nicht vorbereitet war. Ein Schauer lief ihr über den Rücken, ihre Hände wurden kalt und zitterten.

Das war sie also: Ruth von Anseln, die Frau, die in den Zeitungsberichten als lieblos, kalt und berechnend beschrieben wurde. Ja, es stimmte, genau so war sie.

Sie durfte sich von ihr nicht unterkriegen lassen, sie hatte sich nichts vorzuwerfen. Sie war hier nur die Sekretärin, alles andere musste Viktor selbst regeln.

„Ich bin die Sekretärin von Herrn Tillmann und mache hier nur meine Arbeit“, antwortete Regina mit fester Stimme.

„Kann ich Ihnen irgendwie behilflich sein?“

„Verlassen Sie das Büro! Ich muss telefonieren!“

„Entschuldigen Sie, aber das ist mein Arbeitsplatz, ich habe heute noch viel zu tun. Ich bitte Sie, einen anderen Raum zum Telefonieren zu benutzen“, erklärte sie ruhig.

„Das wird ja immer schöner hier! Ständig das Theater mit dieser disziplinlosen Haushälterin und jetzt auch noch eine bockige Sekretärin. Aber das wird sich alles ändern! Gleich wenn wir verheiratet sind und ich hier eingezogen bin, werde ich euch beiden zeigen, wo es hier langgeht.“

Ruth redete sich immer mehr in Rage, denn sie musste auch einsehen, dass sie die junge Frau nicht unterschätzen durfte. Sie war sehr hübsch und makellos, ihre Kleidung war sehr erlesen, und, was das Wichtigste war, durch die Arbeit war sie Viktor viel näher als sie selbst.

Lisa hatte Ruths Auftritt vom Flur aus verfolgt, wo sie nahe der Tür stehen geblieben war. Sie schüttelte den Kopf. Es war nun wirklich an der Zeit, Viktor zu informieren. Sie betrat sein Büro, erzählte ihm das Nötigste und bat ihn, Regina beizustehen und sie vor Ruths unberechtigten Angriffen zu schützen.

Als Viktor hörte, was sich in seinem Hause abspielte, schlug er die Hände vor das Gesicht. Er musste jetzt handeln und die Beziehung zu Ruth beenden. Schon wochenlang, seit sie ihn bedrängt und mit einer Heirat vollendete Fakten hatte schaffen wollen, hatte er sich mit dem Gedanken beschäftigt.

Noch vor wenigen Monaten hätte er einer Heirat, ohne nachzudenken zugestimmt. Doch die ersten Zweifel hatten sich eingeschlichen, als Ruth ohne Absprache auf dem Fest des Markgrafen den Journalisten ihre Heirat angekündigt hatte. Und dazu noch ihr rüder Umgang mit Lisa.

Ruth dachte wirklich nur an sich und nahm keine Rücksicht auf ihren Partner. Sie hatte kein Herz, keine Gefühle, sonst würde sie auch mit dem Personal nicht so umgehen. Seitdem hatte er immer mehr gespürt, dass er nichts mehr für sie empfand. Wie hätte es sonst sein können, dass er sie, während ihrer Abwesenheit nicht vermisst, nicht den Wunsch gehegt hatte, sie zu sehen, zu fühlen, sie bei sich zu wissen.

Es war ihm gleichgültig, ob sie auf Reisen war oder nicht. Diese Affäre musste er abschließen, dies sagte ihm sein Verstand ganz klar.

Seit dem Abend mit Regina im Restaurant wusste er ganz sicher, dass er sie liebte. Er war überzeugt, dass sie die Frau war, die er haben und heiraten wollte. Er sehnte sich nach ihr bei Tag und bei Nacht, und es fiel ihm immer schwerer, während ihrer gemeinsamen Arbeit die Hände von ihr zu lassen.

Das war sie, die Liebe, und dafür musste er frei sein. Denn selbstverständlich konnte er Regina nicht umwerben, solange er sich nicht von Ruth gelöst hatte. Nun war es höchste Zeit, sein Leben zu ordnen.

Er ging in Reginas Büro, dessen Tür weit aufstand. Ruth stand in der Mitte des Raumes, die Hände in die Hüften gestemmt, und redete mit klirrender Stimme auf Regina ein:

„Sie kleine Tippse haben in diesem Haus nichts zu bestimmen! Sie können nicht festlegen, ob und wann die zukünftige Hausherrin in einem bestimmten Zimmer telefoniert oder nicht. Aber so ist das eben: Wenn man es im Leben nur zu einer kleinen Angestellten geschafft hat, muss man den Anweisungen der Herrschaft Folge leisten!"

Viktor hatte nun genug gehört. Er trat näher und blickte in das blasse Gesicht von Regina, die völlig sprachlos und steif vor ihrem Schreibtisch stand.

Am liebsten hätte er sie in die Arme genommen und getröstet, aber dafür war jetzt keine Zeit. Er drehte sich zu Ruth um und sagte:

„Ruth, ich wünsche, dass du jetzt schweigst!"

Seine Worte duldeten keinen Widerspruch.

Ruth versuchte es dennoch.

„Aber ich kann und will …“

Viktor unterbrach sie mitten im Satz. Sein Blick war hart, und seine Körperhaltung verriet nicht Gutes.

„Bitte komme in mein Arbeitszimmer, Ruth, ich habe mit dir zu reden.“

Er deutete mit dem ausgestreckten Arm zur Tür. Ruth spürte, jetzt war es wohl besser, nichts mehr zu sagen und ihm zu folgen.

Im Hinausgehen drehte sich Viktor noch einmal um, suchte Reginas Blick und nickte ihr beruhigend zu.

„Entschuldige bitte den Vorfall, es wird nicht wieder vorkommen.“

Als er mit Ruth sein Büro betreten hatte, schloss er die Tür und forderte sie auf, Platz zu nehmen.

Er blickte sie mit zusammengekniffenen Augen an und konnte sich jetzt selbst nicht mehr verstehen. Ihm war, als würde er sie nun zum ersten Mal richtig bewusst anblicken, und was er sah, erschreckte ihn sehr: eine künstliche Maske mit harten Gesichtszügen.

Wie oft hatte hier wohl der Schönheitschirurg Hand angelegt? Ihre Lippen waren übergroß, ihr Blick war kalt, emotionslos und berechnend. Er schüttelte sich und dankte mit einem Stoßgebet zum Himmel, dass er das alles noch rechtzeitig erkannt hatte. Wie hatte es möglich sein können, dass er und diese Frau so lange ein Paar gewesen waren? Nun aber galt es, einen sauberen, sachlichen Schlussstrich zu ziehen.

Er musste ruhig und vorsichtig agieren, durfte sie nicht angreifen und auch nicht beleidigen, denn er wollte keinen Skandal heraufbeschwören.

„Ruth, ich muss mit dir reden."

Er blickte sie aufmerksam an, bestrebt, jede Regung in ihrem Gesicht zu registrieren.

„Wir hatten ja vereinbart, dass ich über unsere Beziehung nachdenken wollte, und genau das habe ich getan. Schau, du warst mir immer eine gute Freundin, aber wir haben eigentlich nie wirklich zusammengelebt. Jeder von uns hatte seine eigenen Interessen, du deine Reisen, deine Schauspielerei, dein Leben auf Partys – und ich hier hinter meinem Schreibtisch, auf Wanderungen in der Natur, zurückgezogen in meinem Haus.

Deshalb bin ich zu der Erkenntnis gekommen, dass wir eigentlich kein passendes Liebespaar sind und auch nicht heiraten sollten. Ich würde aber gerne dein guter Freund bleiben. Kannst du mich verstehen?"

Im ersten Moment glaubte ihm Ruth seine Argumente. Auf den ersten Blick sah es nicht so aus, als ob er eine andere Frau kennengelernt hatte.

Doch dann warnte sie ihre innere Stimme. Wieso gerade jetzt? Ob da nicht doch diese Tippse eine Rolle spielte? Konnte es nicht sein, dass er sich die Kleine ganz bewusst angelacht hatte, um zwei Fliegen mit einer Klappe zu schlagen?

So konnte er seine geliebte Schreiberei in der Provinz fortführen und hatte gleichzeitig eine einfache, gefügige Frau fürs Liebesleben.

Für Ruth stand einfach zu viel auf dem Spiel, sie wollte die Macht, auch über ihn, und deshalb konnte sie nicht einfach klein beigeben. Er war zu reich, zu schön und zu bekannt, um ihn einfach aufzugeben. Nein, das würde sie nicht zulassen. Und sie hatte sich vorgenommen, ihm zu schaden, wenn er sie nicht heiratete.

„Mein lieber Viktor, so einfach geht das nicht!", rief sie mit krebsrotem und wutverzerrtem Gesicht.

„Auf diese einfache Art wirst du mich nicht los! Du kannst mich nicht wie einen alten Schuh ablegen, das werde ich ganz bestimmt nicht hinnehmen. Ich werde dir Unannehmlichkeiten bereiten, das verspreche ich dir! So schnell und einfach kannst du mich nicht gegen eine kleine Tippse austauschen."

„Ich habe nicht vor, dich gegen eine Tippse auszutauschen, das kannst du mir glauben."

„Mein lieber Viktor, ich bin nicht dumm."

„Nein. Sie ist meine Sekretärin und meine Assistentin."

Niemals würde er sich anmerken lassen, wie es wirklich um ihn stand. Er musste sich und vor allem Regina schützen.

„Das kann ja gar nicht anders sein, Viktor! Du hast mich geliebt, bevor diese kleine Schlampe anfing, hier zu arbeiten!"

„Beherrsche dich bitte, Ruth. Es ist überhaupt nicht damenhaft, solche Ausdrücke zu gebrauchen. Und die junge Frau solltest du nicht beleidigen, sie kann nichts dafür, dass ich meinen Weg jetzt alleine gehen möchte. Also reiß dich gefälligst zusammen!"

„Du kannst mir keine Vorschriften machen. Ich kann mir schon vorstellen, was du vorhast. Du suchst dir einen kleinen einfachen Wurm, der dir die Arbeit abnimmt, dem du befehlen kannst, weil sie von dir abhängig ist, kein Geld hat und am Ende dankbar mit dir ins

Bett geht. Sie will natürlich hier in der Stadt bleiben, nicht in die große, weite Welt hinaus, sie kennt ja nichts anderes, und das kommt dir sehr entgegen."

Für einen Moment hatte es Viktor die Sprache verschlagen, aber dann konnte er sich nicht mehr zurückhalten. Er baute sich vor Ruth auf und blickte sie mit eiskalten Augen an.

„Meine liebe Ruth, nun bist du zu weit gegangen, entschieden zu weit. Du bist so dumm, dass du nichts mehr merkst und nichts mehr kapierst. Du bist der arme Wurm, denn die ganze Welt lacht über dich. Hast du darüber schon einmal nachgedacht? Niemand gibt dir eine ernsthafte Rolle in einem Film, und deine Berühmtheit beschränkt sich auf zweifelhafte Schlagzeilen."

Er ließ seine leisen, aber zynischen Worte wirken.

„Einen alten Mann hast du benutzt, um reich zu werden, und trotzdem will dich keiner haben. Erkennst du das nicht?"

Ruth schnappte nach Luft, sie wollte und musste unverzüglich zum Gegenschlag ausholen. „Was bildest ..."

Viktor schnitt ihr das Wort mit einer energischen Handbewegung ab.

„Du bist eine zusammenoperierte, künstliche Puppe, hässlich und unnatürlich. Du hast keinen Charakter und keine Gefühle, und es ist an der Zeit, dass dir endlich einer die Augen öffnet. Und dieser eine bin jetzt leider ich."

Er trat ganz nahe an sie heran. Fast konnte er ihren Atem spüren.

„Und was meine Sekretärin, Frau Rosenfeld, betrifft:

Auch hier liegst du völlig falsch. Sie ist die Tochter eines sehr erfolgreichen Fabrikanten, reich, klug, bekannt und wunderschön. Sie ist nicht meine Geliebte, aber du kannst ihr das Wasser nicht reichen, davon kannst du ausgehen.“

Er trat zurück und lief zur Tür.

„Ich will dich nie mehr in meinem Leben sehen. Verschwinde, aber sofort!“

„Das letzte Wort werde ich haben, Viktor, darauf kannst du dich verlassen“, schrie sie.

„Ich werde dich vor der ganzen Welt fertigmachen. Du kommst mir nicht davon, mein Lieber, du nicht.“

Sie drehte sich um und verließ auf der Stelle das Haus.

11

Ruth fuhr zunächst ins Hotel und mietete sich ein Zimmer. Nun musste sie gründlich nachdenken, wie sie mit Viktor verfahren sollte. Ohne auf ihre Kleidung und ihre Frisur Rücksicht zu nehmen, ließ sie sich auf das Bett sinken. Ihr Blick ging starr zur Decke, sie wusste im Moment keinen Rat und hatte zum ersten Mal in ihrem Leben keinen Plan, wie es nun weitergehen sollte.

Plötzlich wurde ihr regelrecht schlecht, das Zimmer drehte vor ihren Augen, die Möbel sah sie nur noch verschwommen, sie bekam Würgegefühle und wusste nicht, wie ihr geschah. Mit Mühe zog sie sich hoch und schleppte sich ins Bad, um sich zu übergeben.

Danach sah sie in den Spiegel und blickte in ein blasses, fahles Gesicht. Mühselig gelang es ihr, die Zähne zu putzen und ihr Gesicht mit kaltem Wasser abzureiben.

Sie schleppte sie sich zurück ins Zimmer und bat über die Rezeption, einen Arzt zu rufen, der nur wenige Minuten später eintraf. Die flüchtige Untersuchung reichte nicht aus, um eine sichere Diagnose zu stellen, also nahm er sie mit in seine Praxis.

Dort erlebte sie den größten Schock ihres Lebens. „Das kann nicht sein!", rief sie mit weit aufgerissen Augen.

„Ich kann nicht schwanger sein! Ich nehme die Pille, habe sie zwar ab und zu vergessen, aber das kann und darf nicht sein! Die Schwangerschaft muss abgebrochen werden. Helfen Sie mir!"

Der Arzt blickte sie eine Weile schweigend an, er hatte eine solche Reaktion schon oft erlebt. Dann versuchte er, sie zu beruhigen:

„Das ist doch eine schöne Nachricht."

„Für mich aber nicht!", schrie sie.

„Ich will kein Balg, ich will frei sein – und überhaupt, meine Figur! Nein, das Kind muss weg! Rufen Sie eine Klinik an, das muss sofort weg!"

„Das geht nicht. So einfach ist das nicht in Deutschland."

„Was ist nicht so einfach? Überall wird abgetrieben. Das weiß doch jeder."

„Lassen Sie mich erklären …"

„Da gibt es nichts zu erklären. Das Kind kommt weg, und damit basta!"

„Dabei kann ich Ihnen leider nicht helfen."

„Dann fliege ich woanders hin. Irgendwo wird das schon gehen."

„Sie sind zu spät, Sie sind weiter als die zwölfte Woche. Niemand wird die Schwangerschaft mehr abbrechen."

„Verschwinden Sie und lassen Sie mich allein!"

„Sie sind hier in meiner Praxis, also verschwinde ich nicht, aber Sie können jederzeit gehen."

Er setzte sich hinter seinem Schreibtisch. Diese Frau war ihm suspekt.

„Wissen Sie, ich kann Sie überhaupt nicht verstehen. Sie sind eine Frau, die es finanziell garantiert nicht nötig hat, ihr Kind umzubringen. Da haben schon viele Frauen unter sehr viel schwierigeren Bedingungen ein Kind bekommen und ihm trotzdem ein schönes Leben ermöglicht. Ich verstehe Sie wirklich nicht."

Ruth erhob sich und stürzte ins Freie. Das Geschwafel dieses Arztes konnte und wollte sie nicht mehr hören. Was verstand er denn schon? Der hatte doch keine Ahnung, wie es in ihr aussah. Sie musste jetzt in Ruhe überlegen, wer als Vater infrage kam.

War es Viktor? Oder gar Frank Härtel? Nein, der konnte es nicht gewesen sein, das war ja erst vor sechs Wochen gewesen. War es der Produzent oder der Jüngling an der Bar oder …?

Sie hatte einige kurze Verhältnisse und Affären gehabt, die teilweise nur eine Nacht gedauert hatten.

Sie wusste nicht mehr, wer alles als Vater in Betracht gezogen werden musste. Viktor konnte es eigentlich auch nicht sein, wenn sie genau überlegte. Zur fraglichen Zeit war sie wie üblich unterwegs gewesen. Aber einer würde jetzt herhalten müssen, entweder Frank Härtel oder Viktor, die anderen hatte sie schon vergessen.

Ihr grauste vor den nächsten Monaten, sie war entsetzt, wollte kein Kind, wollte ihren Körper nicht verschandelt wissen.

Zielstrebig ging sie ins Hotel zurück, buchte telefonisch einen Flug nach Zürich und packte ihre Sachen.

Vom Flughafen Zürich aus fuhr sie direkt in Frank Härtels Uhrenfabrik, deren Adresse sie leicht herausbekommen hatte.

„Melden Sie mich bitte bei Herrn Härtel", befahl sie seiner Sekretärin.

„Tut mir leid, aber ohne Termin kann ich Sie nicht anmelden und nicht vorlassen. Herrn Härtels Zeit ist ausgebucht bis auf die Minute.“

„Sagen Sie ihm, es ist privat und dringend.“

Die Sekretärin lächelte unverbindlich.

„Es tut mir wirklich leid, dass es heute nicht geht. Soll ich Ihnen einen Termin für die nächsten Tage eintragen?“

„Hören Sie mit dem Geschwafel auf. Ich sagte schon, es ist privat und dringend. Wenn er nicht hören will, was ich ihm zu sagen habe, lasse ich es ihn über die Zeitung wissen.“

Jetzt wurde die Sekretärin doch etwas unruhig. Mit einem Stöhnen erhob sie sich.

„Einen Moment bitte, ich will sehen, was ich für Sie tun kann. Versprechen kann ich aber nichts.“

Nach einigen Minuten wurde sie in Franks ausladendes Büro geführt.

„Was willst du hier?“, fragte er ungehalten, und in seiner Stimme schwang Verärgerung mit.

„Ich muss mit dir reden, denn unsere kurze Affäre hatte Folgen. Ich bin schwanger und du solltest zu dem Kind stehen“, warf sie ihm ohne Vorwarnung an den Kopf.

Frank Härtel lachte laut und schallend.

„Das hast du dir ja fein ausgedacht. Du rutschst durch die Betten und suchst mich aus, wenn du schwanger bist. Das ist ja ein Witz, ein richtig guter Witz!“

Erfreut schlug er sich auf die Oberschenkel.

„Das ist kein Witz. Wie gehst du eigentlich mit mir um?“

Frank Härtel kam um den Schreibtisch herum auf sie zu. Seine Augen blickten kalt, seine Miene war ernst und wütend, und sein Gesicht hatte sich gerötet.

„Ich lasse mir von dir kein Kind unterjubeln. Ich kann keine Kinder zeugen und komme also für dein Spiel nicht in Frage. Du bist und bleibst ein Luder und hast nichts als Verachtung verdient. Verschwinde und lass dich hier nicht wieder blicken! Du bist eine Hure!"

Er zeigte mit dem ausgestreckten Arm zur Tür. Allein schon seine Körperhaltung duldete keine Widerrede.

Ruth erschrak über seinen Ausbruch und schlich wortlos aus dem Büro. Sie hatte gleich beim ersten Mann Schiffbruch erlitten. Ausgerechnet er wusste, dass er keine Kinder zeugen und damit nicht der Vater sein konnte. Peinlich war das, und seine Beleidigungen setzten selbst ihr in einer noch nie gekannten Weise zu.

Mit der nächsten Maschine flog sie zurück und verkroch sich in ihrem Hotelzimmer. Es machte keinen Sinn, überstürzt und unüberlegt zu handeln. Jetzt blieb nur noch Viktor übrig. Sie würde klug handeln müssen, sehr klug. Beim Zimmerservice bestellte sie eine Flasche Champagner und spielte in Gedanken alle Möglichkeiten durch.

Mitten in ihre Überlegungen hinein schnurrte ihr Handy, und völlig unerwartet meldete sich der spanische Produzent, der ihr versprochen hatte, sie in seinem Film zu berücksichtigen. Sie hatte ihn eigentlich schon wieder vergessen und nicht mehr daran geglaubt, dass sie noch einmal von ihm hören würde. Umso überraschter war sie.

„Hallo, Ruth, schön, dass ich dich erreiche. Hast du

noch Interesse an einer Rolle? Ich bin kurz davor, das Projekt realisieren zu können, und wir sollten uns schnell sehen."

Ruth schnellte hoch und saß innerhalb einer Sekunde aufrecht in ihrem Sessel.

„Aber klar! Das ist einmal eine gute Nachricht. Wann soll es denn losgehen?"

Er lachte.

„Immer langsam mit den Pferden. Ich habe gesagt: kurz davor. Ein bisschen Zeit brauche ich schon noch."

„Wo bist du jetzt?"

„Auf Ibiza, wo sonst. Kannst du herkommen?"

„Selbstverständlich. Ich buche gleich einen Flug und kann morgen schon da sein", antwortete sie strahlend.

„Sehr gut. Rufe mich an, wenn du im Hotel bist."

„Mach ich. Und danke, dass du an mich gedacht hast."

In Windeseile telefonierte Ruth mit dem Flughafen, musste aber einsehen, dass sie erst am nächsten Morgen einen Platz in einer Maschine bekommen würde.

Da sie jetzt noch Zeit hatte, fielen ihr ihre Probleme wieder ein. Was sollte sie nur tun? Das Kind musste weg, gerade jetzt musste es weg. Sie wartete schon seit Jahren auf eine solche Filmrolle, und nun, wo sie sie hatte, lief sie Gefahr, wegen dieses Balgs verzichten zu müssen.

Sie rief ihre alte Bekannte Manuela an, von der sie wusste, dass diese eine Abtreibung hinter sich hatte. Manuela nannte Ruth einige Kliniken, bei denen sie möglicherweise Erfolg haben könnte, äußerte aber auch offen ihre Zweifel.

„Ruth, du hättest das früher machen müssen. Ich

glaube nicht, dass eine Klinik jetzt noch bereit ist, hier einzugreifen, egal in welchem Land."

„Ich muss es einfach versuchen und werde alle anrufen."

„Wie konntest du nur so dumm sein? Es gibt doch die Pille. Und wenn schon ohne Schutz, dann hättest du doch früher merken müssen, dass du deine Tage nicht mehr bekommst."

„Rede doch nicht so. Dir ist es doch auch passiert. Ich vergesse manchmal, die Pille einzunehmen, und merken konnte ich es auch nicht. Ich hatte nie regelmäßig meine Tage."

„Wie brauchen darüber nicht mehr zu diskutieren, es ist ohnehin zu spät. Versuche dein Glück und melde dich, wenn es geklappt hat."

Ruth telefonierte und telefonierte, aber überall stieß sie auf Ablehnung. Jetzt musste sie warten und erst einmal nach Ibiza fliegen, um zu hören, wann Drehbeginn sein würde. Notfalls würde sie dem Produzenten das Kind unterschieben, dann würde er sie erst recht in seinem Film berücksichtigen müssen.

Gegen Mittag des nächsten Tages landete sie auf Ibiza und ließ sich von einem Taxi ins Hotel bringen. Nachdem sie sich erfrischt und neu geschminkt hatte, rief sie den Produzenten an, der sich freute, dass sie mittlerweile eingetroffen war. Eine halbe Stunde später trafen sie sich an der Bar des Hotels. Er umarmte und begrüßte sie euphorisch.

„Schön, dass du so schnell kommen konntest. Wie war dein Flug?", fragte er süffisant.

Ruth schob ihn von sich, seinen Speichel auf ihren Lippen und seinen Mundgeruch konnte sie kaum ertragen. Aber sie durfte sich nichts anmerken lassen, zu viel hing davon ab, dass er ihr wohlgesonnen war.

„Danke, der Flug war angenehm", antwortete sie mit einem gekonnt lockenden Augenaufschlag, der bei ihm sofort erotische Gefühle weckte.

„Komm, wir gehen in mein Zimmer, da habe ich die Unterlagen und wir können alles in Ruhe besprechen."

Ruth stöhnte kaum hörbar. Natürlich war ihr sein gieriger Blick nicht entgangen. Sie wusste, was er zuerst von ihr wollte. Hastig überlegte sie, wie sie das Zusammensein umgehen konnte. Es stand aber zu viel auf dem Spiel, also nickte sie und folgte ihm mit großem innerem Unbehagen.

Mit geschlossen Augen und allergrößtem Widerwillen ließ sie seine Zärtlichkeiten über sich ergehen und versuchte dabei, an alles Mögliche zu denken. Es war genau so miserabel und unschön wie das letzte Mal. Danach lagen sie schweigend nebeneinander im Bett, er erschöpft von dem intimen Beisammensein und sie froh, diesen Akt hinter sich zu haben.

„Wollen wir uns jetzt um das Geschäftliche kümmern?", fragte sie ihn, während sie sich erhob und ins Bad ging.

„Aber ja, das habe ich dir doch versprochen", antwortete er, goss Champagner in zwei Gläser, setzte sich in einen Sessel und zog seine Aktentasche heran.

Ruth hatte inzwischen geduscht in der Hoffnung, das Zusammensein mit ihm abwaschen zu können, was ihr aber nicht annähernd gelang. Dann setzte sie sich zu ihm.

„Mein Projekt steht bis auf eine kleine Restfinanzierung“, erklärte er ihr.

„Die allerdings macht mir große Schwierigkeiten.“

Er versuchte, in ihren Gesichtszügen zu lesen. Hier würde er ganz besonders schlau vorgehen müssen, denn es war bei der Realisierung seines Projektes einiges schief gelaufen.

Alles hing nun von Ruth ab, er brauchte nicht sie, aber ihr Geld. Er wusste natürlich, wer sie war und dass sie sehr viel Geld hatte. Es musste ihm gelingen, sie zu überzeugen, weil er keinen Geldgeber gefunden hatte.

Besaß er erst ihr Geld, konnte er sie getrost fallen lassen. Sie war nicht der Typ Frau, den er brauchen konnte für sein Lebenswerk, wie er es nannte.

„Ich habe etwas ganz Besonderes für dich, du sollst die Hauptrolle bekommen! Was sagst du nun?“

„Was ist das für eine Rolle?“

„Also, die Geschichte geht so.“

Er holte tief Luft.

„Zwei Urlauber, ein Mann und eine Frau, lernen sich kennen und beginnen eine Affäre. Die Frau ist aber eine Diebin und bringt später den Mann um, weil er …“

„Es reicht schon, was du mir da erzählt hast. Und ich bin die Frau, die mordet und stiehlt? Ist das ein Kriminalfilm?“

„Schon, genauer gesagt, ein erotischer Kriminalfilm.“

„Wann soll es losgehen?“

„Wenn die Finanzierung steht.“

„Und wann wird das sein?“

Ruth dachte an ihre Schwangerschaft. Würde sich der

Drehbeginn noch lange hinauszögern, würde sie das Angebot sausen lassen müssen. Inzwischen hatte sie beschlossen, ihm das Kind nicht unterzuschieben, er war nichts für sie und für ihre Zukunft.

„Ich habe dir ja gesagt, dass es mir Schwierigkeiten macht. Aber ich könnte es beschleunigen“, er blickte sie mit wachsamen Tigeraugen an.“

Sie trommelte fit den Fingern auf dem Tisch. Ein Zeichen ihrer Ungeduld.

„Wenn du dich entscheiden könntest, als Produzentin einzusteigen.“

Ruth verschlug es die Sprache. Sie als Produzentin? Sie hatte doch gar keine Ahnung vom Filmgeschäft.

Sie wollte doch nur eine Rolle als Schauspielerin, und Geld geben wollte sie eigentlich auch nicht. Wer weiß, ob der Film überhaupt ein Erfolg würde?

„Ich habe keine Ahnung von der Arbeit eines Produzenten“, antwortete sie zögernd.“

Tausend Fragen standen ihr ins Gesicht geschrieben.

„Um wie viel Geld geht es eigentlich?“, fragte sie.

„Es macht doch nichts, dass du dich nicht auskennst. Wir arbeiten eng zusammen, und du lernst bestimmt schnell, was die Produktion angeht. Wichtiger ist, dass du überall mitreden und mitbestimmen kannst. Du sagst, wo es langgeht, und du suchst auch die anderen Schauspieler aus. Und was das Geld angeht, das ist nicht mehr viel.“

Er machte absichtlich eine kleine Pause, damit sie Zeit hatte, sich an den Gedanken des Chefseins zu gewöhnen.

„Nun sag schon, wie viel, und rede nicht um den heißen Brei herum.“

„Nur noch acht Millionen.“

„Acht Millionen?“, schrie sie.

„Das ist bei dir nicht viel?“

„Bei dir doch auch nicht, das ist doch nicht der Rede wert, dafür, dass du selbst einen erfolgreichen Film drehen kannst.“

„Woher soll ich wissen, dass das ein erfolgreicher Film wird, das weiß man doch nie.“

„Wenn ich dir das sage, dann kannst du mir vertrauen. Das ist nicht der erste Film, den ich drehe.“

Nun war sie misstrauisch geworden.

„Welche Erfolge hast du denn aufzuweisen?“

„Ich kann dir gerne die Liste geben. Aber was soll das? Du kannst doch ohnehin nicht vom einen zum anderen Projekt schließen. Jeder Film wird neu bewertet. Ruth, überlege doch, das ist eine einmalige Chance für dich.“

„Ich weiß nicht.“

Ruth zweifelte, sie hatte sich das anders vorgestellt, ganz anders.

„Ich verstehe dich nicht. Du warst doch die ganze Zeit hinter der Schauspielerei her, und jetzt, wo du es erreichen kannst, wo du selbst Verantwortung übernehmen kannst, zögerst du. Warum denn nur?“

In ihrem Kopf arbeitete es fieberhaft.

„Wann beginnen wir mit dem Dreh, wenn ich einsteige?“

Ruth erhob den Zeigefinger und zeigte auf ihn.

„Aber die Wahrheit bitte!“

„Wir können in den nächsten vier Wochen starten,

wenn wir uns beeilen.“

„Zeige mir den Vertrag, damit ich ihn von einem Anwalt prüfen lassen kann.“

„Das kann aber dauern. Wir müssen die Schauspieler aussuchen, die Technik buchen und so weiter. Wenn wir da noch weiter rummachen, hält uns das vier Monate auf, weil die Studiotermine eingehalten werden müssen.“

Jetzt kam er ins Schwitzen, denn sie war nicht so leicht zu überzeugen, wie er sich das gedacht hatte.

Ruth wusste nicht mehr, was sie tun sollte. In einer solchen Situation war sie noch nie gewesen, und nun kam sie sich plötzlich ganz klein vor. Eine Absage würde bedeuten, auf eine große Rolle zu verzichten. Willigte sie ein, riskierte sie viel Geld.

Sie erhob sich und ging im Zimmer auf und ab. In Gedanken spielte sie alle Eventualitäten durch, dabei drängte sich ihre Schwangerschaft unentwegt dazwischen.

Abrupt blieb sie stehen.

„Also gut, mache den Vertrag fertig und achte darauf, dass wir als gleichberechtigte Partner erwähnt sind. Ich will von dir alle Unterlagen sehen und lasse dann das Geld überweisen.“

„Du bekommst alles sofort“, sagte er und lachte, während er aufsprang und in seine Aktentasche griff, die er neben sich stehen hatte. Natürlich hatte er schon einen Vertrag vorbereitet, er musste nur noch wenige Details eintragen, was er gleich nachholte.

„Hier lies, es ist alles korrekt, du kannst dich auf mich verlassen. Da unten steht das Konto, wo das Geld hinmuss."

Die Erleichterung war ihm anzusehen.

Ruth beschäftige sich mit dem Inhalt des Vertrags, sie verstand zwar nicht alles, aber ihr Name stand einmal bei den Schauspielern und einmal als Produzentin. Es schien alles in Ordnung zu sein, und deshalb unterschrieb sie das Dokument, ohne länger darüber nachzugrübeln.

„Ich glaube, es ist korrekt, und ich werde jetzt meine Bank anweisen, das Geld bereitzustellen. Morgen setzen wir uns zusammen und kümmern uns um die Arbeitspläne."

Etwas verunsichert blickte sie ihn an. Mit ihrer Unterschrift hatte sie sich auf ein Parkett begeben, das ihr bisher völlig fremd gewesen war und das sie überhaupt noch nicht einordnen konnte.

„Genauso machen wir das. Ich rufe dich an, wenn das Geld da ist, und dann fahren wir in die Studios, in unser bereitgestelltes Büro."

Er lachte sie an und öffnete ihr die Tür, um sie höflich zu verabschieden. Er war ein perfekter Schauspieler, der sich nichts anmerken ließ.

Am nächsten Morgen wartete Ruth im Frühstücksraum auf ihren Partner. Es war mittlerweile schon zehn Uhr, und er war immer noch nicht da. Sie war schon richtig wütend auf ihn.

Wie konnte er sie nur so lange hier sitzen lassen! Er hatte doch schon kurz nach neun angerufen und ihr gesagt, dass er gleich kommen würde. Als er gegen halb elf immer noch nicht da war, erhob sie sich und ging auf ihr Zimmer. Gegen zwölf wusste sie, dass irgendetwas schiefgelaufen sein musste.

Sie rief die Rezeption an und fragte nach, doch nach einem kurzen Augenblick sagte man ihr, dass der Herr abgereist sei.

Ruth wurde auf der Stelle blass. Sie erhob sich blitzartig und rannte zum Schreibtisch. Mit zitternden Händen griff sie nach dem Vertrag, las und las, aber konnte zunächst nichts entdecken, was die Situation hätte erklären können.

Erst nach langem, intensivem Studium des Papiers entdeckte sie, dass lediglich sein Name darauf stand, keine Anschrift, kein Wohnort, kein Geburtsdatum, nichts, rein gar nichts.

Ihr schwante Übles, der Name war bestimmt falsch. Schnell suchte sie ihr Handy, wo sie seine Nummer abgespeichert hatte. Aber wie befürchtet kam nur eine Bandansage, die Nummer war nicht zu erreichen.

Blieb ihr noch die angegebene Kontonummer, doch auch da erfuhr sie, dass das Geld bereits abgehoben und das Konto gelöscht worden war.

„Ruth, Ruth, du dumme Pute, das war der größte Fehler, der dir jemals unterlaufen ist!", flüsterte sie.

Sie würde nun zwar nicht am Hungertuch nagen müssen, aber sie war stocksauer über ihre Dummheit, und acht Millionen waren auch für sie kein Pappenstiel.

Gleich am nächsten Tag würde sie nach Deutschland zurückfliegen. Nun blieb nur noch Viktor. Er würde jetzt für sie und das Kind geradestehen müssen. Vorher würde sie aber dennoch der Polizei den Vertrag zeigen und

Anzeige erstatten. Möglicherweise konnte der Mistkerl
gefunden werden.

Den Nachmittag verbrachte sie in einer exklusiven
Strandbar und den Abend in einem Club. Am nächsten
Tag flog sie zurück.

12

Nach Ruths Abgang war Viktor völlig erschöpft in seinem Sessel sitzen geblieben. Er hatte geahnt, dass die Trennung von Ruth nicht ganz reibungslos ablaufen würde, trotzdem hatte er es sich nicht so schlimm vorgestellt. Und er würde sich noch auf weitere Überraschungen gefasst machen müssen, sie würde nun mit Sicherheit den Kontakt zur Presse suchen.

Aber auch das würde er noch überstehen. Die Erleichterung, die er verspürte, war größer als die Sorge darüber, was sich Ruth noch einfallen lassen würde. Nun war er ein freier Mann, konnte tun und lassen, was er wollte.

Langsam erhob er sich und ging hinüber zu Regina. Er wollte nachsehen, ob sie sich wieder beruhigt hatte, und sie notfalls trösten. Doch sie arbeitete schon wieder, als ob nichts geschehen wäre.

„Regina, ist alles in Ordnung? Es tut mir leid, dass sie dich so angegriffen hat, aber das ist nun vorbei, sie wird hier nicht mehr aufkreuzen und euch nicht mehr beleidigen. Ich habe die Geschichte beendet."

Er war an diesem Morgen wie selbstverständlich zum Du übergegangen und Regina hatte sich dem einfach angeschlossen.

„Das macht doch nichts. Manche Menschen benehmen sich ebenso. Es war zwar nicht schön, aber auch damit muss man umgehen können."

Er tat ihr leid, denn sie erkannte, dass er die Sache noch nicht ganz verarbeitet hatte, und ahnte, was er dachte und fühlte. Er sah blass, müde und abgekämpft aus. Auch sie wusste, dass Ruths Auftritt noch nicht alles gewesen war, dass da noch etwas nachkommen würde.

Dennoch sollte er alleine damit fertig werden, es war seine Geschichte, die er zu einem Ende bringen musste.

„Möchtest du nicht einen ausgiebigen Spaziergang machen und etwas entspannen?“, fragte sie ihn mitfühlend.

„Ich habe hier noch ausreichend zu tun. Du wirst sehen, es hilft sehr und beruhigt deine aufgepeitschten Nerven.“

„Ja, das ist eine gute Idee“, antwortete er, nachdem er kurz nachgedacht hatte.

„Ich bin gegen drei Uhr wieder zurück“, fügte er hinzu und verließ mit hängenden Schultern das Büro.

Mit langen Schritten ging er den schmalen Pfad entlang durch den Park der Villa in Richtung Wald. Dabei atmete er tief die frische und würzige Tannenluft ein und fühlte sich mit jedem Schritt wohler.

Es war richtig, dass er mit Ruth Schluss gemacht hatte. In sich spürte er eine tiefe innere Ruhe, das Wissen, dass er jetzt seine Zukunft neu planen konnte, stimmte ihn fast heiter und verdrängte die düsteren Gedanken, die ihn befallen hatten.

Er blickte den Hang hinauf, bewunderte die Tannen, die dicht gedrängt nebeneinanderstanden und hoch hinausragten, sah den roten Felsen, der in der Sonne glänzte, und beobachte ein Eichhörnchen, das fröhlich zwischen den Bäumen hin und her sprang.

Ein paar Meter weiter blieb er an der kleinen, ausgewaschenen Rinne stehen, in der sich glasklares Wasser seinen Weg nach unten ins Tal bahnte.

Inmitten dieser Idylle fasste er den Entschluss, sich Regina zu offenbaren. So schnell wie möglich wollte er mit ihr zusammen sein, eine Familie gründen. Ganz klar erkannte er jetzt seine Ziele, und noch heute wollte er den Anfang machen. Schließlich kam er auf einer Lichtung an und setzte sich auf eine Bank.

Es war ihm überhaupt nicht aufgefallen, dass er so weit gelaufen war. In seinem Kopf arbeitete es. Womöglich war es doch nicht so gut, gleich heute den Anfang zu wagen.

Er wollte Regina nicht erschrecken, sie sollte ihn nicht falsch einschätzen oder glauben, dass er die Frauen wie seine Hemden wechselte. Aber er liebte sie über alles und wollte nicht mehr länger warten.

Sein Herz forderte eine Entscheidung und überstimmte mit Macht seinen Verstand. Schnell erhob er sich und ging den weiten Weg zügig zurück. Er wollte keine Zeit mehr verlieren, er hatte lange genug warten müssen. Seit er ein kleiner Junge war, hatte er warten müssen auf das Glück, auf sein Glück und seine Familie.

Erschöpft, aber zufrieden betrat er schließlich das Haus und öffnete die Tür zu Reginas Büro.

„Regina, darf ich dich heute Abend ins Theater einladen?", fragte er sie völlig unvermittelt.

Regina lachte erleichtert. Sie hatte sich die ganze Zeit um ihn Sorgen gemacht, weil er so lange nicht zurückgekommen war. Nun stand er fröhlich lachend und völlig außer Atem vor ihr und wollte mit ihr ins Theater gehen.

„Gerne, da war ich schon lange nicht mehr“, antwortete sie lachend.

„Es wäre schön, wieder einmal der Kultur einen Besuch abzustatten.“

„Fein, dann besorge ich die Karten und hole dich pünktlich ab.“

Ohne eine Antwort abzuwarten, verließ er pfeifend das Büro und stieß beinahe mit Lisa zusammen, die das Tablett, das sie in der Hand trug, gerade noch halten konnte und ihn verwundert anblickte.

„Was ist denn mit unserem Viktor los?“, fragte sie Regina, als sie das Büro betreten hatte. Doch diese saß träumend an ihrem Schreibtisch und hatte sie weder hereinkommen gehört noch ihre Frage verstanden.

Lisa zuckte die Schultern, wohl wissend, dass sich nun alles zum Guten wenden würde. Auf ihren Instinkt konnte sie sich verlassen, obwohl in Sachen Ruth das letzte Wort wohl noch nicht gesprochen war.

Regina fuhr an diesem Tag sehr zeitig nach Hause. Genüsslich lag sie mehr als eine Stunde in der Badewanne. Anschließend suchte sie sehr sorgfältig nach einer passenden Garderobe und wählte ein Cocktailkleid in Schwarz, das gerade durch seine Einfachheit ihre Figur betonte. Ihre schwarzen Haare bearbeitete sie sorgfältig mit einer Bürste, bis sie glänzten und weich auf ihre Schultern fielen. Zufrieden mit ihrem Erscheinungsbild wartete sie auf Viktor, der pünktlich vor ihrer Haustür erschien.

Als er Regina sah, verschlug es ihm die Sprache, er konnte den Blick nicht mehr von ihr abwenden. Sein

Herz schlug so sehr, er war sich sicher, dass sie es hören musste. Seine Hände zitterten und seine Lippen bebten.

Er konnte sich einfach nicht mehr zurückhalten. Sanft nahm er sie in die Arme. Sein Kuss war voller Zärtlichkeit und wollte nicht mehr enden, seine Arme hielten sie umschlungen und seine Augen versanken in ihren. Nun war er an seinem Ziel angekommen.

Regina gab sich ihm willig hin, ihr Körper schmiegte sich fest an ihn. Danach hatte sie sich so lange gesehnt, sie liebte ihn über alle Maßen.

Sie wusste, dass jetzt nicht der Moment für Worte war, das hatte Zeit bis später.

„Müssen wir nicht gehen?", fragte sie ihn schüchtern, als er einen Moment von ihr abließ.

„Ja", sagte er nur, ließ sie zögernd frei, reichte ihr den Mantel und hielt ihr die Wagentür auf.

Der Abend war wunderschön, das Theaterstück erheiternd. Sie genossen die lockere und leichte Stimmung, die die Komödie verbreitete, und waren die ganze Zeit damit beschäftigt, sich anzusehen, sich heimlich zu berühren. Nachdem sie in einer Weinstube ein Glas Wein getrunken hatten, brachte Viktor Regina nach Hause, verließ sie aber diesmal nicht vor der Haustür, sondern ging noch mit nach oben. Er hatte es eilig, wollte den schönen Abend nutzen und ihre gemeinsame Zukunft planen.

Regina verstand ihn ohne Worte. Es war für sie selbstverständlich, dass er mit in ihre Wohnung kam. Sie ging in die Küche, um einen Kaffee zu kochen. Währenddessen schlenderte Viktor durch ihre Wohnung. Nachdem er ihre Einrichtung und ihren guten Geschmack bewundert hatte, erblickte er auf dem Schreibtisch ihre Manuskriptseiten und vertiefte sich sofort in die Lektüre. Erstaunt über die gute Qualität ihres Textes las und las er und geriet zunehmend ins Verzücken, weil das Manuskript sehr kurzweilig und spannend geschrieben war.

Als Regina mit dem Kaffee zurückkam, sah sie ihn am Schreibtisch sitzen. Es war ihr sichtlich unangenehm, dass er ihr Manuskript entdeckt hatte.

„Du sollst das doch nicht lesen, das lohnt sich nicht", sprach sie ihn fast verzweifelt und irritiert an.

„Das ist mir peinlich."

„Aber warum denn? Du hast da ein fantastisches Manuskript verfasst. Ich werde nicht zulassen, dass du es in der Schublade verkümmern lässt. Es ist gut, viel zu gut", wiederholte er und blickte sie bewundernd an.

Schließlich erhob er sich und setzte sich neben sie auf das Sofa. Eine ganze Weile saßen sie eng aneinandergeschmiegt, widmeten sich ihrem Kaffee und genossen die wunderbare Ruhe und Harmonie, die zwischen ihnen herrschte.

„Regina, ich muss und will heute noch mit dir reden", sagte er und hielt ihr Gesicht mit den Händen umschlungen.

„Schon seit längerer Zeit weiß ich, dass ich dich über alles liebe. Ich möchte mit dir mein Leben teilen und eine Familie gründen."

Dabei blickte er ihr tief in die Augen und zog sie in seine Arme.

„Ich möchte, dass wir so schnell wie möglich heiraten, ohne großes Aufsehen. Nur wir, ein paar Freunde von mir und natürlich deine Familie. Ich möchte es nicht in die Öffentlichkeit tragen. Dieser besondere Tag soll uns gehören. Alle anderen wichtigen und unwichtigen Leute werden es noch früh genug erfahren.“

Jetzt kniete er sich feierlich vor ihr nieder.

„Bist du einverstanden? Willst du meine Frau werden?“ Ihm war nun doch etwas mulmig, ob er zu schnell gewesen war mit dieser Frage. Gespannt blickte er sie an.

Regina aber war glücklich. Ihre Augen funkelten dunkel und eine leichte Röte zog über ihr Gesicht. Es war ihr unangenehm, dass er vor ihr niederkniete. Eng schmiegte sie sich an ihn, zog ihn sanft wieder nach oben auf das Sofa und blickte ihm tief in die Augen.

„Ich liebe dich auch, schon seit unserer ersten Begegnung damals im Park, und ich wünsche mir nichts sehnlicher, als deine Frau zu werden.“

„Mir fällt ein Stein vom Herzen. Ich hatte schon befürchtet, du könntest Nein sagen.“

„Wie kommst du denn auf die Idee?“, fragte sie verwundert.

„Hast du denn keine Augen im Kopf?“

„Doch schon, aber ich dachte, es sei vielleicht zu früh, weil ich heute erst den Schlussstrich unter meine Beziehung mit Ruth gesetzt habe.“

„Es war zwar wichtig, dass du für klare Verhältnisse gesorgt hast, aber das hat nichts mit uns beiden zu tun.“

„Darf ich heute Nacht hierbleiben, ich…“

Regina strich ihm über die Wange und unterbrach ihn, indem sie seine Lippen mit einem Kuss verschloss.

Am nächsten Tag informierten sie Lisa, die in einen Freudentaumel ausbrach und sich übermächtig freute. Sie hatte schon lange beobachtet, dass die beiden einander sehr zugetan waren.

Der Besuch bei Reginas Eltern war nicht ganz so einfach.

Marga Rosenfeld war doch sehr überrascht, einem Mann gegenüberzustehen, den sie nicht kannte, und ihre Tochter hatte ihr auch vorher nicht gesagt, dass sie sich verliebt hatte. Sie hatte zwar Reginas Freund Jochen schon seit längerer Zeit nicht mehr gesehen, hatte aber nicht nachfragen wollen.

Regina hätte ihr ohnehin keine Antwort gegeben, die ihren Vorstellungen entsprochen hätte. Und dann gleich heiraten? Kannten sich die beiden denn schon lange genug, um zu wissen, dass es die richtige Entscheidung war?

Und eine Hochzeit in aller Stille war erst recht nicht möglich, das konnten sie sich in ihrer Position nicht leisten. Sie hatten nun einmal gesellschaftliche Verpflichtungen.

Viktor erklärte aber seinen zukünftigen Schwiegereltern, dass er nicht wollte, dass sein Privatleben durch die Zeitungen gezogen wurde, zumindest nicht an diesem so wichtigen Tag. Es würde ohnehin geschehen, und das würde nach der Hochzeit auch noch reichen.

Er versprach ihnen, einige Wochen nach der Hochzeit einen Ball zu veranstalten, was vor allem Marga mehr als zufrieden stellte.

Sie vereinbarten, mit der Hochzeit noch etwas zu warten, weil Viktors Buch rechtzeitig zur Frankfurter

Messe erscheinen sollte. Schon vorher würde er mächtig die Werbetrommel rühren müssen, sein Verlag erwartete das von ihm.

Regina hatte zusammen mit seiner Agentur einige Talkshows und Radiointerviews gebucht. Bis nach der Messe würde ihnen überhaupt keine Zeit für ihr Privatleben bleiben.

Wenige Tage später läutete es und Lisa öffnete das Tor. Vor ihr stand Ruth, die sie wie immer mit einem bösen Blick ansah.

„Ist Viktor da?", fragte sie kurz angebunden.

„Nein, der ist unterwegs. Bitte rufen Sie später an."

„Ich möchte hier auf ihn warten. Lassen Sie mich hinein."

Lisa kniff die Augen zusammen. Dieser Forderung wollte sie möglichst nicht nachkommen.

„Ich glaube nicht, dass Viktor damit einverstanden ist, wenn ich Sie hereinbitte, schließlich sind Sie nicht mehr mit ihm zusammen. Also kommen Sie bitte später wieder."

„Weg da, Sie haben gar nichts zu sagen!"

Ruth schubste Lisa einfach zur Seite, schritt energisch ins Haus und zielstrebig auf Reginas Büro zu. Sie wollte sehen, ob es die kleine Tippse hier immer noch gab. Ohne anzuklopfen, riss sie die Tür auf.

„Na, immer noch da? Das wird sich jetzt ändern!"

Regina war überrascht, als sie Ruth sah.

„Guten Tag, Frau von Anseln. Was kann ich für Sie tun?"

Ruth setzte sich in einen Sessel und blickte Regina

mit kalten Augen an.

„Wo ist Viktor?"

„Er hat Termine und wird in etwa einer Stunde wieder hier sein, denke ich."

„Na gut, dann werde ich eben warten", sagte Ruth und lehnte sich gemütlich zurück.

Regina war das gar nicht recht. Sie hatte noch so viel Arbeit und mochte es nicht, wenn jemand neben ihr saß und sie beobachtete. Sie fand aber keinen Grund, mit dem sie Ruth zum Gehen hätte bewegen können.

„Wie Sie möchten", antwortete sie schließlich resigniert und wandte sich wieder ihrer Arbeit zu.

„Viktor wird sich freuen, wenn er mich sieht", warf Ruth eine Weile später vielsagend aus dem Hintergrund ein.

„Ich habe eine wunderbare Nachricht für ihn."

Regina antwortete ihr nicht. Sie spürte, dass Ruth etwas im Schilde führte. Auf keinen Fall wollte sie sich von ihr in ein Gespräch verwickeln lassen.

„Sind Sie immer noch nur seine Sekretärin oder sind Sie jetzt auch sein Betthäschen?"

Regina wurde nervös.

„Mein Privatleben möchte ich nicht mit Ihnen diskutieren, das tut nichts zur Sache."

„Das tut schon etwas zur Sache. Wenn Sie sein Häschen sind, dann wird es Zeit, dass Sie gehen. Ich werde Viktor heute mitteilen, dass er Vater wird."

Regina erblasste und blickte sie mit weit aufgerissenen Augen ungläubig an.

Dies war genau die Reaktion, die Ruth erwartet hatte.

Also doch, hatte sie es doch gewusst, dass er sich das Mädchen geschnappt hatte!

„Sie glauben mir nicht? Ich kann Ihnen gerne meinen Mutterpass zeigen. Am besten ist, Sie packen gleich Ihre Siebensachen und gehen. Viktor steht bestimmt zu seiner Verpflichtung und heiratet mich, schon des Kindes wegen.“

Für Regina brach eine Welt zusammen. Hinter ihrer Stirn arbeitete es fieberhaft. Es sah ganz so aus, als ob sie ihre große Liebe nicht leben durfte. Wenn das stimmte, was Ruth erzählte, durfte sie dem Kind nicht den Vater nehmen, indem sie sich dazwischen stellte.

Wortlos erhob sie sich, griff nach ihrer Tasche und ihrer Jacke und verließ das Haus, ohne sich noch einmal umzudrehen. Sie war so schockiert, dass sie auch Lisa nicht mehr bemerkte und wie in Trance an ihr vorbeilief.

Lisa hatte an der Tür gelauscht und war entsetzt über das, was sie da gehört hatte. Sie versuchte, Regina aufzuhalten, weil sie wusste, dass sich Viktor nicht für Ruth entscheiden würde, auch nicht wegen des Kindes.

Doch Regina war überhaupt nicht ansprechbar und ging wie eine Marionette an ihr vorbei.

Kurze Zeit später kam Viktor zurück. Nachdem er den Wagen abgestellt hatte, lief er froh gelaunt und pfeifend die Stufen zum Eingang hoch.

„Regina, mein Schatz, ich bin wieder da und konnte alles perfekt regeln!“, rief er schon beim Betreten der Halle.

Er öffnete die Bürotür und blieb erstarrt stehen, als er

Ruth dort sitzen sah.

„Was machst du denn hier?", fragte er kalt.

„Ich kann mich nicht erinnern, dich eingeladen zu haben."

„Ich glaube nicht, dass es einer Einladung bedarf. Was ich dir zu sagen habe, ist zu wichtig."

„Wo ist Regina?", fragte er, da er sie nicht an ihrem Schreibtisch sitzen sah.

Ruth lachte.

„Dein Schatz hat das Haus verlassen."

Viktor baute sich breitbeinig vor Ruth auf und verschränkte die Arme vor seinem Körper.

„Was ist hier eigentlich los?"

„Mein lieber Viktor", sagte sie und machte eine bedeutungsvolle Pause.

„Du wirst Vater, und da ist kein Platz mehr für dein Schätzchen."

Es war eine wahre Freude für Ruth, ihn so dastehen zu sehen, blass bis zum Haaransatz und völlig sprachlos.

„Wie meinst du das?"

„Ich bin schwanger, mein Lieber, so schwer zu verstehen ist das doch nicht. Ich bin jetzt dein Schatz, denn ich erwarte, dass du zu deinem Kind stehst und mich heiratetest."

Viktor drehte sich um, trat zum Fenster und blickte hinaus in den Garten. Er war völlig durcheinander und zugegeben schockiert.

Einerseits war ihm bewusst, dass er zu seinem Kind stehen musste. Er, der in einem Waisenhaus aufgewachsen war, wusste nur zu gut, wie wichtig es für Kinder war, in einem geordneten Umfeld aufzuwachsen. Andererseits durfte es nicht sein, dass er sein neues Leben, seine Liebe aufgeben musste und sein Glück nach seiner Kindheit ein weiteres Mal den Umständen zum Opfer fiel.

„Im wievielten Monat bist du?", fragte er schließlich Ruth mit einem misstrauischen Unterton.

„Fast im fünften Monat. Hier ist mein Mutterpass."

Sie hatte ihn schnell aus ihrer Handtasche genommen und hielt ihn Viktor entgegen. Dieser ergriff ihn hastig und las alle Eintragungen durch. Krampfhaft versuchte er sich daran zu erinnern, wann er das letzte Mal mit Ruth zusammen gewesen war. Wenn ihn sein Gedächtnis nicht im Stich ließ, musste Ruth zur fraglichen Zeit auf Reisen gewesen sein. Doch hundertprozentig sicher war er sich nicht.

Er machte ein paar Schritte auf Ruth zu und blickte sie ernst an.

„Ich möchte genau wissen, ob ich der Vater bin, deshalb werde ich einen Gentest verlangen. Und selbst wenn ich der Vater bin, werde ich dich nicht heiraten.

Ich werde die Vaterschaft anerkennen und für das Kind sorgen. Aber heiraten müssen wir deshalb noch lange nicht.

Wir sind beide keine mittellosen Menschen, deshalb wird es dem Kind nie schlecht gehen. Es kann sorglos und behütet aufwachsen."

„Das gibt es doch nicht! Du glaubst mir nicht? Ich werde einem Test niemals zustimmen!", schrie Ruth, die jetzt völlig die Kontrolle über sich verloren hatte.

„So kommst du mir nicht aus der Sache, mein Lieber.

Ich werde dir die Presse auf den Hals hetzen und dein Image und deinen guten Ruf zerstören."

„Das kannst du machen. Doch dir werde ich nicht vertrauen. Damit das klar ist: Ohne Beweise werde ich die Vaterschaft niemals anerkennen, und eine Heirat zwischen uns wird es unter keinen Umständen geben. Und jetzt verschwinde!"

Viktor deutete energisch zur Tür und sah sie mit blitzenden Augen an.

„Wir werden uns nur noch über unsere Anwälte unterhalten. Habe ich mich klar genug ausgedrückt?"

Ruth griff nach ihrer Tasche und erhob sich. Sie wusste, dass sie verloren hatte. Einem Test konnte sie auf keinen Fall zustimmen, denn ihr Kind war ganz sicher nicht von Viktor. Aber sie würde noch einmal kräftig zuschlagen und eine Schlammschlacht inszenieren, die sich gewaschen hatte.

„Wie du meinst. Du wirst es bereuen, das verspreche ich dir."

Sie verließ das Haus und beschloss, noch an diesem Tag nach Hause zu fahren, um ihre Hetzkampagne in die Wege zu leiten.

Viktor blieb schockiert zurück und setzte sich auf Reginas Bürostuhl. Er wusste, dass er das Richtige getan hatte, aber er ahnte auch, was jetzt auf ihn zukommen würde. Es war Ruth zuzutrauen, dass sie ihm nun richtig großen Schaden zufügte.

„Lisa", rief er schließlich, „wo ist Regina?"

Lisa betrat das Zimmer und erschrak, als sie Viktor dort sitzen sah.

„Sie ist wortlos gegangen, als Ruth sie angegriffen hatte, und ich weiß nicht, wo sie jetzt ist."

Er stöhnte.

„Ich muss sofort zu ihr, sofort."

Er rannte hinaus, stieg in sein Auto und fuhr in die Stadt zu Reginas Wohnung.

Auf Viktors Läuten öffnete Regina eine ganze Weile nicht. Er wollte sich schon in Panik abwenden und auf den Weg nach Hause machen, als doch noch das Summen des Türöffners an sein Ohr drang.

Schnell rannte er die Stufen hinauf und sah Regina mit verweinten Augen an der Tür stehen.

„Regina, wie siehst du denn aus? Komm her, mein Schatz, du musst doch nicht weinen."

Regina trat einen Schritt zurück.

„Viktor, du musst dich um dein Kind kümmern und Ruth heiraten. Da ist kein Platz mehr für mich."

„Darf ich nicht erst einmal hereinkommen? Wir sollten uns nicht hier im Treppenhaus unterhalten."

Sie hatte gar nicht bemerkt, dass sie noch draußen vor der Wohnungstür standen, und ließ Viktor eintreten.

„Das werde ich nicht tun", sagte er, während er sich auf das Sofa fallen ließ.

„Ich werde Ruth nicht heiraten. Ich bin auch nicht sicher, ob ich wirklich der Vater des Kindes bin, weil Ruth in der fraglichen Zeit lange verreist war."

Regina starte ihn an.

„Du willst dich doch nicht vor der Verantwortung drücken? Das Kind kann nichts dafür, dass es eine solche Mutter hat."

„Nein, Regina, ich drücke mich ganz und gar nicht.

Ich habe Ruth gebeten, einen Gentest zu machen, um sicherzugehen, dass ich auch wirklich der Vater bin. Ich habe ihr angeboten, die Vaterschaft anzuerkennen, für das Kind zu sorgen, aber sie heiraten, nein, das kann ich nicht. Ich werde nicht mein Leben und meine Liebe zu dir opfern."

Sie hatte ihn sprechen lassen und einfach nur zugehört.

„Regina, warum sagst du denn nichts?"

Sie saß neben ihm, hatte den Blick gesenkt und starrte geistesabwesend auf ihre Schuhspitzen.

„Viktor, so geht das nicht. Ich würde auch erwarten, dass du mich heiratest, wenn ich schwanger wäre. Du musst dich auch um Ruth kümmern und für sie da sein."

„Das mache ich ja, ich werde sie jederzeit finanziell absichern! Aber ich kann dieses Opfer, meine Liebe zu dir, nicht bringen. Ich möchte nicht für den Rest meines Lebens unglücklich sein. Verstehst du denn nicht? Das können wir doch nicht zulassen."

Regina saß stumm da und wippte mit den Beinen.

„Bitte sage etwas, Regina. Das kannst du doch nicht von mir verlangen, bitte nicht."

Müde erhob sie sich, sie war ausgepumpt und leer. Seit sie nach Hause gekommen war, hatte sie geweint, sich völlig hilflos gefühlt und sich ihren wirren Gedanken hingegeben. Dicht vor Viktor blieb sie mit hängenden Schultern stehen.

„Wir brauchen Zeit, Viktor. Ich möchte nicht so in die Zukunft schauen. Es ist nicht nur das Kind, das wir regelmäßig sehen würden, das wäre ja noch in Ordnung, damit könnte ich leben. Ruth würde automatisch auch an unserem Leben teilhaben. Sie wäre mitten in unserer Beziehung, würde dich in Anspruch nehmen, wann immer sie will. Sie ist so stark, sie würde sich immer zwischen uns drängen."

„Du siehst zu schwarz, Regina. Das würde ich doch niemals zulassen."

„Viktor, ich will das nicht. Bring deine Angelegenheiten in Ordnung. Nur wenn du ganz frei bist, gibt es eine Zukunft für uns, anders kann ich nicht damit umgehen."

„Regina, nein!", rief er entsetzt.

„Du darfst mich nicht alleine lassen, ich kann und will ohne dich nicht mehr leben!"

„Es tut mir leid. Bitte lasse mich jetzt alleine, Viktor. Bis alles geklärt ist, möchte ich dich nicht wiedersehen."

Wie erschlagen verließ Viktor Reginas Wohnung, fuhr nach Hause und zog sich sofort auf sein Zimmer zurück. Lisa ahnte, dass sein Besuch bei Regina nicht gut verlaufen war. Sie wusste, dass Regina den Kampf mit Ruth nicht aufnehmen würde.

Viktor konnte nicht verstehen, dass Regina ihre Liebe so schnell aufgab, aber er verstand auch ihre Bedenken.

Nun konnte auch er die Tränen nicht länger zurückhalten und ließ es zu, dass sie ihm über die Wangen liefen. Zu groß war der Schmerz, den er empfand. Zum ersten Mal in seinem Leben hatte er geglaubt, am Ziel seiner Sehnsüchte zu sein.

Zu schön war es gewesen, zu glauben, eine Familie zu gründen und eine harmonische Beziehung leben zu können. Und nun war mit einem einzigen Schlag alles zu Ende, noch bevor es richtig begonnen hatte.

Er wusste, dass Ruth nicht einfach so aus seinem Leben geht, aber er hätte nie gedacht, dass sie zu solchen Mitteln greifen würde.

13

Noch am selben Tag war Ruth nach Hause gefahren, wo sie gleich begann, die Regenbogenpresse anzurufen und einen Interviewtermin zu vereinbaren.

Das Interesse der Zeitschrift war außerordentlich groß, und sie konnte sogar um den Preis der Story feilschen.

Viktor war ein gefundenes Fressen für die Journalisten, aber das war ihr ja vorher schon klar gewesen.

Am nächsten Morgen hatte sie sich besonders sorgfältig zurechtgemacht und absichtlich etwas zu blass geschminkt.

Pünktlich um zehn Uhr kam der ganze Tross an und baute sich in ihrem Haus auf. Nun konnte sie endlich ihre bescheidenen Fähigkeiten als Schauspielerin vorzüglich einsetzen.

Sie saß auf dem Ledersofa, und wie auf Knopfdruck schossen ihr die Tränen in die Augen.

„Ich bin so unglücklich, so verletzt", schluchzte sie in die Kameras.

„Viktor Tillmann hat mich verlassen und verleugnet sein Kind, das ich unter meinem Herzen trage."

Sie hörte gar nicht mehr auf zu weinen und zu schluchzen.

„Erzählen Sie, Frau von Anseln", bat sie die Reporterin.

„Wie konnte das geschehen?"

„Ich weiß es nicht, wirklich nicht. Wir sind schon so

lange zusammen, und als ich ihm von der Schwangerschaft erzählte, schickte er mich weg, einfach weg."

Ihren Worten folgte erneut ein nicht enden wollender
Tränenstrom.

„Warum hat sich Herr Tillmann von Ihnen getrennt?"

„Er besteht auf einem Gentest, stellen Sie sich das
einmal vor.

Welch eine Demütigung für eine treue Frau!", rief sie
schniefend, während sie vorsichtig ihre Tränen abtupfte,
immer darauf bedacht, ihr Make-Up nicht allzu sehr zu
beschädigen. Schließlich musste sie ja trotz allem gut
aussehen.

„Hatte er denn einen Grund für diese Forderung?"

„Aber nein, wo denken Sie hin. Es gibt keinen
Grund. Aber damit nicht genug: Er will mich mit und
ohne Gentest nicht heiraten, und mein armes Kind wird
ohne Vater aufwachsen."

Die Tränen liefen und liefen, dabei hielt sie ihren
Blick standhaft in die Kamera gerichtet.

„Sagen Sie, Frau von Anseln, ist Viktor Tillmann
nicht selbst als Waisenkind aufgewachsen?"

„Doch, das ist er, und dennoch mutet er seinem Kind
ein Leben ohne Vater zu."

„Wissen Sie, warum er das tut? Hat er vielleicht eine
andere Frau?"

„Ja, er hat mit seiner Sekretärin angebandelt."

„Kennen Sie die Dame?"

„Ich kenne sie nur vom Sehen. Sie soll die Tochter eines Fabrikanten sein. Aber ob das stimmt? Ich glaube nicht, denn eine Fabrikantentochter arbeitet doch nicht als Sekretärin."

„Wissen Sie, wie sie heißt?" Nun wurde die Reporterin hellhörig.

Bislang hatte sie der skandalträchtigen Ruth von Anseln nicht geglaubt, dass sie unschuldig war. Doch wie auch immer, die Titelseiten würde sie auf jeden Fall mit der Story füllen können.

„Ich glaube, Rosenbaum oder so ähnlich."

„Rosenfeld? Sie meinen Regina Rosenfeld?"

„Kann schon sein, ich kenne die Familie nicht."

Die Reporterin stand auf.

„Herzlichen Dank für das Interview, Frau von Anseln."

Ruth war mit sich sehr zufrieden. Nun blieb abzuwarten, was daraus entstehen würde. Sie war sich sicher, dass Viktor unter dem öffentlichen Druck, der jetzt auf jeden Fall entstehen würde, einlenken musste.

Er würde sie heiraten müssen, um seinen guten Ruf nicht zu gefährden, und das würde er nicht riskieren. Davon war sie fest überzeugt.

Am nächsten Morgen traute Lisa ihren Augen nicht, als sie eine Traube von Journalisten und Kameras vor der Villa entdeckte. Sofort lief sie in Viktors Büro, der am Schreibtisch saß und seinen Kopf auf die Hände gestützt hatte. Er hatte die ganze Nacht kein Auge zugetan und war immer noch mit dem Verlust seiner Liebe zu Regina beschäftigt.

„Viktor, da draußen steht eine Invasion von Presseleuten. Haben Sie eine Erklärung dafür?"

Viktor blickte sie entgeistert an und schüttelte den Kopf.

„Nein, das habe ich nicht. Aber vielleicht doch, ich kann mir vorstellen, dass Ruth aktiv geworden ist. Haben wir schon die Zeitungen im Haus?"

„Ja, natürlich. Warten Sie, ich bringe sie Ihnen."

Lisa ging hinaus in die Halle, nahm den Stapel Zeitungen, den ihr Mann am Morgen wie üblich auf dem Tisch abgelegt hatte, und brachte ihn schnell zu Viktor. Dieser griff sofort nach der obersten Zeitung und schlug sie auf.

Zunächst fand er nichts. Erst als er das große Boulevardblatt in die Hand nahm, erschrak er. Die schwarzen Lettern auf der Titelseite brannten sich in seine Augen: „Schriftsteller Viktor Tillmann verlässt die schwangere Ruth von Anseln und verleugnet sein Kind!"

Der Artikel berichtete davon, dass er seine bisherige Freundin Ruth sehr verletzt habe und an seiner Vaterschaft zweifle.

Man warf ihm vor, vergessen zu haben, dass er selbst im Waisenhaus aufgewachsen war und Kinder besonderer Fürsorge bedurften. Und dies alles habe er nur getan, um seine Sekretärin, die reiche Fabrikantentochter Regina Rosenfeld erobern zu können.

Man fragte sich, ob die Firma Rosenfeld vielleicht finanzielle Probleme habe und in Viktor den dringend notwendigen reichen Schwiegersohn sehe. Daneben war die weinende Ruth von Anseln abgebildet.

Viktor stöhnte auf.

Ruth hatte ganze Arbeit geleistet. Das Interview schien bereits an weitere Medien verkauft.

Auch hatte er einiges erwartet, aber das nicht.

Er wurde als kalter, egoistischer und kinderfeindlicher Mensch dargestellt, und selbst Regina und ihrer Familie wurde durch den Artikel großen Schaden zugefügt.

Damit würde er wahrscheinlich erledigt sein.

Sein neues Buch würde er so nicht mehr gut verkaufen können, seine Termine und Vorlesungen würden mit Sicherheit zu einem Spießrutenlauf werden. Er würde die Lesereise gar nicht erst antreten, denn das würde er nicht überstehen.

„Ich bin erledigt", sagte er leise zu Lisa, die neben ihm stehen geblieben war.

„Sie dürfen jetzt nicht aufgeben, Viktor. Sie müssen kämpfen und dagegenhalten, Sie können das nicht so stehen lassen. Das ist alles falsch und muss richtiggestellt werden."

„Ich kann doch nicht in diese Schlammschlacht einsteigen! Damit würde ich doch alles nur noch schlimmer machen. Nein, Lisa, so einfach ist das nicht. Ich weiß nicht, wie ich das in Ordnung bringen kann."

Das Telefon läutete, und als Viktor abhob, meldete sich Martin Rosenfeld. Er klang ziemlich aufgeregt. „Viktor, was ist denn da los? Wir haben vor der Firma und vor der Villa ein ganzes Heer von Reportern", polterte er los.

„Martin, es tut mir leid, was sich da abspielt."

„Das hilft mir aber nicht. Meine Presseabteilung hat alle Hände voll zu tun, um Schaden von der Firma abzuwenden. Die Banken und meine Auftraggeber haben schon angerufen. Ich habe keinen blassen Schimmer, wie es zu solchen gemeinen Anschuldigungen kommen konnte."

„Aber ich weiß es. Ich habe mich von einer Frau getrennt, als ich mich in Regina verliebte, und das ist nun die Rache."

„Und was ist mit der Schwangerschaft, mit dem Kind?"

„Das ist eine gute Frage. Ich glaube nicht, dass ich der Vater des Kindes bin. Ich bestehe natürlich auf einem Gentest und würde im Fall der Fälle Verantwortung für das Kind übernehmen, allerdings werde ich Ruth niemals heiraten. Ich werde auf keinen Fall meine Liebe zu Regina aufgeben."

„Das hört sich doch ganz vernünftig an. Wie kommt diese Ruth denn dann dazu, solche Lügen zu verbreiten?"

„Sie hatte mir ja angekündigt, mich über die Presse fertig zu machen, aber so schlimm habe ich mir das nicht vorgestellt, das kannst du mir glauben."

„Das hilft ja nichts. Jetzt müssen wir gemeinsam handeln."

„Wie geht es Regina?", wollte Viktor wissen.

Seine ganzen Gedanken drehten sich nur um sie, die er gerne bei sich gehabt hätte, die er gerne hätte beschützen wollen und deren Anwesenheit ihm selbst Halt gegeben hätte.

„Hast du denn keinen Kontakt zu ihr?"

„Nein, sie wollte, dass ich erst mein Vaterschafts-
problem regle, und bis dahin will sie mich nicht sehen."

„Das wusste ich nicht. Wir müssen uns zusammen-
setzen und unsere Vorgehensweise abstimmen. Kannst
du in mein Büro kommen?"
„Gerne, wenn du mir sagst, wie ich hier heraus und
bei dir hineinkomme, ohne dass ich von der Presse über-
rollt werde."
„Kannst du über deinen Garten auf die Seitenstraße
hinausgelangen?"
„Ja, das geht, daran habe ich gar nicht gedacht."
„Gut, von da lasse ich dich abholen. Sagen wir, in einer halben Stunde, ist das zu machen?"
„Selbstverständlich, bis gleich."

Viktor war erleichtert über Martins Reaktion. Er hatte
ihm keine Vorwürfe gemacht, im Gegenteil, er hatte ihm
seine Hilfe angeboten, was er ihm hoch anrechnete. Bevor er sich auf den Weg machte, rief er noch seinen Anwalt Dr. Schütz an und bat ihn, ebenfalls in die Rosenfeld-Werke zu kommen.

Kurze Zeit später begrüßte Martin Rosenfeld Viktor und
klopfte ihm beruhigend auf die Schulter, denn er erkannte, dass Viktor mitgenommen und leichenblass aussah.

„Mache dich nicht verrückt, Viktor, das kriegen wir
schon wieder hin. So lassen wir das nicht stehen."
Viktor schüttelte den Kopf.
„Das wird nicht einfach. Du musst wissen, dass mein

Buch in Kürze herauskommt, und mein Verlag tobte heute schon, die drohen mir mit Regressforderungen."

„Das lassen wir nicht zu", antwortete Martin energisch.

„Das sind nur Drohgebärden. Die sollen friedlich sein, eine größere Aufmerksamkeit können die sich gar nicht wünschen. Die reiben sich doch im Hintergrund zufrieden die Hände."

Mittlerweile waren auch Martins und Viktors Anwälte eingetroffen, sodass die Beratungen beginnen konnten.

Man beschloss, zunächst eine renommierte Privatdetektei zu beauftragen. Außerdem wurde eine Pressekonferenz anberaumt, in der der Pressesprecher der Rosenfeld-Werke und die Anwälte zu Wort kommen würden.

Martin würde es etwas leichter haben, denn die Verdächtigungen bezüglich seiner finanziellen Lage würden schnell aus der Welt geschafft sein. Zweifelsohne würde es für Viktor problematischer werden, da er keinerlei Beweise in der Hand hatte.

Aber Dr. Schütz argumentierte sehr gut und wollte auf Viktors Bereitschaft verweisen, im Fall der Fälle Verantwortung für das Kind zu übernehmen.

Regina hatte das Ganze von zu Hause aus mitverfolgt. Auch bei ihr tummelten sich Reporter vor dem Haus, und da sie ihnen nicht begegnen wollte, blieb sie in ihrer Wohnung. Carsten versorgte sie mit dem Nötigsten.

Im Moment wurde die Pressekonferenz im Fernsehen

übertragen. Viktor tat ihr leid, sie konnte sich gut vorstellen, was jetzt in ihm vorging, dennoch konnte sie sich nicht entschließen, ihn anzurufen.

Das Telefon unterbrach ihre Gedanken und schrillte unerbittlich. Als sie sich gemeldet hatte, hörte sie die Stimme ihres Vaters.

„Regina, was ist los, warum rufst du denn nicht an?"

„Ach, Papa, ihr habt doch alle so viel zu tun."

„Das ist aber kein Grund, sich nicht zu melden. Und weshalb lässt du Viktor mit seinen Problemen allein?"

„Weil ich seine Probleme nicht lösen kann, er muss es selbst tun, das verstehst du doch sicher."

„Nein, mein Kind, das verstehe ich nicht. Ich dachte, dass du ihn liebst, und wenn das so ist, dann musst du jetzt bei ihm sein und ihm beistehen", argumentierte Martin unerbittlich.

„Wie soll ich ihm denn beistehen, wenn eine andere Frau sein Kind unter ihrem Herzen trägt und er nicht weiß, wie er sich verhalten soll? Wenn er tatsächlich der Vater ist, werde ich keine ruhige Minute mehr haben.

Diese Frau wird sich immer in unser Leben drängen, die ist sogar imstande, regelmäßig in der Villa aufzutauchen und auch dort zu bleiben. Nein, Vater, so kann und will ich nicht leben!"

„Regina, du hast dich da in etwas verrannt. Wieso vertraust du dem Mann, den du liebst, nicht? Viktor würde nie zulassen, dass sich diese Frau zwischen euch drängt. Gerade weil er es abgelehnt hat, sie zu heiraten, hat er jetzt mit seinem guten Ruf und mit seiner beruflichen Zukunft zu kämpfen.“

„Du verstehst mich nicht, weil du Ruth nicht kennst. Wir reden aneinander vorbei, Vater.“

„Wie du meinst. Beschwere dich aber nachher nicht, wenn du deine Liebe durch deine Verbohrtheit zerstörst.“

„Aber ich zerstöre meine Liebe doch nicht. Ich warte lediglich, bis sich die Lage geklärt hat.“

„Du machst es dir zu einfach, Regina. Wenn du ihn liebst, dann musst du mit ihm gemeinsam die schweren Tage überstehen. Er hat keinen Menschen, der zu ihm hält. Auch die Leute, die durch ihn viel Geld verdienen, greifen ihn jetzt an. Was glaubst du wohl, wie ihm zumute sein muss, nachdem auch du dich zurückgezogen hast? Entschuldige, aber du solltest noch einmal nachdenken, ob dein Verhalten wirklich korrekt ist.“

Nach dem Telefonat mit ihrem Vater war Regina nervös. Sie war schon vorher etwas verunsichert gewesen. Nun hatte ihr Vater seine Hand in ihre Wunden gelegt. Doch sie konnte nicht über ihren Schatten springen, sie konnte einfach nicht anders, auch wenn es noch so sehr schmerzte.

Viktor hatte sich wieder in sein Haus zurückgeschlichen. Er hoffte, dass die Reporter bald abziehen würden, denn nach der Pressekonferenz gab es nichts Interessantes mehr vor seiner Villa zu erhaschen.

Er ging in sein Büro, telefonierte mit seinem Verleger und bat ihn um eine Verschiebung des Veröffentlichungstermins.

Natürlich sträubte sich dieser dagegen. Martin hatte richtig vermutet, er wollte wohl die Gunst der Stunde nutzen und Viktor vermarkten, ohne Rücksicht auf seine private Situation zu nehmen.

Viktor war wütend, wie man mit ihm umsprang, und legte einfach auf. Dr. Schütz würde die Sache nun in die Hand nehmen, er würde dem Verleger die Kündigung der Zusammenarbeit androhen, auch unter Zahlung einer Vertragsstrafe. Sie saßen am längeren Hebel.

Wenn die Sache ausgestanden war, würden sich die großen Verlagshäuser gegenseitig überbieten, um Viktors Werke verlegen zu dürfen.

Und so kam es auch, der Verleger gab nach und sorgte dafür, dass das Projekt verschoben werden konnte.

Viktor saß in seinem Büro und konnte sich nicht freuen über die guten Nachrichten seines Anwalts, er sehnte sich nach Regina, von der er die ganzen Tage über nichts mehr gehört hatte. Er konnte sie verstehen und hätte an ihrer Stelle wohl genauso gehandelt, aber diese Einsicht tröstete ihn nicht über seine Sehnsucht hinweg.

„Viktor, so kann es nicht weitergehen. Sie müssen in die Zukunft blicken und um Ihr Glück kämpfen, Sie können sich nicht in Ihrem Büro vergraben“, rügte ihn Lisa immer und immer wieder. Sie konnte es nicht mehr mit ansehen, wie Viktor unter der Situation litt.

„Ach, Lisa, ich kann doch nicht mehr tun als das, was ich getan habe. Ich bin darauf angewiesen, dass die Detektei fündig wird", antwortete er traurig.

„Oder hast du noch eine Idee?"

„Nein. Aber ich würde Regina anrufen und ihr erzählen, wie weit die Sache ist und was Sie alles unternehmen. Dann weiß sie, dass Sie sich bemühen. Außerdem könnten Sie ein wenig arbeiten, um sich abzulenken. Es hilft Ihnen nichts, hier als Trauerkloß herumzusitzen."

„Ich kann jetzt nicht arbeiten, Lisa, das musst du doch verstehen."

Lisa schüttelte den Kopf.

„Ihnen ist einfach nicht zu helfen. Sie haben schon so viel in Ihrem Leben bewältigen müssen, und ich verstehe nicht, wie Sie jetzt so einfach die Flinte ins Korn werfen können, gerade jetzt, wo Sie die Frau fürs Leben gefunden haben."

„Das ist es ja gerade, was es so schwierig macht. Falls ich der Vater des Kindes bin, dann habe ich Regina auf jeden Fall verloren, auch wenn ich die Sache klären und regeln kann."

„Hören Sie doch auf, das ist doch Blödsinn. Regina liebt Sie, und wenn die Angelegenheit vernünftig geklärt ist, dann kann sie gar nicht anders. Sie werden sehen, ich habe recht."

„Dein Wort in Gottes Gehörgang, Lisa."

Das Telefon unterbrach die Diskussion und Viktor war froh über die Störung. Er sah das völlig anders als Lisa.

Dr. Schütz war am Apparat.

„Ich habe gute Nachrichten für Sie", sagte er und klang dabei äußerst optimistisch.

„Was gibt es Neues? Sie sind ja ganz euphorisch.“

„Ja, die Detektei hat einige Dinge herausgefunden, die uns helfen werden. Sie hatten wahrscheinlich richtig gelegen mit Ihrer Skepsis bezüglich der Vaterschaft, und das freut mich sehr für Sie.“

„Bitte reden Sie jetzt nicht um den heißen Brei herum.“

Das konnte er jetzt absolut nicht gebrauchen. Dr. Schütz hatte ihm mit seinen Worten große Hoffnung gemacht.

„Die Detektei konnte mehr oder weniger herausfinden, was Ruth von Anseln in den letzten Monaten gemacht oder vielmehr getrieben hat.

Sie hatte mehrere Beziehungen und Affären und hat versucht, einem Schweizer Geschäftsmann, mit dem sie eine einzige Nacht in Baden-Baden verbracht hat, das Kind unterzujubeln.

Sie wollte eine Abtreibung vornehmen lassen, ist aber wegen des späten Zeitpunkts gescheitert. Außerdem hat sie mehrere Millionen an einen Betrüger aus Spanien verloren.

Und zur fraglichen Zeit war sie mehrere Wochen lang in Cannes. Sie können also vermutlich gar nicht der Vater sein. Was sagen Sie nun?“

Viktors Herz begann vor Aufregung zu rasen.

„Und nun, was können wir tun, um die Sache zu beweisen?“

„Offiziell noch nichts. Bevor das Kind nicht geboren ist, können wir keine Klage gegen die Vaterschaft einreichen. Aber wir könnten sie mit unserem Wissen unter Druck setzen und ihr drohen, dieses Wissen an die Presse zu verkaufen. Was halten Sie davon?"

„Mir ist alles egal, sie hat es nicht anders verdient. Gehen Sie rücksichtslos vor, um sie zu überführen. Hauptsache, die Anschuldigungen gegen mich werden aus der Welt geschafft."

„Gut, dann mache ich das. Sie hören wieder von mir."

Viktor lehnte sich entspannt zurück. Sollte doch noch alles gut werden? Er wagte es kaum zu glauben.

Schnell rief er Martin Rosenfeld an und erzählte ihm diese guten Neuigkeiten.

Er bat ihn, Regina davon zu berichten, weil er sich nicht traute, sie persönlich anzurufen. Aber auch sie sollte wieder hoffen können.

„Was seid ihr beiden doch für Starrköpfe", sagte Martin.

„Wie wollt ihr euer Leben meistern, wenn der erste Windhauch schon ein Sturm ist?"

Viktor ging nicht darauf ein.

„Danke, Martin, für deine Hilfe", sagte er nur und legte auf.

Ruth hatte sich mittlerweile überaus zufrieden in ihr Haus zurückgezogen. Es war eine Genugtuung zu sehen, wie über Viktor hergezogen wurde, und sie musste jetzt nur geduldig abwarten, was er tun wollte, um seinen Kopf aus der Schlinge zu ziehen.

Sie harrte der Dinge, die da kommen sollten, und war überzeugt, dass sich Viktor entscheiden würde, sie zu heiraten, ansonsten würde er seine Karriere vergessen können.

Körperlich dagegen ging es ihr nicht besonders gut. Die Schwangerschaft machte ihr zu schaffen, sie musste sich ständig übergeben, und wenn sie in den Spiegel blickte, grauste es sie vor sich selbst.

Mitten in ihre Gedanken hinein meldete ihr die Haushälterin zwei männliche Besucher, deren Namen sie nicht kannte.

„Bitten Sie die Herren herein“, befahl sie mit einem Schulterzucken.

„Guten Tag, Frau von Anseln, ich bin Dr. Peter Schütz, der Anwalt von Viktor Tillmann, und das ist Klaus Heinrichs von der Detektei Heinrichs und Partner“, sagte er, während er ihr die Hand reichte.

Ruth blickte die beiden kalt und wachsam zugleich an. „Was wollen Sie von mir? Wir haben keinen Termin.“

„Wir müssen uns unterhalten. Dürfen wir uns setzen?“

„Es lohnt sich nicht, dass Sie sich setzen, wir haben nichts zu besprechen. Falls Viktor sich weiterhin weigert, zu seinem Kind zu stehen, sehen wir uns vor Gericht wieder, so einfach ist das.“

„Das glaube ich kaum, wenn Sie gehört haben, was Herr Heinrichs herausgefunden hat“, antwortete Dr. Schütz ruhig.

Ruth spürte Panik und Übelkeit in ihr aufsteigen und versuchte krampfhaft, beides zu unterdrücken.

„Was wollen Sie eigentlich von mir? Mir geht es nicht besonders gut, deshalb sagen Sie mir, weshalb Sie hier sind, und dann verschwinden Sie schnell wieder!“, schrie sie.

Dr. Schütz ließ sich durch ihren Ausbruch nicht beirren und fuhr mit ruhiger, sachlicher Stimme fort: „Wir haben herausgefunden, dass Sie in den letzten Monaten eine Affäre nach der anderen hatten.

Außerdem kennen wir Ihre Beschuldigungen gegen Frank Härtel, wir wissen von Ihrem Versuch, die Schwangerschaft abzubrechen, und wir haben von Ihrem finanziellen Verlust gehört.

Letztendlich haben wir Ihren Aufenthaltsort während der Zeugungszeit des Kindes ermittelt. Sie waren zur fraglichen Zeit mehrere Wochen in Cannes. Also kann Viktor Tillmann auf keinen Fall der Vater Ihres Kindes sein.“

„Das haben Sie sich fein ausgedacht!“, keifte sie. „Aber selbst wenn das stimmte, beweisen können Sie es nicht. Verschwinden Sie, aber schnell!“

„Das macht nichts. Wir werden die Berichte der Detektei den Medien übergeben, und die werden uns dann sicher beipflichten, da können Sie ganz sicher sein.“

Dr. Schütz sah Ruth lauernd an und bemerkte, wie sie blass wurde. Ihre Augen blickten gehetzt, und sie schien nicht zu wissen, wie sie jetzt reagieren sollte.

„Tun Sie, was Sie nicht lassen können. Ich werde mich dagegen wehren. Die Presse stellt sich immer auf die Seite einer verlassenen, schwangeren Frau.“

Ruth erhob sich schwerfällig.

„Und jetzt verlassen Sie mein Haus!“

Als Ruth wieder alleine war, ging sie zunächst im Zimmer unruhig auf und ab, doch dann musste sie sich wegen ihrer Übelkeit wieder auf dem Sofa niederlassen.

Lange Zeit blieb sie stocksteif dort sitzen. Sie wusste, dass sie verloren hatte. Es ging nun nur noch darum, Viktor einen letzten Stich zu versetzen.

Danach wollte und musste sie sich zurückziehen. Ihre Karriere und ihr öffentliches Leben waren endgültig vorbei, sie würde das Kind zur Welt bringen und dann zur Adoption freigeben.

Sie musste froh sein, wenigstens genug Geld zu haben, um sorgenfrei leben zu können.

Sie ahnte, dass sie ihr Leben selbst in diese Richtung gesteuert hatte, und ärgerte sich über ihre eigene Dummheit.

Nun musste sie sich gut überlegen, wie sie Viktor ein allerletztes Mal schaden konnte.

Wie er Ruth gegenüber angekündigt hatte, rief Rechtsanwalt Dr. Schütz die wichtigsten Medien an und übergab ihnen während einer Pressekonferenz die Ergebnisse und Berichte der Detektei.
Prompt waren am nächsten Tag alle Zeitungen voll davon.
Natürlich tummelten sich jetzt alle Reporter vor Ruths Haus, weil sie sie mit den Berichten konfrontieren wollten. Ruth aber hatte kein Wort für sie übrig und verließ gehetzt von der Meute der Journalisten mit ihrem Wagen das Grundstück.

Sie raste auf die Autobahn, denn sie hatte sich vorgenommen, als letzte Tat Viktor sein Leben zu nehmen.

Wenn er sie schon nicht liebte, sollte ihn auch keine andere haben dürfen. Im Nachlass ihres verstorbenen Mannes hatte sie vor langer Zeit eine Pistole gefunden, an die sie sich nun erinnert hatte. Es war ihr nichts mehr wichtig, sie hatte nur noch ein Ziel: Viktor musste sterben.

An einer Raststätte hielt sie an, um zu tanken. Es war bereits spät am Abend, und die Dunkelheit auf dem Parkplatz war gespenstisch.

Die Pistole hatte sie sich bereits zu Hause in den Gürtel gesteckt, weil ihre Handtasche zu klein dafür war. Auf dem Weg zur Toilette kam ihr ein Mann entgegen, der langsam aus der Dunkelheit hervortrat. Er schwankte beträchtlich und lallte sie an. Ruth verstand ihn nicht und wollte einfach an ihm vorbeigehen, da fasste er sie plötzlich am Oberarm und versuchte, sie zu umschlingen.

Sie erschrak, drehte sich ab und griff instinktiv nach ihrer Pistole.

Aber der Betrunkene war schneller und riss ihr die Waffe aus der Hand. Im Eifer des Gefechts drückte er ab und erschoss Ruth von Anseln.

14

Viktor saß in seinem Büro mit Rechtsanwalt Dr. Schütz zusammen.

„Sind Sie zufrieden mit den Ergebnissen?", wollte Dr. Schütz wissen.

„Die Presse hat ja gut reagiert. Falls Frau von Anseln den Fall nach der Geburt doch noch vor Gericht bringt, dürfte sie keine Chance haben."

„Ja, ich bin zufrieden und danke Ihnen sehr für Ihren Einsatz. Ich hoffe nicht, dass sie es jetzt noch weiter versuchen wird. Diese Ergebnisse der Detektei sind ja eindeutig."

„Sie haben recht. Gehen Sie jetzt auf Ihre Lesereise?"

„Nein, noch nicht. Ich muss erst mein Privatleben in Ordnung bringen, ich hoffe, dass es mir gelingt."

„Sie meinen Regina Rosenfeld?"

„Ja."

„Na dann, viel Glück und bis bald."

Nach dem Gespräch blieb Viktor zufrieden an seinem Schreibtisch sitzen. Jetzt konnte er Regina anrufen, es war alles geklärt. Zuvor wollte er aber zu Martin Rosenfeld gehen, er war ihm in den letzten Wochen ein guter Freund geworden.

„Viktor, schön dich zu sehen", begrüßte ihn Martin.

„Ich habe schon gelesen, was passiert ist. Siehst du, ich wusste doch, dass wir gewinnen werden. Unehrlichkeit zahlt sich nie aus."

Viktor strahlte ihn an.

„Ja, und ich möchte dir für dein Vertrauen und deine

Unterstützung danken. Ich kann dir gar nicht sagen, wie sehr du mir damit geholfen hast."

„Ach, hör auf, das war doch selbstverständlich. Ich wusste, dass du ein anständiger Kerl bist", sagte Martin und lachte.

„Komm, lass uns einen Cognac trinken, das haben wir uns verdient. Hast du schon Regina angerufen?"

Viktor schüttelte den Kopf.

„Nein, ich habe mich noch nicht getraut. Mich ängstigt davor. Was ist, wenn sie nicht mehr möchte, mich wegen der Geschichte weiter abweist?"

„Das glaube ich nicht. Ich weiß, dass sie dich liebt, und habe ihr auch schon Vorwürfe gemacht, dass sie dir nicht beigestanden hat. Ehrlich gesagt, ich habe das nicht verstanden."

„Ich schon. Wenn ich tatsächlich der Vater des Kindes gewesen wäre, was ja nicht völlig auszuschließen war, dann hätte sich Ruth ganz bestimmt ständig in unsere Ehe gedrängt. Regina hat das richtig eingeschätzt."

„Trotzdem, Viktor, sie hätte sich deiner Liebe sicher sein können und wissen müssen, dass ihr auch das bewältigt hättet."

„Es ist ja jetzt vorbei, und ich werde sie heute noch anrufen. Hoffentlich verzeiht sie mir das ganze Durcheinander."

„Was ist mit deinem Verlag?"

„Da ist alles bestens, die haben verstanden", berichtete Viktor strahlend.

„Ich will erst noch mein Leben mit Regina in Ordnung bringen, dann können sie über mich verfügen."

„Viel Glück, mein Junge. Du schaffst das auch noch."

Dann verabschiedete sich Viktor von Martin. Er wusste, dass es ein ungeheures Geschenk war, Martin als väterlichen Freund gefunden zu haben.

Mit etwas Wehmut dachte er an seine Eltern, denen es nicht vergönnt gewesen war, ein zufriedenes Leben führen zu dürfen. Wie sehr hätte er ihnen das gewünscht.

Er sah die beiden traurigen und liebevollen Menschen vor sich und stellte sich vor, wie sie fröhlich und zufrieden in seiner Villa hätten leben können. Aber leider war alles zu spät gekommen.

Als Viktor sein Büro wieder betreten hatte, wählte er sofort Reginas Telefonnummer. Sie meldete sich gleich nach dem ersten Läuten.

„Regina, hier ist Viktor. Wie geht es dir?"

„Danke, es geht so."

„Hast du es schon gehört oder gelesen?"

„Ja, gelesen."

„Ich bin so froh, dass sich alles aufgeklärt hat."

„Ich auch. Aber ist denn auch wirklich alles nachgewiesen?"

„Der Detektiv hat herausgefunden, dass Ruth zur betreffenden Zeit in Cannes war, und damit ist klar, dass ich als Vater nicht in Frage komme. Außerdem hat sie zuerst bei einem anderen Mann versucht, ihn als Vater zu missbrauchen. Warum hätte sie das tun sollen, wenn sie sich sicher war, dass ich es bin?"

„Stimmt, da muss ich dir recht geben", antwortete Regina nachdenklich.

„Viktor, es tut mir leid, dass ich dir nicht genügend vertraut habe. Vor längerer Zeit habe ich dir den gleichen Vorwurf gemacht, und nun war ich kein bisschen besser. Das tut mir furchtbar leid.“

„Das muss es aber nicht. Ich kann dich verstehen. Du hast nicht mir misstraut, sondern Ruths Ehrlichkeit.

Wenn ich das Kind anerkannt und mich darum gekümmert hätte, hätte sie uns mit ihren Besuchen und Anrufen nie in Frieden leben lassen. Das ist mir schon bewusst. Können wir das Ganze vergessen und von vorne anfangen?“

„Ja, natürlich. Ich bin so froh, dass es vorbei ist. Ich habe dich vermisst, mein Leben war nicht mehr dasselbe.“

Viktor atmete erleichtert auf.

„Kommst du oder soll ich dich abholen? Ich möchte keine Zeit mehr verlieren.“

Regina lachte befreit auf.

„Ich komme, schließlich bist du mein Arbeitgeber, und ich habe lange genug gefehlt.“

„Dein Arbeitgeber? Nur dein Arbeitgeber?“

„Nicht nur. Bis gleich.“

Eine halbe Stunde später kam Regina in Viktors Villa an. Lisa öffnete ihr aufgeregt die Tür und zog sie an ihre breite Brust.

„Bin ich froh, dass Sie wieder da sind, Regina!“

„Und ich erst, Lisa.“

„Ich hatte solche Angst, dass ihr nicht mehr zusammenkommt. Das hättet ihr nicht verdient gehabt.“

„Nein, Lisa. Ich wusste auch nicht, wie ich ohne Viktor weiterleben sollte. Es war keine schöne Zeit."

Regina ging zur Bürotür, öffnete sie und sah Viktor aus strahlenden Augen an, der wie üblich an seinem Schreibtisch saß, sich aber sofort erhob.

„Viktor, ich bin so froh, dich wiederzuhaben!", rief sie, lief ihm entgegen und direkt in seine Arme.

„Ich auch, ich auch", stöhnte er, umklammerte sie und nahm von ihrem Mund Besitz wie ein Ertrinkender.

Er zog sie auf das bequeme Sofa und sie hielten einander eng umschlungen, als wollten sie sich nie wieder loslassen.

„Kannst du dich erinnern, Regina", er blickte ihr tief in die Augen und umfasste mit den Händen ihr Gesicht, „dass ich dich vor langer Zeit gefragt habe, ob du meine Frau werden willst?"

„Wann war das?", antwortete sie leise.

„Das muss schon lange her sein, sehr lange, glaube ich."

„Das Gefühl habe ich auch. Aber jetzt will ich keine Zeit mehr verlieren, überhaupt keine mehr."

Regina strahlte ihn an.

„Nein, ich auch nicht."

„Dann planen wir heute alles, wenn es dir recht ist."

„Das machen wir, aber müssen wir uns nicht zuerst um dein Buch kümmern?"

„Nein, ich habe einen Aufschub erwirkt."

„Das ist gut, dann lass uns an die Arbeit gehen."

„Ich habe eine Bitte, Regina. Ich möchte deine Eltern in die Planungen unserer Hochzeit miteinbeziehen. Dein Vater hat so viel für mich getan, dass ich ihm das einfach schuldig bin. Bist du einverstanden?“

Regina strich ihm zärtlich über die Wangen.

„Warum sollte ich nicht einverstanden sein? Es sind meine Eltern, und ich freue mich, wenn sie dich mögen.“

„Komm, dann lass uns hinübergehen.“

Wenige Minuten später betraten sie die Villa Rosenfeld. Marga umarmte sie zärtlich und Martin schloss sich freudig an.

„Schön, euch wieder zusammen zu sehen“, begrüßte er sie mit einem Augenzwinkern.

Marga strahlte über das ganze Gesicht.

„Habt ihr ein bisschen Zeit? Soll ich einen Kaffee bringen lassen?“

„Natürlich haben wir Zeit, Mama. Wir wollen mit euch unsere Hochzeit planen, und da wäre ein Kaffee ganz hilfreich.“

„Das ist aber schön“, freute sich Marga.

„Es wird ein richtig schönes Fest werden, eine Traumhochzeit sozusagen.“

„Nein, Mama. Es wird nicht das gesellschaftliche Highlight werden, das du dir vorstellst.“

Marga war enttäuscht.

„Aber wir haben doch gesellschaftliche Verpflichtungen. Du doch eigentlich auch, Viktor.“

Nachdem das Hausmädchen den Kaffee serviert hatte, mischte sich Martin in die Diskussion ein. „Also die Vorschläge mit der kleinen Hochzeit und dann später einem Ball fand ich richtig gut. Aber wie habt ihr euch das jetzt nach dem ganzen Drama vorgestellt? Marga hat auf jeden Fall recht, wir haben nun einmal Verpflichtungen."

„Lasst es mich bitte erklären", antwortete Viktor.

„Ihr habt doch selbst gesehen, wie ich verfolgt werde bis in die intimsten Bereiche, und deshalb möchten wir das geordnet ablaufen lassen. Natürlich müssen wir unseren Verpflichtungen gerecht werden, aber wenn schon, dann nach unseren Spielregeln.

Dieser Tag soll der schönste in unserem Leben sein, also begehen wir ihn wie schon vor Wochen angedeutet heimlich, nur mit euch und ganz wenigen Freunden.

Wenn wir von einer kurzen Hochzeitsreise zurück sind, geben wir einen großen Ball für die Geschäftspartner, die Möchtegernfreunde und die Presse. Dann können sie uns sehen, fotografieren, filmen und bestaunen. Aber unseren Hochzeitstag möchten wir für uns haben." Er blickte seine zukünftigen Schwiegereltern fragend an.

Martin nickte seiner Frau zu und sah dann Viktor an.

„Das ist gut, Viktor, gut und richtig. Ich habe nicht bedacht, wie man sich auf dich stürzt. Wir sind zwar selbst einiges gewöhnt, aber das kommt an dein Problem natürlich nicht heran. Ich sehe das genauso. Ihr braucht euch nicht als Figuren der Presse zu präsentieren, erst recht nicht an eurer Hochzeit. Wir werden es machen, wie du es vorgeschlagen hast."

„Wie wollen wir denn den Hochzeitstag gestalten, und wie können wir das Ganze geheim halten?", wollte Marga wissen, die inzwischen auch verstanden hatte, worum es Viktor ging.

„Mama, wir haben uns gedacht, dass wir in einem

Standesamt in Karlsruhe heiraten“, erklärte Regina, „und dann gleich anschließend noch in einer kleinen Kirche etwas außerhalb. Danach fahren wir ins Elsass, wo wir uns ein Restaurant mieten. Was haltet ihr davon?“

Marga blickte ihren Mann an, sie versuchte, in seinem Gesicht zu lesen. Dieser nickte seiner Frau zufrieden zu.

„Gut, Kinder, ich finde das eine gute Idee und denke, dass es das Richtige ist. Ich werde alles organisieren und ihr überlegt euch, wen ihr einladen wollt.“

Regina und Viktor freuten sich sehr über das Verständnis der Eltern. Der Hochzeitstermin wurde auf den Freitag in vier Wochen festgelegt, so würde ihnen noch ausreichend Zeit bleiben, alles in die Wege zu leiten.

Auch Lisa freute sich über die Nachricht, dass in Kürze die Hochzeit stattfinden sollte, und stürzte sich mit Feuereifer in die Arbeit.

Sie wollte die Villa auf Hochglanz bringen, denn das anstehende Fest würde eine Menge Verwandtschaft ins Haus bringen.

Regina blieb über Nacht bei Viktor, sie hatten das ohne Worte in übereinstimmender Selbstverständlichkeit entschieden.

Am nächsten Morgen beim Frühstück kam Lisa ganz aufgeregt mit den Tageszeitungen angerauscht. Sie wedelte mit den Armen und schüttelte unentwegt mit dem Kopf.

„Viktor, Regina, schauen Sie, was ich gerade entdeckt habe. Ich kann es noch gar nicht fassen!“

Viktor blickte erstaunt zu Lisa. So hatte er sie noch

nie gesehen, so aufgelöst, mit großen Augen und rotfleckigen Wangen.

„Immer langsam, Lisa, was ist denn los?“

„Schauen Sie, was in den Zeitungen steht. Ruth, sie ist…“

„Was ist mit Ruth? Lisa, so beruhigen Sie sich doch!“, mischte sich Regina ein.

Auch ihr Herz begann wild zu klopfen. Sollte Ruth schon wieder etwas ausgeheckt haben, jetzt, wo sie sich entschieden hatten, zu heiraten?

Viktor nahm Lisa die Zeitungen aus der Hand. Auf allen Titelseiten musste er lesen, dass Ruth in einer Raststätte nahe Karlsruhe mit ihrer eigenen Waffe von einem Betrunkenen erschossen worden war.

Man fragte sich, warum sie eine Waffe bei sich trug, wie der Täter inzwischen ausgesagt hatte.

„Viktor“, fragte Regina mit entsetztem Blick, „denkst du auch, was ich denke?“

„Ja, aber ich kann das nicht glauben.“

Er schüttelte energisch den Kopf.

„Das kann nicht sein.“

„Sie kennt in der Gegend außer dir und mir niemanden. Und wenn sie mit einer geladenen Waffe unterwegs war, kann es nur sein, dass sie dich oder mich damit aufsuchen wollte.“

„Aber, Regina, das kann doch nicht möglich sein. Sie müsste uns ja unendlich gehasst haben, und selbst das reicht nicht, um einen Mord in Betracht zu ziehen.“

„Aber eine andere Erklärung gibt es nicht, Viktor. Du solltest wenigstens die Polizei anrufen und unseren Verdacht äußern. Das wäre vielleicht für die Ermittlungen wichtig."

„Aber ich kann Ruth doch nicht auf eine bloße Verdächtigung bei der Polizei anschwärzen. Sie ist tot und kann sich nicht mehr wehren."

„Darum geht es nicht, Viktor. Du sollst nur sagen, dass wir die Einzigen hier sind, die sie kennt."

„Gut, ich werde meinen Anwalt anrufen, der soll sich darum kümmern. Mehr möchte ich in dieser Angelegenheit nicht tun."

„Ja, das ist auch gut. Ich darf gar nicht daran denken, was geschehen wäre, wenn sie versucht hätte, dich oder mich oder uns beide zu erschießen. Welch schreckliche Vorstellung!"

Die nächsten Wochen waren ausgefüllt mit Vorbereitungen für die Hochzeit. Regina und Viktor schrieben ihre Einladungen, kauften ihre Garderobe und andere wichtige Dinge und buchten zuletzt ihre Hochzeitsreise.

Es wurde eine traumhafte Hochzeit. Bei strahlendem Sonnenschein gaben sich Regina und Viktor in einer kleinen Kapelle das Jawort. Im schönsten und besten Restaurant in Straßburg empfingen sie ihre wenigen Gäste. Danach flogen sie für zwei Wochen in die Karibik und genossen ihre Traumreise.

Nach ihrer Rückkehr zog Regina endgültig in Viktors Villa. Beide arbeiteten nun von morgens bis abends zusammen, und Viktor half ihr, ihrem Manuskript den letzten Schliff zu verpassen. Er wollte mit aller Konsequenz, dass ihre Begabung Früchte trug.

Ende

Das Obstgut – Schwere Zeiten

Mitte der 60er Jahre heiratet Gerhard Glotz, der größte Obstbauer im Bühlertal, die achtzehnjährige Jutta. Anstatt aber eine stolze Bäuerin sein zu dürfen, wartet auf sie ein mühsames und hartes Leben. Ihr Ehemann tyrannisiert seine Familie und seine Landarbeiter mit seiner unbeugsamen Härte. Sein ältester Sohn Tobias verlässt als junger Mann nach einem heftigen Streit und der Uneinsichtigkeit des Vaters das Gut.

Den jüngsten Sohn Klaus, den Gerhard ohnehin nicht leiden kann, weil er das Klavier der Landwirtschaft vorzieht, verjagt er erbarmungslos. Auch die Bäuerin lässt Gerhard einfach im Stich, als diese schwer erkrankt.

Eine Familie zwischen dem Schwarzwald und dem Bodensee, die trotz vieler Turbulenzen einen Weg zwischen Tradition und Moderne suchen und finden muss.
Die Obstgut-Saga Band 1
Print ISBN 978-3740731854
E-Book ISBN 9783740702748

Barbaras & Heides Bücherwelt:
http://www.heidezimmernn.de